MATRIMONI A CORAL COTTAGE

CORAL COTTAGE
LIBRO 4

JAN MORAN

Traduzione di
JESSICA RAVERA

SUNNY PALMS
PRESS

HANNO DETTO DEI LIBRI DI JAN MORAN, AUTRICE BESTSELLER DI USA TODAY E WALL STREET JOURNAL

Serie *Seabreeze Inn* e *Coral Cottage*

"Una storia meravigliosa... vi farà sentire come se la brezza marina vi scorresse tra i capelli". – Laura Bradbury, autrice bestseller

"Un romanzo che offre agli appassionati di storie romantiche una voce avvincente da seguire". – *Booklist*

"Una divertente lettura da spiaggia, con un contesto e un umorismo multigenerazionale". – Rivista *Ind'Tale*

"Personaggi meravigliosi e una storia dolcissima". – Kellie Coates Gilbert, autrice di best seller

"Una lettura divertente che ti cattura fin dall'inizio". – Tina Sloan, autrice e attrice pluripremiata

"Jan Moran è la regina dei romanzi contemporanei". – Rebecca Forster, autrice bestseller di *USA Today*

"Donne intelligenti e forti. Al centro, una famiglia forte e affiatata". – Recensione di Betty

La piccola bottega del cioccolato

"Un romanzo delizioso, che vi farà venire voglia di cioccolato". – *Ciao Tutti*

"Scritto in modo scorrevole... pieno di intrighi, amore, segreti e romanticismo". – *Lekker Lezen*

La casa dei profumi dimenticati

"I lettori divoreranno questo libro, pagina a pagina, man mano che il mistero e le passioni si dipanano". – *Library Journal*

"Come ha fatto in *Il giardino dei profumi perduti*, la Moran intreccia la conoscenza del vino e della vinificazione con questo intenso dramma familiare". – *Booklist*

Il giardino dei profumi perduti

"Straziante, evocativo e stimolante, questo libro è un viaggio potente". – Allison Pataki, autrice di *Sissi: la solitudine di un'imperatrice*, bestseller del *NYT*.

"Una saga travolgente, che narra il viaggio di una donna attraverso la Seconda guerra mondiale e della sua riluttanza ad arrendersi anche di fronte alle sfide più dure". – Anita Abriel, autrice di *The Light after the War*.

"Una storia avvincente di amore, determinazione e rinnovamento". – Karen Marin, *Givenchy Parigi*

"Un'elegante e avvincente storia familiare. Ciò che la contraddistingue è il tema della profumeria sullo sfondo, che permea la storia di deliziosi aromi – un risultato notevole!" – Liz Trenow, autrice di *The Forgotten Seamstress*, bestseller del *NYT.*

"Una coraggiosa eroina, amanti dal destino avverso, uno splendido senso di tempo e luogo che cattura l'inquietudine e il tumulto degli anni '40; un lieto fine". – *Eroi e rubacuori*

Seabreeze Gala

Seabreeze Library

Coral Cottage

Coral Cafe

Coral Holiday

Coral Weddings

Coral Celebration

Coral Memories

Beach View Lane

Sunshine Avenue

Orange Blossom Way

The Love, California Series

Flawless

Beauty Mark

Runway

Essence

Style

Sparkle

20th-Century Historical

Hepburn's Necklace

The Chocolatier

The Winemakers: A Novel of Wine and Secrets

The Perfumer: Scent of Triumph

Library of Congress Cataloging-in-Publication Data

Moran, Jan.

/ di Jan Moran

ISBN 978-1-64778-185-9 (epub)

ISBN 978-1-64778-178-1 (copertina rigida)

ISBN 978-1-64778-187-3 (brossura)

Pubblicato da Sunny Palms Press. Design di copertina: Sleepy Fox. Copyright delle immagini in copertina: Depositphotos.

Sunny Palms Press

9663 Santa Monica Blvd STE 1158

Beverly Hills, CA 90210 USA

www.sunnypalmspress.com

www.JanMoran.com

MATRIMONI A
Coral Cottage

JAN MORAN

USA TODAY BESTSELLING AUTHOR

RINGRAZIAMENTI

I miei più sinceri ringraziamenti a Jessica Ravera ed Emiliano Riva per il loro meticoloso lavoro nel tradurre questo libro. È davvero un piacere lavorare con voi a questo romanzo e agli altri della serie! Sono molto felice di poter condividere questa storia con i miei lettori italiani nella loro meravigliosa lingua.

*D*alla sua cucina del Coral Café, Marina guardò fuori e vide un camioncino giallo con il logo di un *submarine sandwich* e la scritta *Yellow Submarines* entrare nel parcheggio. Colta da un'ondata di trepidazione, finì rapidamente di preparare un vassoio di tartine per il matrimonio di un'amica e lo mise da parte. Dopo essersi tolta la giacca da cuoco macchiata, si affrettò verso il veicolo.

Una donna elegante uscì per salutarla. Indossava un paio di jeans e una maglietta chiara in tinta con il suo veicolo.

Marina si schermò gli occhi dal sole estivo che si rifletteva sull'oceano. "Grazie per avermi portato il furgoncino da vedere".

La donna si presentò come Judith. I suoi occhi blu scuro contrastavano in modo sorprendente con i capelli scuri e argentati, e aveva un'aria felice. "Non c'è problema. Stavo andando a un evento di catering che terrò stasera. È l'ultimo". Judith aprì la porta posteriore. "Dai pure un'occhiata all'interno".

Marina si avvicinò a quella cucina semovente, cercando di immaginare come sarebbe stato espandere il suo Coral Café con una filiale a quattro ruote. Avendo avuto un certo successo, era ansiosa di continuare su quella strada, anche se prendere un camioncino sarebbe stato un azzardo dal punto di vista finanziario.

Tuttavia, vista la stagionalità di Summer Beach e del suo locale, era un rischio da correre per assicurarsi un futuro. Un food truck sarebbe potuto andare ovunque. Se lì, in spiaggia, avesse piovuto per una settimana sul suo locale all'aperto, non avrebbe perso un quarto dei guadagni del mese. Sarebbe potuta andare nell'entroterra, verso cieli più soleggiati.

Mentre Marina ispezionava gli spazi di lavoro e gli elettrodomestici, Judith sottolineò varie caratteristiche che soddisfacevano molti requisiti di ciò che aveva in mente di acquistare. All'interno, il veicolo aveva un'ampia finestra di servizio, una buona ventilazione e dei banconi in acciaio inox. Sempre più entusiasta, controllò la griglia, la friggitrice, il frigorifero, il congelatore e il lavello.

Marina ne era impressionata, anche se cercava di non far trasparire la sua impazienza. Dopo avere visto alcuni vecchi furgoncini usati, questo sembrava quasi troppo bello per essere vero. Lo era sul serio?

"Sembra immacolato. Pare che te ne sia presa cura in modo eccellente".

Judith accettò il complimento con un sorriso. "Perché Bessie – ho dato questo nome al furgone – si è presa cura di me. L'ho comprata subito dopo il divorzio. Non lavoravo da anni e nessuno era impaziente di assumere una cinquantenne. L'unica cosa che sapevo fare era preparare panini".

Come età, Marina non era molto lontana dalla sua,

anche se aveva fatto carriera come conduttrice di un notiziario a San Francisco. Tuttavia, aveva perso quel lavoro da poco e, alla sua età, non avuto molte altre nuove offerte, soprattutto dopo il suo imbarazzante cedimento in diretta. Ma tutto ciò, ormai, faceva parte del passato.

Passò la mano su di un forno dove avrebbe potuto preparare le sue famose pizze ai frutti di mare. Quel camioncino poteva far parte del brillante futuro che stava progettando. "Allora, perché lo vendi?"

"Mi sto per trasferire".

"E non puoi portarlo con te?"

"Non in Nuova Zelanda". Judith sorrise. "È stata un'esperienza lavorativa fantastica, ma sto per sposarmi. La speranza è l'ultima a morire, no? Lui è uno chef neozelandese e compreremo un ristorante a Queenstown, così Bessie resterà qui. Non avrei mai sognato di risposarmi, ma d'altra parte, nemmeno pensato di divorziare. La vita mi ha riservato molte sorprese. Tuttavia, sono felice di come sono andate le cose".

"Posso capirlo". Anche la vita di Marina era cambiata radicalmente.

Scese e fece un giro intorno al camioncino. All'esterno, aveva dei pannelli solari sul tetto e un tettuccio che si estendeva sopra la finestra di servizio. Cercò di immaginare quel veicolo tinteggiato con la vivace combinazione di colori corallo del suo locale.

Judith la seguì fuori e passò una mano sulla vernice ancora lucida. "Ne ho passate tante con questo furgoncino. Infatti, è stato lui a condurmi dal mio nuovo marito".

"Com'è successo?"

Uno sguardo affettuoso riempì il volto di Judith. "Mi ero fermata a una partita di baseball in cui giocava suo nipote. Harold aveva ordinato un panino con polpette e salsa extra. Ha detto che era il migliore che avesse mai mangiato, e io gli ho risposto che le polpette erano fatte seguendo la ricetta di mia nonna. Ben presto ci siamo scambiati ricette e tecniche, e pochi mesi dopo eravamo lì ad organizzare il nostro matrimonio. Quando ero sposata, ho passato il tempo a prendermi cura dei genitori di mio marito e dei miei, prima che morissero. Ora ho una seconda possibilità con un uomo fantastico e i suoi figli. Li amo davvero tutti". Accarezzò un parafango. "Bessie porta fortuna".

"Lo terrò presente". Marina sorrise. "Un po' di fortuna non guasta mai".

"L'ho fatto vedere a diverse coppie". Dopo una breve pausa, Judith chiese: "Sei sposata?".

"Vedova", fu la risposta automatica di Marina, la stessa che dava da più di vent'anni. "Ma ora sto frequentando una persona davvero speciale". Il suo cuore accelerò, anche solo pensando a Jack.

Un sorriso si allargò sul volto di Judith. "Spero che funzioni anche per voi. Lavorereste insieme su questo furgone?".

Marina ridacchiò. "Lui non è molto bravo con il cibo. Ma, in compenso, ha un ottimo appetito. A me piace cucinare per la gente". Aveva fatto assaggiare tutti i suoi nuovi piatti a Jack e suo figlio Leo, che aveva un palato sorprendentemente raffinato per un bambino di undici anni. "Per me il cibo ben preparato è uno dei linguaggi dell'amore".

"Per me lo è stato di sicuro", concordò Judith.

Marina fece un'ispezione sommaria della struttura del furgone e dei suoi sistemi, chiedendosi cosa ne avrebbe pensato Jack. Negli ultimi mesi, la loro relazione si era adagiata in una tranquilla routine. Sebbene lui parlasse spesso del loro futuro insieme, non aveva ancora preso alcun impegno concreto. Ma, d'altronde, nemmeno lei.

Di recente, sua nonna si era chiesta se Jack la stesse dando per scontata. Anche se Marina non lo pensava, quell'idea le era rimasta in mente. Amava Jack, ma forse era stata troppo disponibile e accomodante. Tuttavia, Marina non era una che amava aspettare gli uomini prendere una decisione. Aveva sempre dovuto provvedere a se stessa e ai suoi gemelli.

Era un nuovo capitolo della sua vita, ed era determinata ad andare avanti, per espandere l'attività e il marchio del Coral Café.

"Cosa ne pensi?", chiese Judith.

"È bello, ma devo farlo revisionare. E dipingerlo o rivestirlo per adattarlo al marchio del mio locale". La testa di Marina quasi pulsava, al pensiero di un'altra grande spesa. "È possibile trattare sul prezzo?"

"Potrei farti un piccolo sconto".

"Sarebbe d'aiuto". Marina aveva stilato a matita le sue proiezioni finanziarie e la banca approvato un prestito che pensava di poter risarcire abbastanza rapidamente. Si era informata a dovere, ma rappresentava un altro grande passo per lei.

Il suo locale era vicino alla spiaggia e ai turisti, quindi stava pensando ad altre località, tra cui l'anfiteatro Seashell che sua sorella Kai e il suo fidanzato Axe stavano gestendo. Forniva già loro delle cene confezionate in alcuni cestini, quindi aveva intravisto l'opportunità di sfruttare la situazione. La sua mente era piena di possibilità.

"Com'è andata con i panini?", chiese Marina.

"Abbastanza bene. Mi occupavo dei soliti pranzi vicino

agli uffici, ma i veri soldi si fanno con eventi più particolari. Feste, matrimoni, bar mitzvah".

Anche quelli erano sulla lista di Marina, insieme ad altre idee. "Hai partecipato a molti matrimoni?"

"Sorprendentemente, sì. A molti piace servire del cibo ai propri ospiti. Un food truck è un'idea simpatica, soprattutto per eventi piccoli e informali come i matrimoni sulla spiaggia. Spesso, però, vogliono del cibo più raffinato. Più simile a quello che servi tu, probabilmente".

Era vero. Marina aveva parlato con un'organizzatrice di matrimoni di Summer Beach che era interessata a ingaggiarla. Disporre di una cucina su ruote avrebbe ampliato le sue opportunità lavorative e, ora che stava formando un altro cuoco, ci sarebbe stata la possibilità di espandersi.

Fortunatamente, il locale andava bene durante la stagione estiva. Era decisa a far sviluppare la sua attività anche fuori stagione.

"Mi è capitato di parlare con un paio di persone interessate al camioncino, ma senza aver mai lavorato nel settore della ristorazione", proseguì Judith. "Forse è contro i miei interessi, ma ho consigliato loro di trovarsi prima un lavoro in questo campo. Non vorrei venderlo a qualcuno che non sa cosa farsene. L'ho fatto allestire come volevo dopo aver fatto un po' di esperienza".

"È evidente che ci hai pensato molto".

"Cosa pensi di servire dal furgone?"

"Per lo più piatti da spiaggia della California del Sud". Marina elencò con le dita alcune delle voci più popolari del suo menu. "Spiedini alla griglia, hamburger vegetariani, frullati proteici e di frutta. Le torte di granchio e la pizza gourmet ai frutti di mare sono solo un paio delle mie specialità. Le insalate miste, i taglieri di formaggi e qualsiasi tipo di *slider* sono molto apprezzati. Li servo con patatine dolci e aioli".

Judith sembrava impressionata. "Questo tipo di menu andrebbe bene in spiaggia e in location particolari. Ci sono un bel po' di mostre d'arte e di festival del vino dove potresti lavorare".

"Sono tutte ottime idee". Con il clima mite della California meridionale, nelle comunità vicine c'erano molti eventi lungo tutto l'anno, mentre a Summer Beach, non così tanti.

"La cosa mi incuriosisce", disse Judith, facendo cenno ai tavoli del patio esterno. "Perché non rimani solo con il locale, e basta?".

Marina ci aveva pensato a lungo. "L'idea di espandermi senza dover sostenere i costi aggiuntivi di una nuova sede mi alletta. Ho due gemelli e vorrei mettere da parte un po' di soldi per loro. E per la mia eventuale pensione, anche se spero che sia molto lontana".

Il food truck avrebbe potuto rappresentare una nuova fonte di reddito, cosa assai gradita con sua figlia Heather ancora al college.

Judith strizzò gli occhi contro il sole e sembrò pensarci su seriamente. "Se non riuscirò a vendere il camioncino prima di partire, ho intenzione di farlo valutare da un intermediario d'affari. Ma dato che hai un bar e sai cosa stai facendo, credo che sarebbe adatto a te. Se hai intenzione di utilizzarlo seriamente".

"Certo, ma ho anche un limite di budget". Era un discorso piuttosto azzardato, ma Marina aveva fiducia nei suoi calcoli.

Judith trascinò un dito del piede nella sabbia, pensando. "Se vuoi il furgone, potrei togliere dal prezzo la commissione che avrei pagato a un intermediario. In questo modo faresti un ottimo affare. Voglio che vada in buone mani. Ha significato molto per me".

"Lo vedo". Marina le sorrise con una certa gratitudine. "E uno sconto sarebbe di grande aiuto".

Judith guardò il camioncino con un'espressione malinconica. "Bessie mi ha dato la possibilità di gestire liberamente un'attività tutta mia. Mi mancherà".

Anche Marina si sentiva così nei confronti del suo locale. "Potrei inviarti delle foto per farti sapere come sta".

Sul volto della donna sbocciò un sorriso. "Lo faresti? Mi piacerebbe sapere che questo furgoncino sta aiutando un'altra donna. È stato così buono con me".

Judith propose un prezzo che Marina ritenne più che equo. Sebbene il suo stomaco si stesse attorcigliando in egual misura per l'emozione e la trepidazione, decise di fare quel salto di qualità.

Marina tese la mano per stringere l'accordo. "Ho qualcuno che può dare un'occhiata a Bessie immediatamente e, se è a posto, la prenderò".

"Che mi chiamino pure". Judith le strinse la mano. "Hai fatto un affare". Si scambiarono i numeri, e poco dopo, quest'ultima si allontanò.

Anche se Marina stava quasi per scoppiare dall'emozione, si affrettò in cucina per finire di preparare il cibo per il matrimonio di quella sera. Era anche ospite di Jack, quindi doveva fare una doccia e vestirsi. Era un momento speciale per lui. La madre di suo figlio, Vanessa, si sposava.

Attraverso una finestra aperta, poteva sentire sua sorella minore Kai cantare nella doccia al secondo piano della casa al mare della nonna. Una volta finite le melodie di Kai, sarebbe stato il turno di Marina per la doccia. Sorrise, ascoltando quelle note felici. Sua sorella era una cantante professionista con una voce incantevole. Anche Marina aveva voglia di mettersi a cantare per la gioia, ma nessuno avrebbe voluto ascoltare la sua esibizione.

Mentre lavorava, cercò di tenere a bada l'emozione; il camioncino doveva ancora superare la revisione.

Proprio in quel momento, suo figlio Ethan entrò nel vialetto. Guidava un SUV in grado di trasportare tutta l'attrezzatura da golf che di solito portava con sé. Era un giovane allampanato, dai capelli biondo scuro, quasi dorati, e gli occhi grigio-azzurri.

Seduta accanto a lui c'era Heather, sua sorella gemella, i cui occhi – simili a quelli del fratello – erano stupefacenti. I suoi lunghi capelli erano raccolti in una coda di cavallo.

Avevano accettato di lavorare al matrimonio di quella sera, che si sarebbe tenuto al Seabreeze Inn sulla spiaggia. La Mini-Cooper di Marina non era di grande aiuto per il catering.

"Tempismo perfetto", esclamò Marina mentre si dirigeva verso di loro. Non vedeva l'ora di dare la notizia del furgoncino.

Più tardi, quella sera, Marina si sedette con Jack nel patio del Seabreeze Inn, un'antica e bellissima casa sulla spiaggia. Una brezza leggera e mite faceva frusciare le palme che circondavano il patio, dove gli ospiti erano riuniti per il matrimonio al tramonto di Vanessa Rodriguez e del dottor Noah Hess.

Tutti gli ospiti stavano prendendo posto. La nonna di Marina, l'impareggiabile Ginger Delavie, era seduta dall'altra parte rispetto a lei. Stavano chiacchierando con Ivy Bay, proprietaria della locanda e vecchia amica estiva di Marina. Si erano conosciute da adolescenti e avevano riallacciato i rapporti quando Marina era tornata a Summer Beach.

Ivy si chinò in avanti. "Non ho resistito a dare un'occhiata ai vostri antipasti in cucina. Sembrano deliziosi, soprattutto le torte di granchio e il cocktail di gamberi alla griglia. Ho dovuto assaggiare il prosciutto in quei mini-panini. Era davvero gustoso".

"Grazie", disse Marina, sinceramente riconoscente. "E adoro il tuo vestito. Ti sta benissimo". Era un vestito di cotone floreale con una gonna ampia, con uno scollo all'americana, che si stringeva in vita.

Ivy si sbottonò la gonna mentre parlava. "È uno degli abiti vintage di mia madre, che ha portato con sé dalla sua luna di miele a Parigi. L'ho sempre adorato, e quest'estate mi ha permesso di modificarlo per adattarlo alle mie forme".

Ginger annuì con approvazione. "Carlotta ha sempre avuto un ottimo gusto. Sembra un modello di Christian Dior".

"È proprio così", esclamò Ivy.

Mentre Ginger e Ivy continuavano a parlare, Marina si guardò intorno, godendosi la bellezza di quella scena. Era un matrimonio in stile da spiaggia e tutte le donne indossavano dei leggeri abiti estivi.

Ginger era elegante, con un tubino color pesca che metteva in risalto i riflessi dei suoi capelli ancora ramati, e un triplo filo di perle come le avrebbe indossate Jackie Kennedy. Marina sapeva che erano un regalo di Bertrand per il loro decimo anniversario. Per sé, aveva scelto un abito blu ardesia decorato con dei gigli color crema.

Dall'altra parte, Jack indossava una camicia stirata con colletto aperto e dei pantaloni di lino come la maggior parte degli altri uomini presenti. Afferrò la mano di lei.

"Sono felice che Vanessa abbia trovato qualcuno che la ami sinceramente". La sua voce era carica di emozione. "Dopo tutto quello che ha passato, se lo merita".

Marina era profondamente felice anche per Vanessa. Il dottor Noah Hess era un ricercatore medico di fama mondiale in Svizzera e aveva fatto parte dell'équipe che l'aveva curata. Si erano innamorati durante le cure. Pochi pensavano che sarebbe guarita, ma il dottor Noah aveva scoperto una nuova terapia. A cui, fortunatamente, Vanessa aveva risposto, e ora la sua patologia era in remissione. Per sempre, sperava Marina, perché Leo aveva bisogno di sua madre.

"A volte basta incontrare la persona giusta". Marina gli strinse la mano.

Jack alzò le sopracciglia e annuì pensieroso. "È così che ti sentivi con Stan?".

Marina intendeva Jack, ma rispose ugualmente. "Eravamo molto innamorati e lui era anche il mio migliore amico. Ho sempre desiderato che Heather ed Ethan avessero potuto conoscere il loro padre".

Stan era morto in Afghanistan prima della nascita dei gemelli. Marina era stata così impegnata a prendersi cura di loro e a lavorare che non aveva quasi avuto il tempo di pensare ad altro.

Marina diede un'occhiata alle sue spalle per vedere se i suoi figli si erano uniti a loro per la cerimonia.

Heather e Ethan erano lì, seduti in ultima fila con gli amici. Avevano organizzato per bene la disposizione degli antipasti. Aiutavano Marina con gli eventi quando avevano tempo, anche se Ethan era quasi completamente concentrato sul golf. Heather era in pausa estiva dal college, ma la sua vita sarebbe presto cambiata, dopo la laurea.

Proprio in quel momento, la musica si alzò e Marina si voltò, insieme al resto della piccola folla che si era radunata.

Leo camminava con la madre verso il pastore, sorridendo, mentre Vanessa infilava il braccio nel piccolo incavo di quello del figlio. Ormai cresciuto, era solo pochi centimetri più basso della madre.

Accanto a lei, Jack deglutì a fatica. "Sembra così cresciuto".

"E Vanessa è bellissima".

La sposa indossava un abito diafano di seta in una morbida tonalità color avorio. I capelli di Vanessa erano ricresciuti, corti e scuri, e una fascia scintillante li scostava dal viso. Marina non l'aveva mai vista così felice.

Un tempo Jack e Vanessa erano stati colleghi. Durante un incarico pericoloso, a cui nessuno dei due pensava di poter sopravvivere, avevano cercato conforto l'uno nell'altra, mentre i proiettili sfrecciavano sopra le loro teste.

Una vita fa, come aveva detto Vanessa una volta. Era stata solo una notte, e non aveva mai detto a Jack che avevano avuto un figlio. Aveva semplicemente lasciato l'incarico e, sebbene si fossero tenuti in contatto per un po', non gliene aveva mai parlato.

Solo quando a Vanessa era stata diagnosticata una malattia potenzialmente letale, aveva contattato Jack per fargli conoscere suo figlio. Vanessa era pragmatica: se non fosse sopravvissuta, Leo avrebbe avuto bisogno di suo padre.

Jack era rimasto scioccato e dispiaciuto dal fatto che lei non glielo avesse mai detto. Tuttavia, Vanessa era stata categorica nel ribadire che non aveva mai voluto sposare né lui né nessun altro. I suoi genitori non lo avrebbero comunque accettato.

Ormai erano entrambi scomparsi, e Marina ammirava il modo in cui Jack aveva immediatamente raccolto quella sfida. Anche se stava ancora imparando a fare il padre, amava Leo.

Un tempo Marina temeva che Vanessa potesse essere innamorata di Jack. Conoscendolo, avrebbe sentito il dovere di sposarla per il bene di Leo, ma Vanessa non ne voleva sapere. Aveva sempre avuto un modo di pensare tutto suo e si era opposta fermamente al matrimonio.

Finché non aveva incontrato il dottor Noah.

L'uomo, esile e occhialuto, sorrideva alla sua radiosa futura sposa mentre lei camminava verso di lui. Leo passò la mano di sua madre all'uomo che sarebbe diventato il suo patrigno prima di prendere posto accanto a Jack.

"Come sono andato, papà?", Leo sussurrò.

"Sei stato bravissimo. Sono incredibilmente orgoglioso di te, giovanotto". Jack mise un braccio intorno a Leo e lo abbracciò stretto.

Guardando i due, il cuore di Marina si gonfiò d'amore. Andava d'accordo con Leo, ma pensava che quel ragazzo avrebbe avuto bisogno di tempo per adattarsi al suo nuovo patrigno. Il dottor Noah era un uomo gentile e brillante e Marina era felice per tutti loro.

La cerimonia ebbe presto inizio. Vanessa e il dottor Noah si scambiarono le promesse, toccando Marina con la loro sincerità. Con la coda dell'occhio, vide Jack sospirare e asciugarsi gli occhi. Teneva ancora a Vanessa, come cara amica e madre di suo figlio. Marina era contenta per tutti loro che la situazione si fosse risolta per il meglio.

La mano di Jack era calda, e lei intrecciò le dita con le

sue, assaporando quel legame. Si chiese se un giorno sarebbe arrivato il loro turno.

Ultimamente Jack si comportava in modo diverso. Di tanto in tanto faceva riferimento al loro futuro insieme, ma in modo non impegnativo.

Ginger la guardò, poi volse gli occhi a Jack e Leo. Sua nonna notava e analizzava tutto ciò che la circondava. Marina apprezzava la sua opinione e sapeva che Ginger adorava Jack. Lui illustrava i libri per bambini che lei aveva scritto nel corso degli anni. Tuttavia, Ginger aveva standard elevati.

Jack poteva essere un giornalista investigativo di grande talento, ma aveva anche confessato di non essere mai rimasto a lungo in un posto o con una sola donna. Fino a quando non si era trasferito a Summer Beach per occuparsi di Leo.

Il pastore stava parlando proprio in quel momento, dichiarando finalmente Vanessa e il dottor Noah uniti in matrimonio. Quando Vanessa baciò il suo nuovo marito, Leo iniziò ad applaudire. Tutti risero e si unirono a loro mentre Leo corse dalla sedia per raggiungere sua madre e il dottor Noah. I tre si presero per mano per camminare lungo la navata, e Leo era raggiante.

"Ecco il mio ragazzo", disse Jack ridacchiando. "Ruba di nuovo la scena, proprio come ha fatto allo spettacolo di Natale".

Marina rise. Leo era così importante per lei. Nello spettacolo natalizio dell'anno precedente, al Seashell, aveva interpretato la parte di Tiny Tim, dimostrando una naturale attitudine alla recitazione. Sua sorella Kai lo aveva diretto nello spettacolo, e grazie a quell'esperienza, Vanessa e Kai erano diventate buone amiche.

"Nemmeno io avrei potuto dirigerlo meglio", disse Kai. "Credo che anche il fotografo abbia fatto centro".

Jack sorrise. "Sono sicuro che Vanessa apprezzerà".

Mentre tutti si congratulavano con gli sposi, Marina si assentò per dare un'occhiata al cibo. Si fidava di Heather e Ethan, ma voleva assicurarsi che tutto filasse liscio per Vanessa, che stava facendo le foto con il dottor Noah e Leo.

Mentre la piccola folla si mescolava all'ora del cocktail, Marina si fece strada tra parenti e amici verso la cucina. All'interno, parlò con Shelly, la sorella di Ivy, e con sua nipote Poppy. Le tre donne si stavano assicurando che tutti fossero felici e a proprio agio.

Marina vide altri ospiti della locanda, tra cui una residente di lungo corso, Gilda, che viveva lì con il suo chihuahua. Pixie era una nota cleptomane. Le due venivano spesso a pranzo al bar e, proprio l'altro giorno, Pixie aveva rubato una scarpa a una donna, dopo che se l'era tolta sotto il tavolo mentre mangiava.

Mentre si dirigeva verso la cucina di Ivy, Marina si fermò a chiacchierare con Gilda. La donna portava Pixie in uno zaino rosa che si intonava alle mèches dei suoi capelli. "Esci?"

"Facciamo una passeggiata per trovare l'ispirazione. È una serata così bella, e Pixie non è uscita oggi, se non per la sua seduta di terapia".

Pixie guaì, come per esprimere il suo disappunto verso Gilda.

"Povera piccola". Marina grattò Pixie dietro le orecchie mentre parlava con la sua padrona. "Come va la scrittura?"

"Sto ultimando un articolo per il *Mensile degli amanti dei cani*. L'editore vuole includere anche alcuni emozionanti racconti brevi. La narrativa è un cambiamento rispetto ai miei soliti articoli, ma dovrebbe essere divertente provarci. Forse inserirò Scout in uno dei racconti".

Scout era il giovane, adorabile labrador retriever di Jack, il cui entusiasmo per la vita era fuori misura, come le sue enormi zampe da cucciolo. "Jack e Leo ne sarebbero entusiasti. Se lo farai, sarà una sorpresa. So che ti piace scrivere qui alla locanda, ma puoi portare il tuo portatile al bar quando vuoi".

Gilda sorrise. "Un cambiamento potrebbe giovare alla mia musa ispiratrice. Grazie". Spostò la testa verso il salone, dove un uomo attraente era seduto a leggere un libro. "Hai visto il nuovo pediatra?".

Marina seguì il suo sguardo. Alto, gambe lunghe, mento cesellato. Notò che altre donne lo osservavano di sottecchi.

Gilda continuò: "Bennett lo sta aiutando a trovare una casa. Ha intenzione di rilevare lo studio della dottoressa Dede, quando lei andrà in pensione. Ed è single". Diede un colpetto col gomito a Marina.

"Potrebbe fare al caso tuo".

"Non sono una panterona", disse Gilda con un sospiro. "Anche se a volte vorrei esserlo. Bè, una donna può sempre godersi un bel panorama".

Marina rise e si allontanò. Pochi minuti dopo tornò, soddisfatta che Heather, Ethan e il resto del personale assunto per l'evento si stessero comportando bene.

Dopo aver servito gli antipasti, tutti si erano riuniti per la cena, ai tavoli dell'ampio patio della locanda. Non era il matrimonio più grande o più elaborato che avessero mai servito, ma un gruppo intimo di buoni amici, veramente felici per la coppia. Mentre il sole al tramonto irradiava sfumature dorate, Marina pensò di non aver mai visto un matrimonio sulla spiaggia così bello.

Leo era seduto con sua madre e il suo nuovo marito. Al loro tavolo c'erano anche i buoni amici di Vanessa, Denise e John Davis, e la loro figlia Samantha, che era la migliore amica di Leo. Per lui erano come una famiglia, perché era cresciuto accanto a loro, e Vanessa e Denise erano quasi come sorelle. Quando Vanessa si era trasferita a Summer Beach, l'altra famiglia l'aveva seguita lì, e John aveva avviato uno studio di consulenza tecnologica.

Kai era seduta con Ginger, e stava per essere servito il primo piatto, un gazpacho freddo all'avocado. Jack e Axe, l'imprenditore dalle spalle larghe che aveva costruito l'anfiteatro Seashell, stavano parlando con il sindaco Bennett a un altro tavolo. Marina vide Kai fare un cenno verso di loro.

Axe aveva anche una bella voce baritonale. Nel corso dell'ultimo anno, lui e Kai avevano collaborato alla loro esperienza di teatro sotto le stelle, una gradita aggiunta per Summer Beach. I due avevano una collaborazione professionale simbiotica ed erano molto innamorati. Con tutta la sua esperienza come attrice di musical, Kai era desiderosa di scrivere e dirigere.

L'anno scorso Marina aveva partecipato allo spettacolo natalizio. Tuttavia, preferiva lavorare dietro le quinte, fornendo cestini da picnic. E presto, si augurava, ci sarebbe stata una nuova esperienza con il food truck.

Quando Marina prese posto, si rivolse a Kai. "Come sta andando la tua nuova produzione? Hai provato fino a tardi quasi tutte le sere. Sarai pronta per la prima di questa settimana?".

Kai si rallegrò. "Certo, e sarà spettacolare".

Sua sorella e Axe avevano scritto un nuovo musical, *Belles on the Beach*. Marina aveva sentito Kai canticchiare alcune nuove melodie e si chiedeva se fossero state inserite nello spettacolo. "Vorrei che ci faceste assistere a una prova". Evidentemente gli attori avevano tutti giurato di mantenere il segreto.

"Assolutamente no". Gli occhi di Kai brillarono di gioia. "Deve essere una sorpresa. Ma posso dire che è una storia molto piacevole".

"Quando mi sono alzata dal mio pisolino", disse Ginger, rivolgendosi a Marina, "ho visto un camioncino davanti al locale. Giallo brillante, impossibile non notarlo. Era di un tuo amico?".

Con un rapido sorriso, Marina rispose: "Volevo che fosse una sorpresa, ma quella cucina su ruote potrebbe presto far parte del Coral Café. Se passa la revisione, la comprerò. Sono andata in giro a vederne un po', e la proprietaria mi farebbe un ottimo prezzo".

"Che idea assolutamente meravigliosa". La gioia riempì il volto di Ginger. "Oh, in quanti posti potremo portarlo. Come ci divertiremo".

Marina amava il fatto che Ginger fosse sempre pronta all'avventura, anche alla sua età. "È un peccato, ma quelle decorazioni in stile *Yellow Submarine* dovranno sparire. Dovrà essere ridipinto con i colori e il logo del Coral Café".

"Forse Jack potrebbe aiutarci", suggerì Ginger. "Ha così tanto talento".

"So che sei la sua fan numero uno, ma ho un grafico esperto che può farlo", disse Marina con leggerezza. Le piaceva dirigere i suoi affari da sola.

"Visto che parliamo di sorprese, ne ho una anche per te". Kai si chinò verso Marina, abbassando la voce. "Non dovrei dirtelo, ma in città si sta spargendo la voce su te e Jack".

"Quale, adesso? figlio segreto, o qualcosa del genere?", chiese Marina scherzando, ma non del tutto. I pettegolezzi erano un passatempo popolare a Summer Beach.

Kai fece un gesto eloquente con la mano. "Nessuno ha mai creduto a quelle sciocche dicerie. Ma, parlando seriamente, ho visto Jack fare acquisti in paese. Mi ha chiesto di non dire nulla, e non l'ho fatto, ma non ero l'unica lì, se capisci cosa intendo".

"Perché fare shopping dovrebbe essere un problema?"

"Dipende da cosa stava guardando". Kai toccò con discrezione l'anulare nudo della mano sinistra di Marina. Sulla sua, Kai portava l'anello di fidanzamento che le aveva regalato Axe. Kai amava i gioielli insoliti, e il suo era un anello con un rubino d'epoca che aveva intenzione di indossare insieme a sottili fedi nuziali con pietre diverse, a seconda dell'umore.

Il cuore di Marina sussultò al solo pensiero, ma non era del tutto sicura che lei e Jack fossero pronti. Ed era sorpresa che sua sorella avesse tirato fuori quell'argomento. Fece un gesto con la mano verso il basso. "Non voglio sentire cose del genere, ora".

"Non volevo rovinarti la sorpresa, ma ho pensato che prima o poi l'avresti saputo, quindi tanto valeva che lo dicessi io". Kai storse il naso. "Ti prego, non arrabbiarti con me".

Marina strinse l'avambraccio della sorella, cercando di trattenere l'emozione. "Sei sicura?"

"Ero lì. E tu sai cosa può significare, quando un uomo va a fare shopping". Kai le lanciò un'occhiata tagliente. "Per noi donne è come se si trattasse di fare una gita divertente. Anche se non compriamo nulla, pranziamo o prendiamo un caffè. Ma per gli uomini, lo shopping è una missione. Il loro scopo è sfoderare la carta di credito e impadronirsi della merce". Kai saltò sulla sedia. "Non sei un po' emozionata?".

Marina lo era, ma non nel modo che si sarebbe aspettato Kai. "Non sono come te. Non è la mia prima volta".

"Puoi comunque esserlo di nuovo".

"Lo sono. Davvero". Marina aveva una visione più matura di Kai. Era più grande, e ne aveva anche passate molte di più, rispetto a sua sorella. "Sono più preoccupata di prendere la decisione giusta, questa volta".

Kai inarcò un sopracciglio. Non voleva lasciar perdere. "Non mi avevi detto che Jack aveva prenotato da *Beaches*?".

Non appena la sorella ebbe pronunciato quel nome, nella sua mente si formò un'immagine. Era per quello che si era assicurato che lei fosse disponibile per uscire proprio quel giorno? Gliel'aveva chiesto con disinvoltura, ma lo aveva anche fatto tre volte. Questo non era da Jack.

"Diverse settimane fa", ammise Marina. "È difficile prenotare un posto, in estate".

"Ecco", esclamò Kai trionfante, alzando la sua mano in aria.

"*Yeesy Louisey*, abbassa la voce". Marina la zittì con una vecchia espressione che aveva usato una volta con i gemelli quando erano piccoli. Le era rimasta impressa, proprio come *easy, peasy, cheesy*.

Kai abbassò di nuovo il tono della sua voce, fino a un sussurro da palcoscenico. "Scommetto che ti farà la proposta lì. Dopo tutto, è il ristorante più romantico di Summer Beach".

Marina sbatté le palpebre di fronte a quella possibilità. Jack si era premurato di dirle che aveva prenotato uno dei tavoli migliori con vista sull'oceano, proprio al calar del sole. Ora si rendeva conto che avrebbe dovuto controllare a che ora esattamente tramontava. Sebbene Jack avesse un'attenzione così maniacale per i dettagli, di solito la riservava al suo lavoro professionale. Nella vita di tutti i giorni, spesso agiva in un modo così elementare da farli ridere entrambi. Se fosse stato un insegnante, sarebbe stato il classico professore sempre distratto.

Anche se era molto più bello. I suoi capelli folti e scompigliati, e i suoi profondi occhi blu che brillavano di intelligenza l'avevano attratta, anche se, all'inizio, quasi controvoglia. E le sue corse sulla spiaggia con Bennett stavano certamente migliorando un fisico che, di suo, era già piacevole.

Un brivido di emozione le si raccolse nel petto. Jack aveva deciso di chiederle di sposarlo? Ma soprattutto, era pronta per quel passo? Avrebbero avuto molto di cui parlare, prima. Marina espirò, per calmare il suo improvviso nervosismo.

"Allora? Che ne pensi? Non sarà divertente se ci sposiamo entrambi?". Kai la tempestò di domande.

Marina si mise a ridere. "Forse tu sei nella fase degli occhi a cuoricino, ma io conosco gli altri aspetti del matrimonio. Non che non ne valga la pena, è solo che sono più consapevole". Tuttavia, desiderava di nuovo un legame così profondo.

Spostando la criniera di capelli biondo fragola su una spalla, Kai la incalzò di nuovo. "Oh, andiamo. Ne vale assolutamente la pena. Cerca solo di essere solo un po' emozionata… per me? Ce l'ho messa tutta per non dirtelo. Ma a Java Beach, Darla continua a parlarne, e tu sai cosa significa. Penso che tu e Jack siate assolutamente perfetti insieme".

Ginger osservava le nipoti con un sorriso divertito, sorseggiando tranquillamente un bicchiere di vino.

"Perfetti?" Marina allargò le braccia. "Non esiste. Ma in questa fase della mia vita, ciò che desidero è solamente una relazione che sia la più corretta possibile, fra due esseri umani imperfetti. La perfezione è sopravvalutata e troppo stressante".

Era il suo lato razionale a parlare. Ricordava con affetto come lei e Stan avessero riso delle loro stupide disavventure. Come anche con Jack.

Ormai fissata da quel pensiero crescente, Marina guardò Jack dall'altra parte del patio, il cui profilo era illuminato da una serie di luci sopraelevate che proiettavano un chiarore soffuso. Per quanto cercasse di essere pratica, il solo vederlo le faceva battere il cuore come se fosse un'adolescente.

Aveva imparato ad amare Jack, ma era un uomo per tutta la vita? Ed era un rischio che lei era disposta a correre?

Con un leggero sospiro, riportò l'attenzione sul tavolo.

Ginger stava fissando Marina e Kai con un sorrisino sulle labbra. "Avevo un presentimento su te e Jack. Dopo tutto, sembra che i matrimoni estivi siano nell'aria. Anche se non conosciamo ancora le date precise".

La nonna si riferiva anche a Kai, che aveva deciso di anticipare il suo a quell'estate. Kai poteva anche aver rivelato il segreto di Jack, ma non aveva condiviso il motivo per cui lei e Axe avessero anticipato il matrimonio rispetto alla primavera dell'anno seguente, se non per il fatto che Kai preferiva una cerimonia estiva. Marina si chiese se fosse quello il vero motivo, soprattutto perché erano nel bel mezzo dell'alta stagione.

Marina fece una risata imbarazzata. "Forse Jack mi sta semplicemente offrendo una bella cena per farsi perdonare l'ultimo fiasco".

Lei e Jack uscivano raramente, visto che era lei a cucinare. Di solito Jack e Leo si presentavano al caffè. A volte lui le chiedeva di preparare la cena a casa sua, dopo la chiusura del locale, anche se spesso era stanca. Francamente, pure lei avrebbe gradito trovare pronto un buon pasto, dopo averne serviti agli altri per tutto il giorno.

Tuttavia, Marina sapeva che qualcosa era cambiato nel loro rapporto. Quella sera, durante la cerimonia, lui le aveva stretto forte la mano, con gli occhi pieni di lacrime di commozione.

Stava pensando al futuro della loro relazione?

Riprendendo fiato, sorrise a Kai e a Ginger. Forse stava succedendo davvero.

2

*J*ack non aveva più tempo. Dopo il matrimonio di Vanessa, la settimana precedente, si era reso conto di dover prendere una decisione in merito all'anello. Anche se a Marina non fosse piaciuto quello che aveva scelto, avrebbe potuto restituirlo. Ma aveva fatto abbastanza promesse e vuote allusioni sul loro futuro. Questa volta era determinato ad impegnarsi. Ora doveva assicurarsi che lei lo sapesse.

Con un'occhiata furtiva alle spalle, degna di una spia, si infilò in un'altra gioielleria del paese. Un sacco di collane con delfini, orecchini di stelle marine e braccialetti con ciondoli ispirati alla spiaggia penzolavano dagli espositori e riempivano le teche, ma erano cose che si potevano regalare a una fidanzata.

Non alla donna che aveva in mente di sposare. Sempre che lei lo avesse voluto, s'intende.

Fece un respiro nervoso e si infilò in bocca una mentina dal sapore decisamente forte. Ne comprava in grandi quantità, da quando aveva smesso di fumare, per placare i nervi ogni volta che sentiva l'impulso di tornare a farlo. Il suo primo editore era un fumatore incallito e lui aveva preso quel vizio durante le notti di lavoro.

Sospirò, concentrandosi sulla freschezza della mentina e sulla vita che immaginava con Marina e Leo.

Vedere Vanessa e il dottor Noah impegnarsi l'uno con l'altra era stato molto bello e toccante. Il loro matrimonio significava molto per Leo. Dopo tutto, le scoperte in campo medico del dottor Noah avevano salvato la vita di sua madre.

Jack sapeva quanto anche suo figlio amasse Marina.

Non poteva sbagliare.

Voltandosi, Jack vide una teca di vetro che conteneva fedi nuziali e anelli di fidanzamento. Appoggiando le mani sui bordi, sbirciò all'interno, cercando di agire con nonchalance. Eppure, il cuore gli batteva forte.

La negoziante si avvicinò a lui. "Posso aiutarla in qualcosa?".

Era alta, e aveva un look da spiaggia. Dai lobi delle orecchie le pendevano delle palme d'argento e indossava un prendisole dal motivo simile.

"Sì, grazie, questa vetrina mi sembra molto interessante".

Un sorriso complice incurvò la bocca della donna. "Qui posso mostrarle tutto ciò che vuole".

Jack scrutò l'assortimento, ma non c'era nulla che lo colpì particolarmente. Niente che fosse unico come Marina. Al solo pensiero di lei, il petto gli si stringeva in quel modo, un tempo sconosciuto, a cui si era ormai abituato.

Ricordava che, da giovane, suo padre gli aveva premuto

una mano sul petto, dicendo che non era in grado di descrivere l'amore, ma sapeva che era reale perché lo sentiva ogni volta che guardava sua moglie.

Jack si passò una mano proprio lì. Provava quella sensazione in quel momento, e ogni volta che vedeva Marina.

Al Coral Cottage aveva visto la foto del suo matrimonio esposta su una delle librerie di Ginger. Lei indossava una fascia sottile e un semplice abito a fantasia. L'unico indizio era il bouquet che portava e il giovane di bell'aspetto che le stava accanto raggiante in uniforme.

Jack era rimasto colpito dalla sua giovinezza e bellezza, anche se ai suoi occhi Marina ora era ancora più bella. Possedeva maturità, raffinatezza e intelligenza. Una combinazione incredibile, davvero. Ma soprattutto l'amava per ciò che aveva nel cuore, per il modo in cui si prendeva cura della sua famiglia e dei suoi amici. E di lui e Leo.

Sorrise, tra sé e sé. Persino Scout era innamorato di lei.

La donna aprì la vetrina. "Le mostrerò i nostri anelli più richiesti".

Con una seconda occhiata al bancone, decise subito che non c'era nulla di abbastanza speciale. Storse la bocca. "Avete dei bei gioielli, ma sto cercando qualcosa di diverso. Che sia unico".

La donna annuì. "Come lei, vero?".

Il volto di Jack si scaldò. "Penso che l'abbia già sentito dire varie volte".

"Forse possiamo accontentarla. Collaboriamo con un'eccellente designer che viene spesso a Summer Beach. Elena Eaton ha una linea di creazioni straordinaria, e accetta di realizzare oggetti speciali. La sua boutique di lusso sul Robertson Boulevard a Los Angeles è uno splendido scrigno di gioielli, e molte star di Hollywood indossano le sue creazioni. Alcuni dei suoi lavori sono stati pubblicati su *Vogue* proprio il mese scorso". La donna prese un raccoglitore di foto da un espositore dietro di lei e iniziò a sfogliarlo.

A Jack sembrò interessante. Si sporse in avanti per osservare le foto di anelli e bracciali scintillanti, con un arcobaleno di pietre. "Wow. Vedo un sacco di pietre preziose".

"I diamanti colorati sono la sua specialità".

"Potrebbe anche fare qualcosa, insomma…".

La donna doveva avergli letto nel pensiero, perché andò a sfogliare la parte finale del libro, dove erano presentati modelli più semplici. Le pietre erano ancora piuttosto grandi e, ora che aveva Leo, probabilmente fuori dal suo budget.

Inoltre, stava risparmiando per un obiettivo importante. Le illustrazioni per i libri di Ginger gli avevano fruttato un modesto anticipo. Nella sua dimora in affitto sulla spiaggia, subaffittava il vecchio studio d'artista sopra il garage di settimana in settimana, per lo più a surfisti e giovani che si recavano lì per una vacanza al mare. Stava anche scrivendo alcuni articoli per una rivista della East Coast. Avrebbe voluto condividere tutto ciò con Marina da *Beaches*. E anche molto di più.

Jack scosse la testa. "Sono belli, ma non credo vadano bene".

"Come dicevo, fa anche lavori personalizzati. Per quando le occorrerebbe?"

"Non saprei. Al più presto, spero".

"Ad Elena Eaton occorrono circa sei mesi, per realizzare creazioni personalizzate".

"Sei mesi?", gli fece eco. Ma aveva talento. Una vera

artista, in effetti.

"Almeno. Molte persone pianificano i matrimoni con un certo anticipo".

Jack si passò una mano tra i capelli e fece un sorriso imbarazzato. "Non è mai stato il mio stile. Ma le sue creazioni sono incredibili. Grazie per avermele mostrate. Qual è il suo legame con Summer Beach?"

"Elena è di casa, qui. Fa parte della famiglia Bay".

Jack annuì, pensando. "Una di loro potrebbe essere Ivy Bay, del Seabreeze Inn?"

"Certo. È sua zia. La conosce?"

"Ho soggiornato lì in passato". Jack sorrise. Summer Beach era una piccola città e non voleva che si spargesse la voce che stava facendo shopping. Ivy era una vecchia amica di Marina. Sembrava che tutti in città conoscessero Marina o Ivy, o entrambe. La settimana scorsa aveva incontrato Kai in un negozio, ma le aveva fatto giurare di tenere il segreto, fiducioso che avrebbe mantenuto la parola.

"Posso mostrarle qualcos'altro?"

"Non oggi, grazie".

Dopo aver dato un'altra occhiata prima di uscire, Jack si affrettò verso il Coral Café. Era quasi ora di pranzo.

Forse avrebbe dovuto comprare l'anello prima, addirittura il Natale precedente, come aveva fatto Axe. Ma all'epoca, non aveva ancora fatto la proposta.

O forse sì? Dopo una delle rappresentazioni al Seashell di *Un Canto di Natale… in spiaggia*, durante la stagione precedente, ricordava di aver detto a Marina: *Buon Natale, signora Cratchit, ma preferirei dire Ventana.*

Poteva valere come proposta? Le aveva anche detto che desiderava una vita insieme e intendeva mantenere quella promessa. Ora che Kai e Axe avevano anticipato il loro matrimonio, Jack sentiva la pressione.

Che non proveniva solo da lui. Aveva percepito un cambiamento anche in Marina. Soprattutto dopo il matrimonio di Vanessa. Una donna come lei era in grado di prendersi chiunque volesse, anche se era la prima a non credere a quella possibilità. Se desiderava davvero passare la sua vita con lei, doveva rendere nota la sua intenzione.

Perché se non l'avesse fatto lui, ci avrebbe pensato qualcun altro. Ora, dato che non svolgeva più un lavoro così pericoloso da essere considerato un creatore di vedove, poteva fare e mantenere una promessa a una donna. In passato, se ne era sempre andato prima di spezzare loro il cuore, risparmiando un dolore devastante. Accelerò il passo.

Marina non era una donna qualsiasi. Era diventata tutto per lui. Fino a quel momento, Jack non aveva mai saputo quanto profondamente potesse tenere a qualcuno. Questo lo faceva sentire allo stesso tempo vulnerabile e sovrumano. Non aveva senso, ma si sentiva più forte con lei al suo fianco, anche se lei stessa era in grado di schiacciarlo con una sola parola, se avesse voluto.

Quel giorno era al lavoro, ovviamente. Il ristorante sulla spiaggia faceva affari d'oro, ma il solo fatto di starle vicino lo rendeva felice.

Dopo pranzo, sua madre accompagnava lì Leo, e andavano in spiaggia insieme, cosa che il ragazzo non si stancava mai di fare. Più tardi, si fermavano al caffè anche per la cena. Leo aveva già espresso la sua opinione sulla mancanza di talento culinario di Jack. Rise, ripensandoci. Anche Leo aveva aperto il suo cuore.

Mentre ricordava quanto un tempo fosse stato determinato e insensibile, Jack rifletté anche su quanto si fosse sentito solo. Ora, in quella nuova vita, si riconosceva a malapena, ma gli piaceva. E non voleva che finisse mai.

Tuttavia, prendere una simile decisione con Marina richiedeva molto più coraggio di quanto pensasse. Eppure, era pronto. Qualche settimana prima aveva prenotato un tavolo da *Beaches* per l'occasione. Voleva che quell'appuntamento fosse tutto ciò che Marina si meritava.

Uscendo all'aperto, sotto la luce del sole, il suo sguardo cadde su un altro piccolo negozio, *Antique Times*. Lì c'era una sezione di gioielli usati.

Un pensiero gli attraversò la mente. A Marina sarebbe piaciuto un anello vintage?

All'improvviso, spuntò un'altra idea. Mettendo la mano in tasca, Jack tirò fuori il telefono. Non aveva ancora detto a sua sorella Liz quanto serie fossero le sue intenzioni con Marina. Una volta si era lamentata di non riuscire a stare dietro al suo atteggiamento volubile.

Sua sorella rispose al primo squillo, e la sua parlata texana fu subito evidente. "Bè, ciao, straniero. Come va?"

"Alla grande. Ti manco?" Avevano un rapporto molto diretto, anche se non si parlavano spesso. Lei era di solito impegnata con i figli e Jack era da anni in viaggio in chissà quale fuso orario.

Rise. "Non ho tempo di sentire la tua mancanza. Ma succede ancora, vecchio caprone".

Parlarono mentre Jack camminava dal villaggio verso il Coral Café. "Tu e Ryder dovreste portare i bambini in spiaggia quest'estate".

Liz rise. "È un invito?"

"In realtà, sì. Ho un furgone Volkswagen restaurato in

cui i bambini potrebbero dormire. È piuttosto carino all'interno, e ha un piccolo angolo cottura. Si divertirebbero a campeggiare nel vialetto e passeggiare fino alla spiaggia. Potresti non dovertene occupare spesso".

"Oh, adesso stai solo cercando di convincermi".

"So come arrivare al cuore di una mamma oberata di lavoro". Ridacchiò insieme a lei. "Ma seriamente, sarebbe bello vedervi tutti. So che per me è più facile venire a trovarvi, ma credo che quest'estate ci sarà una valida occasione. E avrei bisogno di un favore da parte tua".

Rapidamente, le disse cosa aveva in mente.

Liz ascoltò. "Marina sembra speciale. Non credo di averti mai sentito parlare di una donna in questo modo".

"Credo di essere finalmente cresciuto. Sono stato piuttosto superficiale, non è vero?".

"Non direi. Hai avuto molte cose da fare e a cui contribuire. Sono sempre stata orgogliosa di te e di ciò che hai fatto. Non sono in molti a vincere un premio Pulitzer, almeno non dalle mie parti, anche se sarai sempre il mio fratellino. Vorrei solo che mamma e papà fossero ancora qui per sentire questa notizia".

"Anch'io". A Jack mancavano ancora i suoi genitori. Se ne erano andati troppo giovani, dopo una vita di duro lavoro, anche se avevano amato l'agricoltura, come Liz e suo marito. "Conoscerai Leo. Ha chiesto dei suoi cugini".

Parlarono ancora un po', poi Liz disse: "Cercherò subito tra le cose della mamma e parlerò con Ryder. Abbiamo dei vicini lungo la strada che potrebbero occuparsi del bestiame mentre siamo via".

"Sarebbe fantastico". Jack si voltò verso il caffè.

Dopo aver riattaccato, si diresse verso il locale all'aperto e individuò Heather, la figlia di Marina. Era una versione più giovane di sua madre, anche se Jack sapeva che i suoi occhi grigio-azzurro pallido provenivano dal padre. I suoi capelli biondo scuro e dorati erano raccolti in uno chignon sulla nuca. Indossava una canottiera, dei pantaloni di cotone e un grembiule con il logo e la scritta *Coral Café*.

Era una novità. Jack ammirava l'abilità di Marina nel dare un proprio marchio alla sua attività.

Si accomodò al suo solito tavolo nel grande patio, dove poteva osservare Marina in cucina. La gente del posto e alcuni turisti erano riuniti attorno a dei tavoli ombreggiati da ombrelloni di tela color corallo. L'atmosfera era brillante, come il sole.

"Ehi, Jack". Heather scostò il cartellino che indicava la prenotazione sul tavolo, e gli rivolse un ampio sorriso. "Che cosa prendi oggi?".

"Non lo so, che giorno è?". Lavorando per conto proprio, spesso perdeva la cognizione dei giorni, a meno che non ci fosse lì Leo. Marina, a rotazione, variava alcune voci del menu per la gente del posto.

Heather rise. "È il giorno della zuppa di vongole del New England".

"Allora prendo quella, con un'insalata".

"Tutto qui?"

"Mi tengo l'appetito per la cena". Leo era a casa di Samantha, ma sarebbe passato a prenderlo più tardi.

Heather era una brava ragazza, anzi, una giovane donna, si corresse. Frequentava l'università a San Diego. Andavano d'accordo, anche se continuava ad avvertire una certa riserva nei suoi confronti da parte di suo fratello Ethan. Non era qualcosa che avesse detto esplicitamente, e anche loro andavano abbastanza d'accordo, ma Jack pensò che Ethan stesse cercando di proteggere sua madre. Come un giovane uomo dovrebbe fare.

Heather gli mise davanti un bicchiere d'acqua. "Ok, una zuppa di vongole e un'insalata della casa, in arrivo. Stasera ci sarà anche il gelato al cioccolato preferito da Leo".

"Prendo anche quello". Marina preparava del gelato fatto in casa per il suo locale. Era un strappo alla regola, ma finché continuava a correre con il sindaco Bennett al mattino, poteva concederselo. Il problema era se sarebbe riuscito a stargli al passo.

Entrò una numerosa comitiva di forestieri e Jack fece un cenno verso di loro. "Occupati di loro. Farò la mia ordinazione direttamente allo chef. Niente trattenute sulla mancia, te lo assicuro".

Heather sospirò. "Grazie. Oggi è stata una giornata super piena. Siamo stati presi d'assalto dal momento in cui abbiamo aperto stamattina, e non abbiamo ancora smesso".

Dopo che Heather se ne fu andata per occuparsi di quel gruppo numeroso, Jack si guardò intorno nel patio. I turisti erano più numerosi degli abitanti del posto, quindi non c'erano molti volti noti. Sembrava che tutti si stessero divertendo. Si diresse verso la cucina, che un tempo era stata la casa degli ospiti in cui aveva alloggiato quando era arrivato a Summer Beach. Durante la ristrutturazione, Marina aveva installato delle ampie porte in stile saloon, che le permettevano di vedere il patio mentre cucinava.

Alzò lo sguardo quando lo vide arrivare, e un sorriso le illuminò il viso. "Oggi sei in ritardo".

"Ho dovuto fare alcune commissioni in città". Si appoggiò al tavolo del cuoco dall'altra parte del bancone, ammirandola. Indossava una giacca da chef a stampa floreale e si muoveva con rapida efficienza. L'uomo più giovane era un surfista tatuato soprannominato Cruise e si stava occupando delle patatine dolci, che stavano diventando croccanti. Avevano un profumo delizioso.

"Heather ha da fare con una comitiva, così le ho detto che avrei fatto il mio ordine direttamente a voi".

Mentre impiattava le torte di granchio, fece un gesto a lato. "Oggi c'è la zuppa di pesce".

"Mi hai letto nel pensiero. Insieme a un'insalata e a un po' di quelle patatine". Fece una pausa, desiderando poter aiutare, ma cucinare non era mai stato uno dei suoi talenti, a meno che non si trattasse di una grigliata. Sapeva coltivare le materie prime, ma ciò che succedeva in cucina era spesso un mistero per lui. Crescendo, erano sua madre e sua sorella a cucinare, mentre lui e suo padre si occupavano della fattoria.

Tuttavia, Jack desiderava poter alleviare il suo peso. Non sapeva come facesse a stare in piedi tutto il giorno, ma sembrava che amasse ciò che faceva. "Posso fare il cameriere o qualcosa del genere? Sono bravo a lavare i piatti".

Marina rise. "Ti faremo sapere se avremo bisogno di te. Vuoi la tua zuppa di pesce, adesso?".

"Aspetterò. A più tardi".

Jack uscì dalla cucina e si diresse verso i bagni, sul retro dell'edificio. Da dietro l'angolo, percepì una conversazione sussurrata. Il suo vecchio istinto da giornalista si fece sentire e si fermò ad ascoltare.

"Questa è una discarica di città. Il tipo di posto in cui il governo fa sparire le persone".

Jack trattenne il respiro. Probabilmente si trattava di uno scherzo di cattivo gusto. La voce dell'oratore e le sue parole non coincidevano del tutto con la realtà. Personalmente, gli piaceva quella piccola comunità; era un bel cambiamento rispetto a New York e Chicago – e a un paio di altri paesi stranieri dove si era trovato letteralmente sulla linea del fuoco.

"Non è possibile che sia in un programma di protezione testimoni. Sta usando il suo vero nome, ve lo dico io".

Nonostante i dubbi, la curiosità di Jack aumentò.

"Oppure sta seguendo una storia. Dev'essere importante. Si è dato molto da fare per mimetizzarsi. Un bambino, un cane".

Subito, un brivido lo attraversò. Molte persone in città avevano figli e cani. Ma quanti di loro scrivevano? Tuttavia, non conosceva tutti.

"Non credo che sia suo figlio. Nella sua biografia non se ne parla, ed è già grande".

Un sudore freddo lo ricoprì. Il ragazzo sembrava giovane e forse stava parlando di Leo. Jack doveva vedere chi era. Poteva rischiare? Si avvicinò al bordo della parete.

"Sì, sì. Ci penso io. A dopo".

Jack si affrettò a girare l'angolo, ma l'uomo lo fece nella direzione opposta. *Jeans, capelli castani. Camicia scura.* Proprio in quel momento, la porta del bagno si aprì sul suo cammino. Per poco non ci sbatté contro.

"Oh, ehi, Jack", disse Jen con la sua voce squillante. Lei e suo marito avevano un negozio di ferramenta in paese. "Che ci fai qui in agguato come James Bond?". Si mise davanti a lui.

Jack fece un gesto con le mani verso il basso, facendole

segno di abbassare la voce. Con passo agile, la schivò, lasciandola con la bocca socchiusa.

Si diresse verso l'altro lato dell'edificio e scrutò l'area. Nessuno.

Si girò di scatto. *Dov'era andato?*

Si voltò verso la cucina. Marina stava ancora lavorando freneticamente.

"Ehi", le disse amichevolmente, avvicinandosi. "Ho appena perso di vista un amico. Hai notato qualcuno venire da questa parte?".

Marina scosse la testa. "Heather ha il tuo ordine".

Jack fissò Cruise. Non poteva essere lui. Era sempre stato lì, vicino alla friggitrice. Stessi jeans e maglietta nera, ma con un grembiule lungo.

Tornando verso il patio, scrutò la folla alla ricerca di altri ragazzi in jeans. Uno, due, tre... ce n'erano parecchi. Alcuni se ne stavano andando. Si girò di scatto, ma non c'era nessuno neanche lì davanti. Quell'uomo era un vero e proprio Houdini.

Heather mise il suo pranzo sul tavolo. "Buon appetito".

"Hai visto passare un ragazzo in jeans e camicia scura? Anzi, una maglietta, probabilmente".

"Non l'ho notato. Era un tuo amico?".

"Non ne sono sicuro. Me lo farai sapere?".

Heather si passò una mano sulla fronte e si guardò alle spalle. "C'è parecchia gente, ma se vedo qualcuno di simile, lo manderò da te". E così dicendo, si affrettò verso un altro tavolo.

Jack fissò il suo cibo. Aveva sentito bene quella conversazione?

Sentendosi frustrato, tornò verso i bagni, ma non vide nulla di strano. Dopo essere tornato al suo tavolo, mangiò velocemente e lasciò una generosa mancia sul tavolo per Heather prima di andarsene.

Nel giro di un minuto o poco più, il suo umore era cambiato rapidamente. Mentre tornava a casa, si guardò intorno, ma nemmeno lì c'era qualcosa fuori del normale. Il sole luccicava sulle onde, la gente rideva e giocava a pallavolo sulla spiaggia e le barche uscivano dal porto.

Jack salì i gradini del suo cottage e aprì la porta. Controllò la casa, poi aprì la porta sul retro e fischiò. Scout gli si avvicinò con la sua andatura goffa, probabilmente frutto di una ferita subita da cucciolo prima che Jack lo adottasse. Si inginocchiò e grattò le orecchie del labrador retriever giallo. "Vedi qualcosa, piccolo?".

Scout mosse la testa avanti e indietro e scodinzolò.

"No? Va bene. Nel caso, me lo dirai, vero?".

Jack prese un bastone e lo lanciò attraverso il cortile. Scout si lanciò all'inseguimento, sfuggendo per un soffio ai limoni e alle arance che pendevano in basso.

Aveva intenzione di potare quegli alberi prima che fiorissero, ma i frutti erano troppo buoni per sprecarli. Scout avrebbe dovuto stare attento. Ma anche a lui piaceva giocare con la frutta. Vecchio, stupido cagnolone.

Jack tornò in casa, nel suo studio, fuori dalla camera da letto dove lavorava. Costruito come una veranda, la luce era perfetta per lavorare alle illustrazioni della serie di libri per bambini di Ginger. Si sedette e fissò la finestra. Aveva un po' di tempo prima dell'arrivo di Leo.

Fuori, la situazione era più tranquilla che mai. Era a Summer Beach, dopo tutto. Non succedeva molto lì, a parte la storia dello yacht l'anno precedente. Era stato un caso isolato, e non aveva certo a che fare con ciò che aveva sentito.

Prese una matita e si mise al lavoro. Quando ebbe completato il disegno, bussarono alla porta, e poté sentire i passi di Leo sul portico, desideroso di andare in spiaggia. E Jack stava quasi arrivando al punto di convincersi a non dare peso a ciò che aveva sentito.

Era a Summer Beach, dopo tutto.

3

*M*arina amava andare di prima mattina in spiaggia, anche se quel giorno i pensieri le sfrecciavano in testa come comete, ancora prima che il sole sorgesse. Mentre era sdraiata a letto nella penombra, indecisa se alzarsi o tornare a dormire, si sfregava l'anulare chiedendosi se Jack stesse davvero portando avanti ciò che lei sospettava. Il loro appuntamento era quella sera stessa.

Aveva passato metà della notte a pensare a ciò che Kai le aveva confidato al matrimonio, con i sentimenti che oscillavano come un pendolo tra un'inquietudine carica di emozioni e una prudente trepidazione.

Alzandosi dal suo vecchio letto in ferro, pensò alla settimana intensa che l'aspettava. *Un appuntamento che avrebbe potuto cambiare la sua vita, l'addio al nubilato di Kai, l'acquisto di un camioncino, la serata di inaugurazione del Seashell.* Che cosa aveva dimenticato?

Oh, sì. Preparare i dolci per il banco del mercato agricolo gestito da Brooke.

Rapidamente, frugò nell'armadio pieno di prendisole

sbiaditi, jeans e magliette, e troppi abiti in stile classico, residui del suo lavoro di conduttrice televisiva. Marina scelse un abito nero e corto che sarebbe andato bene per la serata, anche se non le stava più così a pennello. Possedere un locale poteva essere pericoloso per il girovita. Lo mise da parte.

Per il momento, indossò una maglietta, dei pantaloni da jogging e una felpa con cappuccio. Mentre si vestiva, pensò a sua sorella minore. L'addio al nubilato di Kai era stato spostato a quella settimana. I suoi amici di teatro di New York e Los Angeles sarebbero arrivati presto, insieme a quelli di Summer Beach.

Marina aveva fatto la spesa e i preparativi per la settimana a venire. Aveva una grande quantità di lavoro da svolgere in cucina e bisogno di schiarirsi le idee prima di iniziare.

Facendo attenzione a non svegliare Kai, Ginger o Heather, Marina scese le scale in punta di piedi, evitando le assi di legno più scricchiolanti, e aprì lentamente la porta d'ingresso cigolante.

La fresca brezza marina le accarezzò il viso. Dopo che i suoi genitori erano morti in un incidente d'auto quando lei aveva diciotto anni, scappava spesso sulla spiaggia, guardando l'alba e pensando a loro. La brezza rinfrescante dell'oceano l'aiutava a rasserenare lo spirito, anche quando si era sentita vicina al limite.

Ora, sebbene fosse sul punto di avviarsi verso un futuro brillante, si sentiva ancora nervosa. Strizzò gli occhi contro il vento mentre si avviava in direzione del Seabreeze Inn. La sua amica Ivy era occupata a preparare la colazione per gli ospiti più mattinieri. Forse avrebbero potuto parlare più tardi. Aveva bisogno del consiglio di una buona amica, o di Ginger, la persona più saggia che conoscesse.

Marina chiuse la zip della felpa. Quel giorno la sua vita sarebbe potuta cambiare per sempre.

Dallo scorso Natale, lei e Jack si erano visti quasi ogni giorno, ma quella sera sarebbe stato diverso. Non osava immaginare cosa le avrebbe detto. Anche se negli ultimi tempi lui aveva accennato, e poi evitato, la questione del loro futuro.

Pensandoci, armeggiò con un filo nella tasca della felpa prima di rendersi conto di averla bucata.

Marina espirò. Doveva riprendere il controllo di sé. A qualsiasi età, era un passo importante. Era vedova da due decenni e Jack non era mai stato sposato. Naturale essere nervosi, all'idea di formalizzare una nuova vita insieme.

Giusto?

Continuando a giocherellare per la tensione, allargò il buco e vi infilò il mignolo. Calciò un pezzo di legno alla deriva e lo ributtò in mare.

Eppure, non vedeva l'ora che arrivasse la sera. Ogni volta che pensava a Jack, un senso di appartenenza le pervadeva le membra, con un caldo formicolio che non riusciva a descrivere, una sensazione che non conosceva dai tempi del suo primo marito.

Desiderava ricominciare da capo con lui. Non era perfetto, e nemmeno lei lo era, ma avevano molto in comune, a cominciare dall'interesse per il giornalismo, anche se entrambi avevano lasciato quella professione per Summer Beach. Ed entrambi adoravano Leo, natural-mente, il giovane figlio che Jack aveva recentemente scoperto di avere. Jack era bravo anche con i figli di Marina. Aveva tutte le carte in regola, ma soprattutto, il loro rapporto era semplicemente sulla giusta lunghezza d'onda.

Marina evitò un paio di gabbiani bianchi che volavano bassi per atterrare sulla spiaggia.

"Guarda dove vai, sciocco".

Si sorprese di sé stessa. *Chi mai parla con gli uccelli?* Aveva sentito di persone che si allontanavano dalla società, preferendo la compagnia degli animali selvatici. A volte, dopo una lunga giornata di lavoro al locale, quell'idea sembrava terribilmente attraente.

Era davvero pronta per una relazione ventiquattro ore al giorno, sette giorni su sette?

C'era anche un'altra cosa che Kai le aveva detto, e le aveva fatto saltare i nervi. *Se sposerai Jack, un giorno la tua vita cambierà di nuovo. Non è possibile che quell'uomo sia felice a Summer Beach per sempre.*

Kai aveva forse intravisto in Jack una specie di sete che a lei era sfuggita?

In realtà, non erano fidanzati. Non formalmente, almeno. Ed era ciò che Marina voleva, anche se sembrava fuori moda, soprattutto alla sua età. Desiderava sapere a che punto era la loro relazione, per poter pianificare il futuro insieme.

Amava Jack e sapeva cosa desiderava il suo cuore, ma cercando di essere onesta con se stessa, era pronta per reggere la responsabilità di un nuovo marito un po' disorganizzato e di suo figlio, oltre che di un cucciolo troppo cresciuto?

Meno di due anni prima, ogni elemento della sua vita era stato rovesciato fuori dalla scatola come i pezzi di un puzzle; ora si stavano incastrando meglio, ma l'immagine era ancora in via di definizione. Marina non era nuova agli sconvolgimenti, ma aveva anche altre considerazioni da fare.

Per due volte nella sua vita, la casa della nonna era diventata il suo rifugio. Tuttavia, non poteva vivere lì per sempre, anche se il suo locale si trovava all'interno della proprietà. Aveva bisogno di un posto tutto suo.

Per davvero.

Allungando le braccia in alto, Marina guardò verso le scogliere che avvolgevano Summer Beach in un abbraccio roccioso. Le piaceva molto stare lì, ma quel villaggio sulla spiaggia era forse un porto troppo sicuro? Aveva ragione Kai a dire che la novità della vita di provincia, per Jack, fosse già svanita? Era un reporter investigativo al massimo delle sue possibilità quando era approdato lì. E lei, era stata abbastanza fiduciosa sulla traiettoria della loro relazione, fino a quell'astuta osservazione di Kai.

Come aveva fatto a non accorgersene?

Si scostò le ciocche di capelli dal viso. L'alba proiettava stelle filanti rosa nel cielo dal color azzurro polvere, e il sole stava sorgendo sulla cima del crinale, emanando un alone di luce. Anche in estate, una fresca brezza mattutina soffiava dall'oceano verso la spiaggia, riempiendo l'aria di una miscela salata e salmastra che era rimasta sempre impressa nella sua memoria. Aveva trascorso gran parte della sua infanzia nell'amato Coral Cottage della nonna.

Quando si girò per affrontare il mare che si infrangeva sulla spiaggia verso di lei, si tirò il cappuccio della felpa di cotone sulla testa e poi saltò indietro dall'acqua impetuosa, come faceva da bambina. Solo che ora era tormentata da alcuni problemi molto più da adulti.

Proprio mentre trotterellava verso l'onda forte in ritirata, un labrador retriever giallo si diresse verso di lei con

un'andatura goffa e lenta. Sguazzando nella battigia, il cane
saltò per salutarla, con la lingua che gli usciva dalla bocca,
come in un sorriso perenne.

"Ehi, Scout". Rise di quel cane esuberante, le cui
zampe piene di sabbia lasciavano impronte sui suoi pantaloni da jogging di cotone bianco. Non le importava. "Dov'è
il tuo compare?".

Dietro di lei, sentì un fischio.

Jack e Bennett stavano correndo verso di lei. Sapeva che
il sindaco andava a correre la mattina presto, ma fu
sorpresa di vedere anche Jack. Indossava una maglietta
sbiadita con la scritta *New York Times*, uno dei suoi ex datori
di lavoro. I suoi folti capelli castani spuntavano in tutte le
direzioni e una barbetta scura punteggiava la sua mascella.

Il suo cuore accelerò a quella vista.

"Ti sei alzato presto". Salutò Jack con un rapido bacio
mattutino, mentre Scout agitava la coda bagnata, sbatten-
dola gioiosamente contro le loro gambe.

"Dovevo fare qualche telefonata presto a est, così ho
deciso di incontrarmi con Bennett". Jack le sistemò una
ciocca di capelli mossa dal vento dietro l'orecchio. "Non
pensavo che anche tu fossi qui".

"Non riuscivo a dormire". Si chiese se Jack stesse
provando la medesima trepidazione per quella sera.
Sentendosi un po' nervosa, guardò in basso – solo per
vedere le sue gambe tese e muscolose spuntare dai pantaloncini da corsa.

Cogliendo il suo sguardo, Jack sorrise e strattonò il
bordo del tessuto. "Troppo corti?"

"Non ci fa caso nessuno", disse Bennett, continuando a
correre sul posto. "A meno che non sia io a indossarli. Non
smetterei più di sentirne parlare in città. O a Java Beach".

Marina inclinò il mento verso la caffetteria che si affacciava sulla spiaggia. "Ci vado appena Mitch apre. Non volevo svegliare tutta la famiglia".

"Non sarebbe bello avere qualcun altro pronto a servire te, una volta tanto?". Un sorriso illuminò il volto di Jack.

Bennett ridacchiò. "Sembra che ci sia un posto di lavoro pronto per te, vecchio mio".

"Smettila". Jack gli diede un colpetto col gomito.

Era stato un po' troppo veloce nel rispondere, pensò Marina. Forse Jack si sentiva in imbarazzo. O insicuro di sé. Era un passo importante per entrambi.

"Dai, andate pure", disse. "Ho appena visto Mitch entrare a Java Beach".

"Ed ecco che arriva Ginger". Socchiudendo gli occhi, Jack fece un gesto dietro di lei in direzione del cottage.

Marina sospirò leggermente. "Alla fine devo averla svegliata". Aveva cercato di sgattaiolare fuori di casa, ma lo scricchiolio della porta di legno doveva averla tradita. Voltandosi, fece un cenno a Ginger. "Dille che l'aspetto se vuole unirsi a me per un caffè da Mitch".

"Lo farò. Se ho tempo, più tardi porterò Leo a pranzo. A meno che non succeda qualcosa".

"Sono là".

Come sempre. Spesso si chiedeva se fosse troppo affidabile e disponibile. La fidanzata quarantenne che viveva con la nonna, anche se non tornava a Summer Beach da molto tempo. A differenza di Kai, non avvertiva il ticchettio del suo orologio biologico. Tuttavia, voleva qualcosa di più. Se intendeva costruirsi una vita con un partner, doveva mettersi in gioco.

Era il loro momento.

Proprio in quell'istante il telefono di Jack squillò, e lui lo tirò fuori dalla tasca. Quando lesse il numero, un profondo cipiglio gli increspò il volto.

"Ci sono problemi?"

"Direi di no", mormorò, spegnendo il telefono. Con un altro cipiglio, lo rimise in tasca.

Marina si chiese che cosa significasse. Scout gli girò intorno, annusando le caviglie. Anche lui sembrava curioso. Si chinò per grattare il cane dietro le orecchie.

"Ci vediamo dopo, allora". Jack le diede un bacetto distratto sulla guancia. Prima di andare via con Bennett, fece un sorriso, ma sembrava ancora preso dal messaggio che aveva ricevuto sul telefono.

Eppure, al suo semplice tocco, il cuore di Marina ebbe un sussulto. Se Jack non era l'uomo giusto, allora il suo selettore si doveva essere guastato. Non si sentiva così da quando aveva conosciuto il suo primo marito, Stan.

Con un ultimo guaito, Scout si allontanò con i due uomini, mettendosi rapidamente davanti a loro.

Lei e Jack avrebbero fatto una lunga chiacchierata quella sera da *Beaches*, decise. L'ultima volta che c'era stata si trovava insieme ad un vecchio amico, Cole Beaufort. Sfortunatamente, Scout era entrato e aveva interrotto il suo appuntamento, irrompendo sulla scena in modo spettacolare.

Ora potevano riderne. Jack aveva deciso che lei aveva bisogno di una seconda possibilità da *Beaches* con lui. Espirò. Forse si trattava solo di quello.

Mentre Marina guardava i due amici allontanarsi, salutò la nonna e iniziò a camminare verso di lei. I pensieri di Marina tornarono a Kai e Axe. Per anni sua sorella aveva cercato di uscire con qualcuno, ma era stato difficile mantenere una relazione, senza stabilirsi in un luogo per molto tempo.

La mente di Marina si riavvolse: dove erano finiti tutti quegli anni? Innamorarsi a vent'anni era stato così diverso. Non che allora fosse spensierata. Se non fosse stato per Ginger, Marina non sapeva che fine avrebbero fatto lei e le sue due sorelle minori, senza i genitori. La nonna era stata presente per loro. E per Marina anche quando Stan morì.

Quando i suoi figli erano più piccoli, Marina si era chiesta se non fosse il caso di risposarsi per dare ai bambini la possibilità di avere una vita con due genitori. Ma tra il dolore per Stan e le esigenze di prendersi cura di due giovani così attivi – cosa che non avrebbe potuto fare senza Ginger – non aveva avuto lo spazio psicologico per prestare attenzione ad un uomo, tanto meno per trovare il tempo di uscirci insieme, con un'eccezione disastrosa che aveva mandato la sua vita in tilt. Ora che Heather ed Ethan si stavano facendo strada nel mondo, era di nuovo il suo turno.

Marina rallentò fino a fermarsi e abbracciò Ginger. "Buongiorno. Spero di non averti svegliata".

"Sciocchezze. Ero già in piedi. Immagino che tu abbia molte cose per la testa. Vuoi parlarne?"

"Sai che è così". Ginger vedeva sempre le soluzioni ai problemi in modo così chiaro. "Da dove devo cominciare? Dal camioncino o da Jack?"

"Sono entrambe decisioni cruciali. Una la puoi controllare, l'altra no". Ginger le lanciò un'occhiata di traverso, sembrando valutare il suo umore. "Prima parlami dei tuoi piani per il furgone".

Momentaneamente sollevata, Marina lasciò che il suo lato pragmatico prendesse il sopravvento. "Ho già contattato un meccanico per la revisione. Se il veicolo e tutti i suoi meccanismi sono a posto, testerò la mia idea al Seashell per la prima del nuovo spettacolo di Kai".

"Hai creato un apposito business plan, vero?".

"Certo. Un food truck è un concetto semplice in apparenza, ma ci sono molti dettagli di cui occuparsi. Assicurazione, manutenzione, personale e un menu semplificato. Ho già pensato alle spese e al costo del cibo".

Ginger annuì pensierosa. "Come farai a raggiungere la tua clientela?"

"Ho cercato e creato un calendario di eventi locali a Summer Beach e dintorni, e ho trovato un sito web e un'app dove posso inserire il mio camioncino e condividere la mia presenza. Posso inviare una newsletter ai miei migliori clienti".

Ginger la guardò con ammirazione. "Sono idee eccellenti. Ma conosci qualcuno che ne abbia già uno?"

"Ho un'amica nella Bay Area che gestisce un camioncino di noodles thailandesi e ha avviato un'ottima attività. Mi ha suggerito alcune opportunità a cui non avevo pensato ed esaminato le mie previsioni finanziarie. Ho anche rivisto il piano con il mio commercialista e il mio banchiere".

Marina aveva ora un team di consulenti fidati, anche se le decisioni erano ancora in mano sua. Il solo parlare di quel progetto la aiutava a organizzare i pensieri. Forse era proprio ciò che Ginger aveva in mente.

"Sembra che tu abbia sviluppato un piano solido". Ginger accarezzò la spalla di Marina con orgoglio. "Sei diventata un'ottima donna d'affari".

"Ti ringrazio, ma aprire il locale è stato un bell'azzardo, non ti sembra?"

"Ad ogni modo, ti sei posta un obiettivo e affrontato la sfida. Per quanto possa essere traumatico essere licenziati da un posto di lavoro, quell'esperienza ha aperto una finestra su un mondo nuovo. È come se l'universo ti avesse spinto a trovare il tuo vero scopo. Direi che ce l'hai fatta". Gli occhi di Ginger luccicarono. "Per ora, comunque. La vita è un libro pieno di capitoli".

"Suppongo che questo consiglio valga anche per le relazioni".

"Certo. Alcune sono racconti, altre delle saghe". Ginger le accarezzò la mano. "Ora parlami di Jack".

"Non sono sicura della nostra storia". Mentre camminavano sulla spiaggia e Marina si apriva con Ginger, si rendeva conto che la sua relazione con Jack era ancora un lavoro in corso d'opera. Per quanto la notizia di Kai fosse stata emozionante, lei non era del tutto sicura di cosa avrebbe fatto.

4

Qualcuno bussò alla porta di Jack, spingendolo a staccarsi dal suo blocco da disegno per andare a vedere. Quando si alzò, i muscoli gli dolevano per la corsa fatta di buon'ora.

Questa volta si fermò prima a guardare fuori dalla finestra, cosa che non aveva mai sentito di dover fare, lì a Summer Beach. Scout sgambettò dietro di lui, incuriosito dalle sue azioni.

Non era riuscito a togliersi dalla testa la conversazione che aveva ascoltato al locale. Pur sapendo che l'inchiesta che aveva svolto avrebbe, in futuro, potuto rappresentare una minaccia, all'epoca non aveva una famiglia.

Sbirciando attraverso una fessura delle tende, Jack vide un furgone postale allontanarsi. *Nessuno in vista.*

Non si era mai preoccupato molto della sua sicurezza, e si era trovato in un sacco di situazioni pericolose, mentre lavorava a storie importanti. Ma ora aveva Leo a cui pensare. Che stava giocando ai videogiochi nella sua camera da letto.

Jack aprì la porta e raccolse la scatola appoggiata sul portico. Proveniva da sua sorella in Texas. Liz non aveva perso tempo a trovare ciò che aveva chiesto e a mandarglielo. La aprì. Ne uscì un'altra scatola di velluto rosso sbiadito, insieme a una serie di ricordi.

Sua nonna Josephine aveva indossato quell'anello per la maggior parte della sua vita. Era stata una donna orgogliosa e laboriosa che aveva creato un futuro per la sua famiglia e i suoi discendenti. Per molti versi, Marina gli ricordava lei.

Nonna Josephine era intelligente, pratica e lungimirante. Da giovane donna cresciuta in una fattoria del Texas, Josephine sognava di fare di più, anche se a quel tempo le opportunità per le donne erano limitate. Tuttavia, grazie alla sua determinazione, era diventata un'imprenditrice, disegnando raffinati abiti femminili. Vendette i suoi primi capi ai grandi magazzini Neiman Marcus e viaggiò in treno per organizzare sfilate in altre boutique esclusive di New York, Chicago, Kansas City, San Francisco, Seattle e Los Angeles.

A Dallas aveva conosciuto suo nonno, un giornalista. Fu così che Jack si appassionò alle notizie, anche se suo padre e sua madre avevano preferito lavorare nella fattoria di famiglia, per quanto dura fosse.

Quando Jack aprì la scatola di velluto, le piccole cerniere ossidate cigolarono per l'età. All'interno c'era una pesante fede di platino con una doppia fila di diamanti d'epoca, di taglio europeo. Non era appariscente, ma della migliore qualità. Proprio il tipo di anello che Marina avrebbe potuto indossare anche mentre lavorava in cucina, se avesse voluto.

Ed era arrivato giusto in tempo per la cena con lei.

Mentre ammirava quella meravigliosa opera di artigia-
nato, il telefono gli squillò in tasca. Il nome del suo ex-
redattore lampeggiò sullo schermo. *Gus Gustafson*. Aveva
chiamato anche quella mattina, ma Jack non aveva risposto
e lui si era dimenticato di richiamarlo. Toccò il telefono.

"Ehi, Gus. Come va alla *Gazzetta della Miniera di Sale*?"

"Stiamo solo facendo un po' di nostalgia su uno dei
nostri più celebri fuggitivi. Il sole ti ha già fuso il cervello?".

Jack ridacchiò. "Solo ai lati. Ma la brezza marina è
utile, per spazzare via le ragnatele".

"Cos'è questa storia che illustri libri per bambini?
Dimmi che è un errore. Sei sempre stato un tipo da notizie
toste".

"I tempi cambiano, Gus".

"Ti conosco, Jack. È per questo che ti sto chiamando.
Ho appena ricevuto una nuova informazione. Ho pensato
che volessi esserne al corrente". Menzionò un nome prove-
niente dal suo passato.

Jack se lo ricordava fin troppo bene. Un criminale dal
colletto bianco immischiato con la mafia. Riciclaggio di
denaro. Un personaggio affascinante fuori, ma spietato
dentro. Il suo reportage investigativo aveva portato alla luce
tutta la storia e fatto arrestare quell'uomo e i suoi scagnozzi.

Jack non era certo in cima alla sua lista dei preferiti.

Gus proseguì. "Si dice che sia stato rilasciato in anticipo
per buona condotta".

I sottili peli sul collo di Jack si drizzarono in segno di
avvertimento. "Grazie per l'informazione, Gus. Ma ho del
lavoro da fare".

"Non ho mai dimenticato quando hai detto: "Questa
storia non è finita". E avevi le prove per confermarlo".

Tutto ciò poteva essere collegato a quel tizio che aveva sentito al bar? "È passato molto tempo, Gus".

"Non così tanto". L'uomo fece una pausa. "Come stanno andando i tuoi guadagni?".

Jack trasalì. Faceva male. Sebbene il costo della vita a Summer Beach fosse inferiore a quello di New York, aveva altre spese impreviste legate a Leo. Voleva dare una casa a lui e a Marina. Quando aveva affittato il cottage sulla spiaggia, Bennett aveva negoziato un'opzione di acquisto per lui. Jack stava risparmiando per poterla esercitare, e pagare alcuni lavori di ristrutturazione. Un obiettivo importante.

"Senti, Jack. Ho la sensazione che tu avessi ragione, quindi che ne dici di riprendere da dove avevi lasciato? Potresti ritrovare il ritmo, con una storia al momento giusto".

"Non saprei... ". Jack dovette ammettere che la cosa era allettante. Una storia importante, che si sarebbe forse potuta trasformare in un prestigioso contratto per un libro, sarebbe stata ben accetta.

Discussero brevemente sui diritti, e Gus fu sorprendentemente generoso. Era un accordo quasi troppo buono per rinunciarvi, ma doveva comunque pensare all'impatto che avrebbe potuto avere su Leo e Marina. Non voleva metterli in pericolo.

Forse era il caso di fare squadra con un collega più giovane, qualcuno che non avesse una famiglia di cui preoccuparsi. Come lo era stato lui un tempo. Qualcuno che avrebbe potuto correre dei rischi.

"Sei ancora lì, Jack?"

Jack si grattò il mento barbuto. "Dovrò pensarci su. Posso farti sapere la prossima settimana?"

"La prossima settimana è un po' in là. Ma visto che sei tu, posso aspettare. Fammi sapere". Gus riattaccò.

Jack fissò lo schermo. Sapeva che quell'offerta non sarebbe rimasta lì a lungo. Gus sarebbe passato alla storia successiva se Jack non avesse colto l'opportunità. Il giornalismo era fatto così. Anche il fatto che Gus avesse pensato di chiamarlo era sorprendente. Di solito era Jack a proporre le storie. Non poteva fare a meno di pensare che ci fosse dietro qualcosa di più.

Era collegata alla conversazione che aveva ascoltato?

La mente di Jack andò in tilt. Avrebbe dovuto consultare i suoi vecchi appunti e ricostruire il puzzle. Un pensiero lo colse. Quel vecchio non gli avrebbe mai fatto una minaccia diretta. Era sempre stato più strategico, come un serpente che aspetta il momento giusto per colpire e vendicarsi.

Jack rabbrividì al pensiero. Ma a Summer Beach aveva trovato una nuova vita. Niente gli avrebbe impedito di occuparsi di Leo e, se lei lo avesse voluto, di passare la sua vita con Marina.

Proprio in quel momento, Leo uscì dalla sua stanza. "Ehi, papà. Chi era alla porta?"

"Solo una consegna. Hai già fame?".

Leo si mise le mani sullo stomaco. "Stamattina mi hai dato un panino gigante al tacchino con sottaceti e patatine".

"E quindi…?"

"Sono ancora pieno. Non era una colazione".

"Certo che lo era. Io, a colazione, mangiavo la pizza".

"Lo fai ancora, papà".

Non si era accorto che Leo l'aveva notato. Un'altra

cattiva abitudine da eliminare. "Oggi pomeriggio vado a prendere uova e cereali".

"Samantha può venire qui? Sua madre può accompagnarla tra qualche minuto e noi possiamo portare Scout in spiaggia. Anche Logan vuole andarci. E mi ha chiesto se posso stare a dormire da lui stasera".

"Purché i suoi genitori siano d'accordo". Logan era il nipote di Bennett e viveva nella casa dietro la loro. La sorella di Bennett e suo marito invitavano spesso Leo a cena.

"Lo sono", Leo prese un telo da mare dal bagno.

"E state lontani dalle correnti pericolose".

"Sono cresciuto in spiaggia, ricordi?".

Era vero. Vanessa aveva una casa a Santa Monica, quindi Leo probabilmente conosceva la spiaggia meglio di lui.

Jack avvolse il figlio in un grande abbraccio, sollevandolo dal pavimento. "Mi ci è voluto tanto tempo per trovarti e non voglio rischiare di perderti adesso. Inoltre, tua madre mi ucciderebbe se tu annegassi mentre lei è in luna di miele. Non vuole certo interrompere il suo viaggio in Europa per questo".

Leo sorrise. "Ti voglio bene, papà".

"Ti voglio bene anch'io, Leo". Jack arruffò i folti capelli del figlio, così simili ai suoi. "Vai a chiamare Samantha". Fece una pausa, pensando a Gus e alla conversazione che aveva sentito al bar. "E io vengo con te".

"Stiamo bene da soli".

Jack finse disappunto. "Ehi, non può venire anche un papà? Porterò una borsa frigo con dei succhi di frutta".

Leo fece una smorfia. "Lo sai che siamo un po' grandi

per quelli, vero? Ma puoi portare la mia borraccia sportiva".

"Certo". Jack fischiò al cane. "È l'ora della spiaggia, Scout".

Il labrador giallo balzò in piedi, scodinzolando.

Jack ridacchiò tra sé e sé. Lui e Leo se la cavavano benissimo. Cosa c'era di male nel mangiare sottaceti a colazione?

Mentre guardava Leo, Samantha e Logan correre avanti e indietro con Scout sulla spiaggia, Jack telefonò al suo amico Bennett.

"Cosa c'è?"

"Sembra che tu stia correndo".

"Ho appena finito. C'è la raccolta fondi alla scuola. Ho dovuto finire i miei giri".

"Oh sì, non mi ero accorto che fosse oggi. Credo di doverti dei soldi, a proposito".

"Puoi intestare l'assegno alla scuola. Stanno raccogliendo tutte le offerte".

"Lo farò. Ehi, quando hai tempo, vorrei parlare dell'acquisto di quel cottage. Ho dei risparmi da parte. Cosa devo fare? Non ho mai comprato una casa prima d'ora". Oltre a essere il sindaco della città, Bennett era anche un agente immobiliare. Era stato lui a trovare quel cottage sulla spiaggia per Jack.

"Vieni a correre con me, domani. Così possiamo parlarne".

"Ancora? Faresti di tutto per trascinarmi in spiaggia all'alba".

Bennett ridacchiò. "Hai ragione".

Jack riattaccò e si strinse le ginocchia, guardando Leo che lanciava la palla a Scout." Era combattuto tra il desiderio di dare tutto a suo figlio e la necessità di tenerlo al sicuro. Lo stesso valeva per Marina. Ma forse era il caso di coinvolgere un ricercatore e un co-sceneggiatore. Avrebbe cercato tra i suoi contatti per vedere chi poteva trovare.

Almeno poteva continuare ad affittare lo studio sopra il garage. Ai surfisti non importava se il pavimento e le pareti erano imbrattati di vernice; era come vivere in un quadro di Jackson Pollock. Pensavano che fosse estremamente figo, e contribuisse a creare l'atmosfera.

Lo studio al piano superiore non era niente di speciale. Jack aveva portato su un paio di letti, un piccolo frigorifero, una macchina per il caffè e un forno a microonde. Aveva spostato un tavolo e sistemato delle sedie sul balcone. Era tutto ciò di cui la maggior parte degli ospiti aveva bisogno, a parte delle buone onde da cavalcare.

Controllò l'ora. Il gruppo successivo sarebbe arrivato in giornata. Erano stressanti: avevano cambiato più volte la data di arrivo, e lui si era dovuto affannare per preparare le stanze. Era talmente frustrato dalla loro indecisione che gli aveva detto di chiamare, quando si sarebbero trovati nei pressi di Summer Beach.

Con un po' di fortuna, Jack sarebbe riuscito a gestire tutto. Doveva ancora consegnare all'editore di Ginger alcune modifiche alle illustrazioni per il prossimo libro della serie.

Tra gli impegni e le esigenze di Leo, le pulizie per gli inquilini, le illustrazioni e le proposte di storie future, Jack era consapevole di stare commettendo qualche errore, ma tutto quel lavoro sarebbe stato presto ripagato. Quasi gli mancavano i giorni in cui aveva un solo lavoro da fare e una sola scadenza.

Nonostante tutto, non aveva mai mancato una

scadenza. L'altro giorno ci era andato vicino, ma solo perché aveva dimenticato che giorno fosse.

Proteggendo gli occhi dal sole, scrutò la spiaggia alla ricerca di qualcuno fuori dal comune, ma c'erano solo i soliti turisti e ragazzi in vacanza. Guardò Leo, Logan e Samantha, che avevano iniziato a gareggiare tra loro, ridendo mentre inciampavano e si rotolavano nella sabbia bagnata.

I bambini e Scout avrebbero avuto tutti bisogno di un bagno. Forse li avrebbe lavati in giardino, con i costumi da bagno addosso, gettando loro una saponetta. Oppure avrebbe preso una di quelle idropulitrici. Ridacchiò pensando a quanto si sarebbero divertiti, anche se non ne avrebbe fatto parola con la madre di Leo.

Ora era in grado di immedesimarsi in quei genitori che si sentivano sotto pressione. Forse poteva proporre una storia su un padre single, anche se non era esattamente materiale da premio Pulitzer. L'avrebbe scritta con il suo nuovo pseudonimo, Jack Summers.

Tuttavia, l'opportunità offerta da Gus pesava sulla sua mente. Jack doveva prendere una decisione in fretta. Se voleva riavere una parte della sua vecchia carriera – e i bei soldi che ne derivavano – poteva essere la sua ultima occasione.

5

*D*opo la passeggiata mattutina sulla spiaggia, Marina seguì Ginger a Java Beach, dove i vicini accolsero la nonna come una celebrità. Anche alla sua età, aveva ancora un portamento elegante, i suoi occhi brillavano di malizia e il suo sorriso bastava ad illuminare una stanza. Marina ricordava che suo nonno chiamava Ginger la sua arma diplomatica segreta. Con la sua spiccata intelligenza, il suo carisma e il suo fascino, era in grado di disarmare anche l'ospite più taciturno, eppure non sopportava gli sciocchi e i maleducati. Ciò era vero oggi come sempre.

Ginger aveva degli standard precisi, alti come il monte Everest.

"Signora Ginger, come va oggi?". Un uomo anziano, con una camicia hawaiana stropicciata, si alzò in piedi e si mise un cappello di paglia malconcio. I suoi colleghi al tavolo spostarono rapidamente un assortimento di banconote piegate e diedero anch'essi il benvenuto a Ginger.

"Charlie, non è che stamattina ti sei messo a contare i

soldi delle scommesse? Sai bene che l'ispettore Clarkson non lo vede di buon occhio".

"No, signora, stiamo solo saldando il conto della colazione. Giusto, ragazzi?"

"Certo, certo", mormorarono gli uomini in un coro poco convinto.

Dietro di loro, una donna con i capelli blu reale cinti da una visiera di strass scintillanti si lasciò sfuggire una risatina. "Mitch ha aumentato i prezzi?", chiese Darla. "Perché la colazione non costa mai così tanto da queste parti, Charlie".

Charlie si premette un dito sulle labbra e strizzò l'occhio. "Non hai visto niente, Darla".

"Due macchiati al caramello", esclamò il titolare. Mitch si trovava dietro un bancone addobbato con reti da pesca e noci di cocco, per farlo assomigliare a un bar in stile Tiki. Quando Marina si avvicinò al bancone, disse: "È un piacere vederti. Come vanno gli affari?"

"Meglio, ora che ho assunto un altro cuoco". Aveva assunto Cruise per aiutarla a gestire il food truck e avere maggiore flessibilità. Cruise era più di un surfista girovago: aveva lavorato nelle cucine di vari grandi alberghi, ma si era preso un esaurimento. Durante il colloquio, aveva detto che voleva una vita più tranquilla a Summer Beach.

Marina prese in mano i caffè ricoperti di panna montata, leccandosi via dalle dita la panna in eccesso che fuoriusciva dal lato. "È delizioso".

Mitch le fece scivolare sul bancone alcuni tovaglioli. "Sarai felice di avere un aiuto in cucina. È stata una delle mie migliori mosse, qui".

"Penso che sarà così. Così potrò rilassarmi per un paio

di giorni durante la settimana. E fare cose come aggiornarmi sui pettegolezzi locali".

"Ce ne sono sempre un sacco. Ultimamente tutti si chiedono quando ci sarà il matrimonio. Quello di Kai, intendo". Mitch le fece un sorriso imbarazzato.

Marina ignorò il riferimento implicito a lei stessa.

"Immagino che non vedano l'ora". Passò uno straccio sul bancone e sorrise. "So com'è. Quando arriva il momento giusto, perché aspettare?".

Senza aspettarsi una risposta, Mitch alzò la mano verso gli altri clienti della fila, e Marina passò oltre.

Presto, lei e Jack sarebbero diventati l'argomento principe delle conversazioni di Java Beach. Tenendo in mano i caffè, Marina si fece largo tra la folla. Metà della gente era vestita con pantaloncini e copricostumi da bagno per la spiaggia, mentre gli abitanti del posto in modo quasi altrettanto casual. Molti, come Arthur di *Antique Times* e George del negozio di ferramenta lì accanto, sarebbero tornati presto nei loro negozi e Summer Beach sarebbe stata ufficialmente aperta al pubblico.

Marina e Ginger scelsero un tavolo sotto un poster di viaggi d'epoca che pubblicizzava il Pacifico meridionale, e gli avventori vicini fecero loro spazio, per quanto possibile. I tavoli erano così vicini che era quasi impossibile conversare in privato. Fortunatamente, le persone sedute al tavolo dietro di loro se ne stavano andando.

Marina agitò le dita in segno di saluto a Louise, una donna robusta e dai capelli color acciaio che gestiva la lavanderia e la tintoria del villaggio. Spesso ordinava l'insalata di spinaci al Coral Café.

Ginger si rivolse ad Arthur. "È arrivato qualcosa di interessante in negozio, ultimamente?".

Arthur si passò una mano sulla testa liscia e rasata. "Una ciotola quadrata di Lalique con un motivo a rose", rispose con il suo accento inglese. "Di ottima qualità. Potrebbe piacere a una delle tue nipoti. E ho appena ricevuto in conto vendita una coppia di candelieri Gorham usati un tempo a *Las Brisas del Mar*. Sono in argento sterling con delle leghe di metalli interessanti, e hanno più di cento anni. Opere d'arte, a mio parere".

Ginger alzò le sopracciglia allarmata. "Oh, cielo. Ivy sta vendendo pezzi della locanda?".

Alcuni si girarono verso di loro e Marina toccò la mano di Ginger in segno di avvertimento. Anche se Ivy aveva dovuto affrontare le sue belle sfide per trasformare quella vecchia casa in una locanda, Marina non voleva che la gente pensasse che l'attività della sua amica fosse in difficoltà, soprattutto Darla, che era la vicina di Ivy. Era la ficcanaso della città, ma aveva un debole per Mitch e lo considerava un figlio.

Arthur scosse la testa. "Risalgono a prima che Ivy rilevasse la vecchia casa sulla spiaggia. Amelia Erickson li aveva regalati a una sua amica, a quanto ho capito. Il figlio della donna ci ha consegnato quei candelieri. Sarebbero un bel regalo di nozze".

"Passerò a trovarti". Ginger si portò una mano al petto. "Non per me, ovviamente, ma per qualcuno che potrebbe apprezzarli".

Arthur sorrise. "Chi sarebbe, Kai o Marina?".

Di nuovo, il volume della conversazione si abbassò e Marina sentì il petto arrossire. Sorseggiando il suo caffè macchiato, si fece coraggio.

Con un forte sussurro, Darla chiese: "Tu e Jack avete scelto una data?".

Ginger si schiarì la gola. "Darla, ti prometto che sarai tra le prime a saperlo, se Marina riterrà Jack degno delle sue numerose qualità".

A quel punto, Marina quasi si strozzò con il caffè. Ginger era sempre pronta a prendere le sue difese.

Le donne al tavolo di Darla iniziarono a parlare di Jack tra di loro e Marina avrebbe voluto sprofondare nel pavimento. Invece, fece un sorriso forzato. "Vi sento. Sono seduta proprio qui, signore".

Una delle donne si chinò in avanti. "Vorremmo sapere se tu e Jack vi frequentate ancora seriamente. Perché se così non fosse, mia nipote... ahia!". Guardò Darla e si chinò per strofinarsi lo stinco. "Perché l'hai fatto?"

"Perché ti stai rendendo dannatamente ridicola", rispose Darla. "Andiamo e lasciamo queste due in pace". Bisbigliò a Marina la parola "*scusa*".

Darla poteva essere graffiante, ma sotto la sua ruvida scorza, ci teneva alle persone. Doveva essersi resa conto che la sua domanda aveva messo Marina a disagio.

Dopo che le donne sedute a quel tavolo se ne furono andate, Ginger si chinò in avanti. "È stato un po' imbarazzante".

Marina ne colse il senso. "Non è colpa mia".

"No, infatti". Ginger inclinò la testa e si picchiettò il mento pensando. "La settimana scorsa ho incontrato Jack per le illustrazioni del libro". Esitò. "Hai notato qualche cambiamento nel suo comportamento, ultimamente?"

"Forse è preoccupato, o nervoso per non si sa cosa". Marina sapeva interpretare Ginger. "Oppure si sta ancora adattando ad avere lì Leo. Un ragazzo di quell'età può essere molto attivo". Leo era un ragazzino curioso e indagatore, probabilmente proprio come lo era stato Jack. "Mi chiedo cosa penserà Leo di…".

Ginger le prese la mano e la strinse. "Domani mi racconterai tutto".

"Naturalmente".

Ginger annuì soddisfatta. A questo punto, sembrava che la questione fosse risolta, e continuò. "Kai ti ha detto qualcosa dei suoi progetti di matrimonio?".

"Non molto, a parte il fatto che vuole anticiparlo".

"E ti ha detto perché?".

Un pensiero ovvio colpì Marina. "No, ma è chiaro che sono impegnati l'uno con l'altra".

"Grazie al cielo". Ginger le lanciò un'occhiata tagliente.

"A prescindere dalla situazione, dovremmo aiutare Kai ad avere il matrimonio che ha sempre sognato. Mi sono offerta, ma lei è stata molto riservata sui loro piani. A parte il fatto che ha subito bisogno di un vestito".

"Kai si sta senz'altro dando da fare".

"I suoi amici sono sempre in giro, tra uno spettacolo e l'altro. Forse c'entra anche questo".

"Magari è proprio il motivo della fretta". Tuttavia, l'espressione dubbiosa di Ginger smentiva le sue parole. Un attimo dopo, i suoi occhi si illuminarono. "Ho alcuni oggetti che entrambe vorreste vedere. Ogni sposa ha bisogno di qualcosa di antico. E di nuovo".

"Mi assicurerò di dirlo a Kai".

Chiacchierarono ancora un po' prima di tornare al cottage, questa volta attraversando il villaggio. I negozi stavano aprendo e frotte di turisti erano già in giro in pantaloncini e infradito. L'alta stagione a Summer Beach significava una folla vivace per tutta l'estate, desiderosa di spendere soldi e portarsi a casa dei ricordi. Dopo aver lavorato duramente per tutta la stagione, alcuni negozianti chiudevano per un mese o più in inverno, prendendosi una vacanza.

Quando si avvicinarono a una boutique, Ginger rallentò. "Hai qualcosa da indossare al matrimonio di Kai?"

"Non ho idea di dove sarà. Conoscendola, potrebbe essere su una barca".

Ginger si fermò e fece un cenno verso la vetrina dove c'era un elegante abito di lino nero con solari dettagli gialli e bianchi. "Quel vestito ti starebbe benissimo".

"Per il matrimonio?". Marina alzò le sopracciglia. "Ma è nero".

Ginger scosse la testa. "Per l'appuntamento di stasera con Jack. Dovresti provarlo".

Marina esitò. Le piaceva molto la scollatura, e in generale sembrava proprio adatto per valorizzare la sua silhouette, scendendo più largo lungo i polpacci. "Ho già pronto un vestito da indossare. Non ne ho davvero bisogno".

"Forse no, ma di certo te lo meriti. Entriamo. Offro io", aggiunse.

Ginger si fece strada nella boutique, dove una serie di prendisole era abbinata ad arte a sandali e accessori. Il dolce profumo delle candele al mango riempiva il negozio, sollevando immediatamente il morale di Marina.

Quando uscirono, Marina aveva con sé quel delizioso abito di lino nero in una borsa appesa al braccio, insieme a un paio di sandali con il tacco alto. La nonna aveva promesso di prestarle un filo di perle dei mari del sud di colore grigio-argento, e degli orecchini che Marina adorava.

"Ti sta benissimo", disse Ginger. "Avrebbe potuto indossarlo Audrey Hepburn".

Marina rise. "Non sono sicura di poter camminare con queste scarpe finché non le avrò rodate".

Inarcando un sopracciglio, Ginger chiese: "Jack non viene a prenderti stasera?"

"Mi ha chiesto di incontrarlo lì". Marina non sapeva perché, ma supponeva che avesse a che fare con i suoi impegni. "Sono sicura che mi porterà a casa".

"Lo spero proprio. Più tardi devo uscire, quindi posso accompagnarti da *Beaches*".

Marina accettò subito. "E mi piace questo nuovo vestito, ma non dovevi comprarlo per me".

"Sciocchezze. Una donna ha bisogno di sentirsi coccolata, di tanto in tanto. Tu fai così tanto per gli altri. Inoltre, ho un buon presentimento per questa sera".

Marina sospirò al pensiero. Con i preparativi per il matrimonio di Kai che stavano entrando nel vivo, il desiderio che Marina provava per Jack riempiva i suoi pensieri sempre più spesso.

Ginger si fermò ed esaminò i capelli di Marina.

"Cosa c'è che non va?"

"I tuoi capelli sono diventati lunghissimi. Sono belli, ma perché non chiami quel nuovo salone e vedi se oggi hanno un posto?".

"Vuoi dire *Beach Waves*?"

"Proprio. Ho sentito dire che il proprietario è un mago delle acconciature. E non preoccuparti del costo. Chiedi un taglio tranquillo e moderno, non con quello stile ultralucido e laccato che portavi al telegiornale. Magari anche una nuova tinta. Sorprendi Jack con un nuovo look. Al mio Bertrand è sempre piaciuto".

Marina portava i capelli raccolti in un fermaglio mentre lavorava in cucina. Come conduttrice di un telegiornale, una volta doveva spendere una fortuna per i suoi capelli, ma da quando si era trasferita a Summer Beach, aveva abbandonato le ciocche lisce, le unghie rosse e i tacchi a spillo che erano stati la sua uniforme in televisione. Si sentiva bene, ma doveva ammettere che non era più così curata come un tempo. Naturale non significava sciatto.

Improvvisamente emozionata da quella prospettiva, Marina abbracciò la nonna. "Vedrò di andarci nel pomeriggio".

Più tardi, quel giorno, Marina si accomodò su una sedia di fronte a un grande specchio nel nuovo salone del villaggio. I divani rosa spiccavano sulle pareti color acquamarina, dov'erano esposte foto di donne con chiome fluenti, in vari stili.

Si chinò, ispezionando le ciocche più chiare dei suoi capelli castani. La maggior parte erano sbiaditi dal sole, ma alcuni di loro intorno al viso erano innegabilmente bianchi. Si accigliò, di fronte all'audacia di quegli intrusi.

"Oggi no". Ne strappò uno. Per quanto tempo avrebbe potuto continuare a farlo?

Il proprietario del negozio si avvicinò alle sue spalle e le toccò la mano. "Aspetta. Posso occuparmi di loro, se vuoi. Ma l'argento è di gran moda. Cosa desidereresti, oggi?"

"Mi piacerebbe un look naturale, da spiaggia", disse Marina, alzando lo sguardo e osservando diversi stili. "Ma non sono sicura di cosa volere". Indicò un poster di una donna snella con una criniera di capelli. "Che ne dici di questo look? E del corpo che lo accompagna".

Brandy sorrise e scosse la testa. "Sei bella così come sei, ma posso dare ai tuoi capelli dei riflessi e delle lucentezze che faranno risaltare i tuoi occhi ed esalteranno la tua carnagione. Quella che ti piace è una tecnica chiamata *balayage*. In sostanza, significa spazzare o dipingere accenti chiari su tutti i capelli". Girando intorno alla sedia, Brandy ispezionò i capelli di Marina. "È uno stile delicato, ma sexy. Ti starebbe benissimo".

"È esattamente ciò di cui ho bisogno". Fu attraversata da un'onda di emozioni. "Facciamolo".

Marina era sicura di essere nelle mani talentuose di un'artista. Quella donna più giovane, i cui capelli brillavano come un cognac dorato dal look magistralmente ombreggiato, era la proprietaria di *Beach Waves*, un nuovo salone specializzato in acconciature da spiaggia alla moda. Sulle sue mani c'era un intricato disegno all'henné e indossava dei pantaloni a palazzo di seta lavata, con ciabatte di perline e una canottiera.

Brandy le aveva detto di essersi trasferita da poco da Malibu, passando dallo sfarzo di quella colonia balneare delle celebrità ai ritmi più lenti di Summer Beach.

Chiudendo gli occhi mentre Brandy lavorava, Marina immaginò quanto sarebbe stato contento Jack quando l'avrebbe vista. Non vedeva l'ora di sorprenderlo con il suo nuovo look. Il commento di Ginger le balenò nella mente.

Non capitava spesso che Marina si prendesse del tempo per coccolarsi, quindi si rilassò in quell'esperienza, godendosi ogni momento. Aveva la sensazione che quella serata sarebbe stata un punto cruciale nella loro relazione. Lo avvertiva fino alle dita dei piedi, che si muovevano con piacere. Il suo futuro si estendeva davanti a lei.

Sarebbe stata una serata da ricordare.

6

*P*iù tardi, quella sera, Marina entrò da *Beaches*, sentendosi sicura del nuovo prendisole di lino nero che le stava alla perfezione. Fece scorrere una mano lungo il tessuto liscio che le sfiorava i fianchi. Anche se non aveva più un corpo da bikini, quel vestito nascondeva le sue imperfezioni e le dava un aspetto fantastico. Poteva dirlo con sicurezza perché Ginger lo aveva approvato, e sua nonna non mentiva mai. Tranne quando abbelliva gli aneddoti del passato. Ma le era consentito in base alla licenza drammatica, come affermava.

Marina intravide il suo profilo in uno specchio. Anche i suoi capelli rovinati dal sole erano spariti. Brandy aveva cosparso di note bruno-dorate i suoi capelli castani naturali, dandole una dose extra di sicurezza.

Sollevò il mento e toccò le perle grigio-argentee dei Mari del Sud al collo che le aveva dato Ginger. Aveva perfino messo qualche goccia, sui polsi, del suo profumo migliore.

Era la sua serata. Per una volta, tutto stava andando per il verso giusto.

Quando il maître la salutò all'ingresso, Russell inarcò le sopracciglia e fece un passo indietro per ammirare il suo nuovo look.

"Oh-la-la! Avevi per caso nascosto tutta questa meraviglia sotto la giacca da cuoco e le scarpe comode?".

Marina rise e fece un piccolo inchino sui tacchi alti. "Pensi che a Jack piacerà?"

"Se non sarà così, non avrai problemi a trovare un sostituto".

Russell si recava spesso al Coral Café per pranzare nei suoi giorni di riposo da *Beaches*. Erano diventati amici, dopo quel pasticcio con Scout al ristorante. Jack si era dato da fare per rientrare nelle grazie di Russell.

Se Marina provava un briciolo di imbarazzo per il suo nuovo look, Russell lo dissipò rapidamente con un sorriso di approvazione. Non che ne avesse bisogno, ma era divertente essere ammirata come se avesse di nuovo vent'anni.

Russell picchiettò sul libro delle prenotazioni. "Ho visto la richiesta di Jack, quindi ho tenuto il tavolo migliore per voi. Il tramonto dovrebbe essere magnifico stasera". Guardò l'orologio. "Anche il tempismo è perfetto".

Fece un gesto verso un tavolo vicino a una vetrata dove le onde si infrangevano contro le rocce all'esterno, sollevando alcuni spruzzi nebbiosi. "Vuoi sederti, ora?"

"Aspetterò Jack".

"Accomodati al bar, allora. Abbiamo alcuni ospiti interessanti con cui potrai parlare".

Russell le fece strada. Mentre Marina passava, fece un cenno ad alcune persone che conosceva. Un uomo, in particolare, le sembrava familiare, ma non riusciva a identificarlo. Dalle occhiate e dai sorrisi, capì che stava facendo colpo.

Russell si fermò davanti a un bancone in legno lucido. Un pianista suonava lì vicino e le bottiglie ornamentali brillavano sotto le luci soffuse.

"Abbiamo appena aperto una nuova bottiglia di champagne, molto buona. Dirò alla chef Marguerite che siete arrivati".

"Sembra meraviglioso, grazie. Muoio dalla voglia di assaggiare il suo cibo fin dal *Taste of Summer Beach*, la gara di cucina dell'anno scorso".

"Abbiamo guadagnato molti nuovi clienti grazie a quell'evento. Ne state programmando un altro?"

"L'anno prossimo. È stato molto impegnativo, e con l'apertura del caffè e l'afflusso estivo di clienti, sono stata oberata di lavoro".

Per non parlare del nuovo camioncino. Aveva superato la revisione e lei aveva versato un acconto a Judith tramite la sua banca. L'avrebbe fatto verniciare quando avrebbe avuto tempo, perché ci voleva qualche giorno. Ciò significava che non sarebbe stato pronto per la serata di apertura di Kai al Seashell, ma avrebbe trovato il modo di farlo andare bene. Doveva solo coprire l'illustrazione del sottomarino e il logo.

L'anfiteatro sarebbe stato un buon banco di prova, poiché i clienti avrebbero potuto ritirare lì i cestini da picnic ordinati in precedenza. Marina aveva già preparato un menu semplice e non vedeva l'ora.

"Sono contento che il tuo locale stia andando bene". Russell le preparò una sedia al bar. "Con l'alta marea, stasera vedrete delle onde spettacolari". Fece un gesto verso il barista. "Lo champagne speciale di riserva della chef

Marguerite per la chef Marina".

Ringraziò Russell prima che lui si dirigesse verso l'ingresso per salutare un'altra coppia appena arrivata.

Mentre lei guardava, il barista le versò lentamente un bicchiere. Sollevandolo, le bollicine dorate le solleticarono le labbra. Sorseggiando, guardò il sole sprofondare verso l'orizzonte viola, mentre le onde si infrangevano a intermittenza contro alcune rocce che affioravano. Era la vista più spettacolare di Summer Beach.

Jack sarebbe dovuto arrivare a momenti.

Lanciò un'occhiata al ristorante. Il tramonto stava già irradiando la sua luce rosata su tutta la sala da pranzo. Tovaglie rosa conchiglia e una profusione di fiori corallo e rosa ornavano ogni tavolo. Coppie disinvolte e ben vestite indugiavano davanti a bottiglie di vino e alla migliore cucina di Summer Beach. Da un tavolo vicino, dei bicchieri di cristallo tintinnavano, mentre una coppia brindava l'una all'altra. Dalla cucina provenivano degli aromi squisiti.

Era la versione di Marina del paradiso. Si passò i capelli sulla spalla nuda e appoggiò il mento sulla mano. Con il passare dei minuti, si godette il privilegio di essere un'ospite, osservando i camerieri che portavano i piatti della chef Marguerite ai commensali deliziati.

Pochi minuti dopo, uscì una donna corpulenta con una giacca da cuoco bianca. Aveva i capelli sciolti e le stesse scarpe robuste che Marina usava in cucina.

"Sono felice che tu ti unisca a noi stasera", disse Marguerite. "E mi piacciono i tuoi capelli. Li hai fatti fare in città?"

"Sono opera di Brandy, di *Beach Waves*".

"Se mai uscirò dalla cucina, dovrò andarci". Le due

donne risero e Marguerite aggiunse: "Sembri pronta per un'occasione molto speciale".

"Ogni volta che cucini per me è speciale", rispose Marina, evitando di rispondere a quell'osservazione. "Sono mesi che sogno i tuoi gamberi alla provenzale".

Marguerite ridacchiò. "E io non riesco a trattenere l'acquolina per la tua pizza ai frutti di mare che ha vinto il *Taste of Summer Beach*".

Parlarono per un po', confrontando i piatti che avevano mangiato in altri ristoranti e che avevano apprezzato. Marguerite disse che le erano piaciuti gli spettacoli di Kai al Seashell e Marina disse che Kai e Axe avevano anticipato il matrimonio. Non aveva idea di come Kai sarebbe riuscita a gestire il nuovo spettacolo estivo che lei e Axe avevano programmato.

"Sono una coppia fantastica. Sarò felice di avervi tutti ospiti a cena da *Beaches*, prima".

"Kai sta ancora facendo progetti, ma lo terremo presente. Sarebbe incantevole, per la famiglia".

"E ci sarà uno sconto professionale per voi, naturalmente". Marguerite si congedò per tornare in cucina.

Sorseggiando lo champagne, Marina chiacchierava con il barista e con gli altri avventori del locale. L'uomo attraente dall'aspetto stranamente familiare sembrava interessato a lei e, sebbene non facesse nulla per incoraggiarlo, era lusingata dalle sue attenzioni.

Infine, si appoggiò con la sua alta struttura allo sgabello che li separava. "Sono Jay, e mi sono appena trasferito a Summer Beach. Ho sentito dire che questo è uno dei migliori ristoranti della città".

Marina non resistette. "Insieme al Coral Café".

Schioccò le dita. "È l'altro di cui la gente mi ha parlato".

Con un fisico ben curato e una pennellata di grigio nei capelli neri e lucidi, Jay sembrava avere l'età di Marina. Chiacchierarono per qualche minuto, e lei gli chiese cosa lo avesse portato a Summer Beach.

"Sono un pediatra", rispose Jay. "Sto acquisendo un piccolo studio qui. Conosce la dottoressa Singh?".

Marina annuì. Ora si ricordava. Gilda gliela aveva indicata al Seabreeze Inn durante il matrimonio di Vanessa. "Tutti qui la conoscono come la dottoressa Dede. Viene spesso a pranzo nel mio ristorante, il Coral Café. Ho sentito che presto andrà in pensione, quindi lei deve essere il suo sostituto".

"Lo sono". Jay ridacchiò.

"Ed è davvero sua zia?".

Annuì. "Immagino che qui le voci corrano veloci".

"Soprattutto se uno è un bel medico single". Non appena quelle parole le lasciarono la bocca, Marina avrebbe voluto rimangiarsele.

Jay inclinò la testa all'indietro e rise. "Bè, posso confermare due cose su tre".

"Oh, mi dispiace". Il volto di Marina si scaldò. "Avevo sentito dire che non era sposato".

I suoi occhi scuri e profondi luccicarono. "Su quello, ci hanno azzeccato".

E anche modesto, pensò. Lui le chiese del suo locale e sembrò sinceramente interessato, facendo domande su come aveva iniziato e su quali fossero i suoi piatti più popolari. "Spero che ci verrà. È vicino al villaggio e al suo ufficio".

"Mi assicurerò di passare non appena possibile".

Mentre chiacchieravano, il sole scivolava sotto l'orizzonte e Marina si sentiva come se il suo cuore stesse facendo lo stesso. Continuò a guardare la porta. Durante una pausa della conversazione, controllò l'ora.

Jack si era perso il tramonto spettacolare che aveva programmato di vedere con lei. Pregò che non fosse successo nulla a lui o a Leo.

Russell si avvicinò a Jay e ai suoi amici. "Il vostro tavolo è pronto", annunciò.

"È stato un vero piacere parlare con lei", disse Jay, indugiando dietro gli altri. "È sicura che il suo amico verrà? Perché in caso contrario, è la benvenuta a unirsi a noi".

"Grazie, ma sono sicuro che arriverà presto".

Esitò. "Spero di non essere stato troppo sfacciato, ma stasera è bellissima. Ed è stato un vero piacere conversare con lei".

Marina inclinò la testa e lo ringraziò. Un caldo bagliore si raccolse nel suo petto. Jay era un bell'acquisto per Summer Beach.

Aspettò al bar, bevendo il suo bicchiere di champagne mentre mandava un messaggio a Jack. Qualcosa doveva averlo trattenuto. Lui non rispose, ma forse stava guidando. Jack era spesso in ritardo. Comunque, poteva essere lì da un momento all'altro, si disse.

Una donna, dall'altra parte del bar, intavolò una conversazione che aiutò a far passare il tempo. Notò che il tavolo di Jay era stato servito, ma non c'era ancora traccia di Jack.

La sua preoccupazione aumentò. C'era sicuramente qualcosa che non andava.

Quando l'altra donna e il marito si furono accomodati,

Marina prese di nuovo il telefono dalla borsa e digitò un altro messaggio.

Sono qui.

Attese.

Questa volta, Jack rispose. *Non ti vedo.*

Si voltò a cercarlo. *Al bar.*

Un'altra risposta: *?????*

Non avrebbe ottenuto nulla con quei messaggi. Con un sospiro, toccò il suo numero. "Ciao, tesoro".

"La porta è aperta. Entra pure". Jack sembrava affrettato.

"No. Io sono…"

"Ok, senti, non posso parlare adesso. Ti chiamo più tardi?"

"Cosa? Jack, io…"

"Mi dispiace, non posso proprio parlare. Ti spiegherò più tardi".

Clic.

Marina fissò il telefono, stupefatta. Che cosa era successo? Forse, qualcosa a Leo. Il cuore le batteva forte per la preoccupazione.

Toccò di nuovo il suo numero.

"Cosa c'è?", disse bruscamente.

"Leo si è fatto male?", si affrettò a dire prima che potesse riattaccare.

"Cosa? Sono sicuro che sta bene. Passerà la notte a casa di Logan. Guarda…"

"*Tu* stai bene?"

"Sì, sì", disse lui, scacciando la preoccupazione di lei.

"E allora…?"

"Non posso parlare. Devo andare".

"Sono da *Beaches*!" Pronunciò quelle parole di getto. Era sconcertante, non affatto da Jack.

Jack si lasciò sfuggire un'imprecazione. "Che giorno è?"

"Lo sai, che giorno è. Aspetterò". Fece un respiro esasperato. "Ci tengono un tavolo, ma ancora per poco".

"No, non posso. Non stasera. Mi dispiace. Cena senza di me". Fece una pausa. "Senti, dobbiamo parlare".

"Su questo hai ragione". Ormai furiosa, Marina riattaccò.

Respinse le lacrime calde che le salivano agli occhi e portò il bicchiere verso le labbra che tremavano per la rabbia, la preoccupazione e la delusione. Cosa gli stava succedendo?

Fece un cenno a Russell, che si diresse rapidamente verso di lei. Le aveva già chiesto a un paio di volte a che punto fossero. Sapeva che stava bloccando la coda delle prenotazioni.

"Ho appena parlato con Jack". Marina scosse la testa, riuscendo a malapena a parlare. "Non verrà".

Lo sguardo di Russell si abbassò. "Spero che stia bene".

"Sta facendo… non so, è semplicemente Jack", esternò, imbarazzata dalla situazione.

"Mi dispiace tanto per te. Un'altra volta?"

Marina annuì in silenzio. Aveva sorseggiato champagne, era soddisfatta del suo nuovo look e pregustava la conversazione di quella sera. E ora, questo. Come aveva osato dirle di cenare da sola?

Una serata fondamentale. Infatti, lo era. Un'ondata di rabbia la attraversò. Come aveva potuto dimenticarsene? Ne avevano parlato più volte. Stava rimediando al disastro che aveva causato Scout, non che fosse colpa del cane. Era stata tutta colpa di Jack.

Dare da mangiare salsa piccante su un taco, a un cane? Con la bocca infiammata, Scout le era saltato addosso dopo averla vista entrare con Cole al ristorante. Strinse gli occhi, ricordando il modo in cui il povero Scout aveva cercato riparo – e un sacco di acqua e abbracci – da lei.

Ora, ancora una volta, Jack aveva rovinato quella che avrebbe dovuto essere una bella serata. E forse il resto delle loro vite.

Peggio ancora, sembrava che fosse preso da qualche storia – riconosceva quel suono distratto nella sua voce dagli anni trascorsi in redazione. Ma cosa poteva essere così importante? Non contava. Qualunque cosa fosse, per lui era più importante di lei. Viveva a pochi minuti di distanza. Avrebbe potuto cambiarsi e raggiungerla. Si morse il labbro per trattenere le lacrime.

Proprio in quel momento, la voce profonda di Jay la raggiunse. "So che ci siamo appena conosciuti, ma c'è qualcosa che posso fare per te? Sembra che tu abbia appena ricevuto una notizia spiacevole".

Marina desiderava scomparire. "Devo andare. Il mio… ragazzo…". Si fermò. Che cosa era esattamente lui, adesso?

Armeggiò con la borsa, lasciando che i capelli le cadessero sul viso per coprire la vergogna. Si aspettava troppo da Jack quella sera? Kai doveva essersi sbagliata su ciò che aveva intravisto. Evidentemente, quell'uomo non era in grado di mantenere una promessa.

Jay la fissava con dei magnifici occhi scuri che sembravano intrisi di gentilezza. Era un uomo dedito alla cura dei bambini.

"Se hai bisogno di un passaggio a casa, posso accompagnarti io".

Marina scosse la testa e scese dallo sgabello. "Stai cenando. E io abito proprio in fondo alla spiaggia".

Si accigliò. "È lontano?"

"Solo pochi passi". Lei si scostò i capelli e si costrinse a sorridere per la sua premura. "Me la caverò. Sono solo arrabbiata per il mio appuntamento".

"Un grosso errore da parte sua". Lo sguardo di Jay scese fino ai suoi piedi. "Non dovresti camminare con quelle belle scarpe. La mia macchina è qui fuori. Ti prometto che ti porterò a casa in tutta sicurezza".

Quando esitò, lui aggiunse: "Puoi stare tranquilla. Tutte le mamme hanno un'ottima opinione di me".

Marina sorrise nonostante l'angoscia. "Sai quanto suona sdolcinato?".

"Immagino che sia un bene che il mio tentativo di fare il comico al college non abbia funzionato".

Un eroe con il senso dell'umorismo. Accennò un debole sorriso.

Mentre Jay salutava i suoi amici e le apriva la porta, si sentiva addosso gli occhi di tutti. La notizia avrebbe sicuramente fatto il giro della città. *Ben gli sta a Jack*, pensò, opponendo la mascella a un'altra ondata di rabbiosa delusione.

Come aveva potuto Jack farle questo, e con una spiegazione così inconsistente?

7

"Aspetta un attimo", disse Jack a Bennett, che si fermò sulla sabbia, appoggiando le mani sulle ginocchia nude. Un attimo dopo, cadde sulle gambe, improvvisamente sopraffatto da qualcosa che non riusciva a individuare. Il sole brillante del mattino gli bruciava gli occhi e il suo petto si sentiva come stretto in una morsa.

Forse perché non era abituato a correre per due giorni di fila, ma quella mattina aveva bisogno di fare qualcosa. La sera prima, dopo la telefonata di Marina, si era scolato qualche bicchierino di tequila, arrabbiato con se stesso per essersi lasciato sopraffare dalla situazione.

Altrimenti non avrebbe dimenticato il loro appuntamento. Significava tutto per lui, e si era preso una bella sberla. Aveva pensato che fosse il giorno successivo. Ancora una volta, aveva dimenticato che giorno fosse.

Bennett rallentò il passo fino a trotterellare e si voltò. "Ehi, non hai un bell'aspetto. Hai bisogno di aiuto, amico?". Si avviò di nuovo verso di lui.

Jack alzò una mano. "Non credo di potercela fare".

Sinceramente, tutto ciò che voleva era una sigaretta. Anche se era passato più di un anno da quando aveva smesso, il suo livello di stress era schizzato alle stelle.

Bennett gli si avvicinò, con le mani sui fianchi. "Ti sentivi male stamattina?".

"Non credo di essere malato. Solo fuori forma".

"Hai migliorato i tuoi tempi, e sei in forma". Bennett esitò. "Hai qualche pensiero per la testa?"

"Sempre", disse Jack, anche se non approfondì.

Non era uno che si confidava con molte persone, anche se Bennett era molto amico di Mitch e di altre persone al villaggio. Era un buon sindaco perché si preoccupava davvero della qualità della vita degli abitanti di Summer Beach.

Dopo aver indagato per anni su alcune gravi malefatte, Jack aveva visto buona parte della gamma dei sentimenti umani, da quelli che non potevano fregarsene minimamente del prossimo, ad altri che si preoccupavano fin troppo. Bennett sembrava occupare un'equilibrata via di mezzo. Tutto ciò che Jack poteva fare era fidarsi del suo istinto, che di solito lo guidava bene.

Bennett si inginocchiò accanto a lui, come se temesse che Jack potesse crollare. "È per via di Leo?"

Jack avrebbe potuto dire qualche banalità, ma scosse la testa. "È un ragazzo fantastico".

"Si tratta per caso di Marina?"

"Sono fortunato ad avere anche lei". Jack si passò una mano tra i capelli, umidi per la rugiada del mattino. Se solo lei avesse avuto ancora lui.

Bennett si guardò intorno. Erano soli, ma abbassò comunque la voce. "Hai dei ripensamenti?"

"Non su Marina. Anche se non posso parlare per lei,

chiaramente manca di discernimento. Potrebbe prendersi chiunque".

Durante le vacanze natalizie, un vecchio amico di suo marito era venuto a trovarla. *Cole*. Era un Marine e Jack aveva difficoltà a stargli dietro. Certo, era preoccupato. Persino geloso. E immaginava che, allo stesso modo, ce ne fossero molti altri.

"Hai molte cose in ballo". Bennett allungò una gamba mentre parlava. "Occuparsi di Leo ha richiesto un po' di cambiamenti, immagino. Una volta pensavo che avrei avuto un figlio tutto mio. Fa riflettere".

"Leo è la cosa migliore che mi sia mai capitata". Jack sapeva che Bennett aveva perso la moglie e il figlio non ancora nato a causa di una rara patologia che lei aveva avuto durante la gravidanza. Forse è per questo che era così compassionevole.

Bennett lo stava fissando con un'espressione così empatica, rara tra gli amici della sua professione, spesso stanchi e con l'aria di chi le ha viste tutte. Jack si sfregò le tempie. "Ho quello che si potrebbe definire un conflitto professionale".

Bennett indietreggiò sui talloni. "Vuoi parlarne?"

"Temo che sia una questione riservata". Un anno di assenza, e si stava rammollendo. "Dovrei tornare a casa".

Bennett si alzò e diede una mano a Jack. "Riposati un po'. Vado a controllare le condizioni del mutuo che mi hai chiesto".

Prima che Bennett potesse dire qualcos'altro, Jack trasse un respiro misurato per assicurarsi di non stramazzare, prima di trotterellare verso casa.

Anche se forse preferiva tutto ciò al dover affrontare

Marina. Quel giorno avrebbe dovuto chiamarla. E rimediare alla sera precedente. In qualche modo.

Il cottage era a mezzo isolato dalla spiaggia, ma gli sembrò un'eternità mentre correva lì. Ripensandoci, Marina sarebbe stata felice in quel luogo?

Aveva vissuto in un bell'appartamento a San Francisco, e il cottage di sua nonna era spazioso e tenuto in modo impeccabile. Anche se poteva essere considerato piccolo per la maggior parte degli standard, la sua casa era una reggia rispetto a quei minuscoli appartamenti che aveva preso in affitto a New York, nel corso degli anni.

Quando Jack era impegnato in incarichi prolungati o che si susseguivano senza sosta, spesso lasciava quel poco che possedeva a casa di un amico a Long Island. Il vecchio furgone Volkswagen che aveva comprato per andare in California era adatto alle sue esigenze. Con un rimando a Cervantes e Steinbeck, l'aveva chiamato *Ronzinante*. Sarebbe vissuto ancora lì dentro, se non fosse stato per Leo.

Molto probabilmente sarebbe tornato a New York per rincorrere qualche altra storia. E non avrebbe mai incontrato Marina.

Arrivato al suo cottage, Jack entrò. La casa di legno era appartenuta a un artista e le pareti erano ricoperte da dai murales con delle scene di vita da spiaggia. Qualcuno avrebbe potuto considerarli piuttosto stravaganti, ma a lui piacevano. Quattro pareti bianche lo avrebbero fatto impazzire.

Essere lì a Summer Beach era già una sfida, anche se amava far parte di quella comunità. Stare lì da solo con la spiaggia e quegli splendidi tramonti gli ricordava la piccola città in cui era cresciuto.

Il tramonto. Se la prese di nuovo con se stesso. Come aveva potuto dimenticarsi?

Conosceva la risposta. La sua vita era fuori controllo.

Jack inserì una cialda di caffè nella macchinetta, avviò un nuovo infuso e aspettò, mordendosi il lato della bocca invece di prendere le sigarette di emergenza che aveva nascosto. Nonostante ciò, il suo sguardo si diresse verso un mobile più in alto. Lì dentro, la sua scorta segreta era nascosta dietro una pentola di coccio inutilizzata che gli aveva regalato la madre di Leo.

Mordicchiando una nuova parte del labbro, resistette. Le mentine di cui era praticamente dipendente non si sposavano bene con il caffè.

Non appena la macchinetta si fermò, prese la tazza e si diresse verso l'area di lavoro che aveva creato nella veranda della sua camera da letto. Sulla scrivania c'era un'illustrazione disegnata a metà per il libro per bambini di Ginger che sarebbe uscito a breve. Non gli sembrava affatto un lavoro: disegnare era stato un hobby per anni. Sperava ancora di riuscire a far raccontare a Ginger tutta la sua storia, un giorno, ma non sarebbe successo finché lei non si fosse sentita pronta.

Ginger Delavie. Asso della crittologia, matematica, moglie vedova di un diplomatico e amica di molte persone altolocate. Non si sapeva quali segreti nascondesse. Probabilmente ne avrebbe portati molti con sé nella tomba, anche se lui sperava che non sarebbe successo per molto, molto tempo. Era ancora più acuta di tante persone decisamente più giovani. Un giorno avrebbe potuto lasciargli scrivere la sua biografia, se fosse riuscito a trovare un momento nella sua agenda.

Se lui e Marina si fossero messi insieme, cosa sarebbe diventata Ginger per lui? La sua nonna acquisita?

Basta così, decise, mentre fissava un'illustrazione con tre bambine. Le storie di Ginger si basavano sui racconti che aveva narrato alle sue nipotine, Marina, Kai e Brooke. Erano tutti personaggi di quelle avventure.

Quella era la sua vita, e doveva trovare un modo per farla fruttare. I libri di Ginger erano appena stati pubblicati. Anche se gli anticipi erano stati buoni, scoprì che non poteva vivere solo con quella rendita.

Non poteva portare Leo da Summer Beach a un grattacielo di New York, anche se molti l'avrebbero fatto. Non aveva nulla da eccepire al riguardo, ma Jack era cresciuto in una fattoria e vagabondare nella natura lo aveva tenuto con i piedi per terra. Era ciò che voleva per Leo. Anche se per farlo doveva destreggiarsi in tutta una serie di lavori.

Nell'angolo, un robusto orologio a batteria ticchettava nel silenzio, prendendolo in giro, mentre si chiedeva se fosse troppo presto per chiamare Marina.

Temeva quella chiamata, ma se l'avesse rimandata ulteriormente, si sarebbe sentito un vigliacco.

Mentre Jack contemplava il disegno – a una bambina sarebbe servita un'espressione più sorpresa, e decise di aggiungere un cane alla scena – il suo telefono suonò: era un messaggio su un'applicazione sicura che usava per comunicare con altri giornalisti.

Puoi parlare?

Era Dane, uno dei suoi ex colleghi di New York che lo stava richiamando dopo la telefonata della sera precedente. Stava parlando con lui, quando Marina aveva chiamato. Dopo aver parlato con Gus, il suo editore, Jack aveva contattato Dane per avere informazioni aggiornate circa l'uomo che era appena stato rilasciato dalla prigione.

Jack alzò le spalle. *Ci risiamo.* Da tempo sperava che tutto ciò finisse. Tirando un sospiro, rispose al messaggio.

Certo. Anni prima, Dane aveva assistito Jack nelle ricerche per quella storia al fulmicotone. Se c'era qualcuno in grado di rintracciare informazioni, era lui. Jack doveva mettere insieme tutti gli elementi per capire se lì a Summer Beach si trovava in pericolo.

Bevve un sorso di caffè, prima che il telefono squillò. "Ehi, che succede?"

"Si tratta del tuo uomo". Dane aveva pochi dettagli. "Te ne stai occupando di nuovo?".

Jack non poteva mettere in mezzo Leo o Marina a tutto ciò. "Voglio starne fuori, amico. Ho deciso".

"Non ne sei mai fuori. Non dopo... sai, quello che è successo".

Jack si affacciò alle finestre, osservando le nuvole cariche di tempesta che si addensavano sull'oceano. Il ricordo della conversazione che aveva sentito al bar lo perseguitava e il petto gli si strinse di nuovo. "Diciamo che ora sa dove sono. Com'è che l'ha scoperto?".

Gli venne in mente un pensiero. Forse, Dane lo stava stuzzicando. Jack poteva già immaginare i titoli dei giornali. *Boss della mafia si vendica di un giornalista.* Combattuto tra l'incredulità e la rabbia, sbottò. "Sei stato tu? Non ho intenzione di far parte della tua storia".

"Non sono stato io, amico. Dammi un po' di fiducia. Se fosse stato così, ora non ti starei aiutando".

"Perché lo stai facendo, allora?"

"Ti devo ancora un favore".

Jack annuì. "Almeno".

Seguì una risata sforzata, e Jack tirò il fiato. "È tutto?"

"Ti terrò aggiornato. Guardati le spalle".

"Sempre". Jack chiuse la chiamata. Non era necessariamente vero; era diventato un po' compiacente da quando era sbarcato a Summer Beach.

Occuparsi di storie di guerra significava tenersi fuori dalla linea di fuoco, ma gli incarichi investigativi da lui svolti avevano implicazioni più ampie e sinistre. Ciò che era venuto fuori aveva fatto crollare imperi illegali e mandato in prigione varie persone. Se non peggio. Ma non era lui il colpevole. *Chi sbaglia, paga. In qualunque modo si voglia porre la questione.*

Sentendosi improvvisamente vulnerabile, Jack diede un'occhiata al solarium. Le ampie finestre lasciavano entrare molta luce.

E lo lasciavano esposto.

Tuttavia, ricordando cosa sapeva di quell'uomo, non era una cosa così scontata. Jack prese il suo lavoro e si spostò al tavolo della cucina, tirando le allegre tende gialle. Ripensandoci, aprì la porta sul retro e fischiò per chiamare Scout. Fortunatamente, Leo era ancora a casa di Logan.

Aspettando Scout, si chiese: come poteva trascinare Marina in una situazione del genere? E quella non sarebbe stata l'unica.

Accigliato, Jack sbirciò fuori dalla porta. Dov'era Scout? Di solito arrivava subito. Preoccupato, Jack diede un'occhiata al piccolo cortile ombreggiato dagli alberi da frutto, e fischiò di nuovo. "Ehi, bello. Dove sei? Vieni qui".

Questa volta, Scout si avvicinò con la sua andatura sbilenca e Jack tirò un respiro di sollievo. Lo condusse dentro e lo premiò con un bocconcino. Ancora un cucciolone, Scout si accovacciò accanto al tavolo.

"Nuova routine, nuovo compito. Ora sei un cane da guardia, capito?". Sistemandosi al lavoro, Jack guardò il mobile alto della cucina, ancora intenzionato a resistere alla tentazione, anche se quel giorno la sua determinazione era stata messa alla prova.

Non ancora, si disse. Mai più, con un po' di fortuna. Aprì un nuovo pacchetto di mentine da usare come ammazza-caffè e tornò a concentrarsi sul suo lavoro.

Era ancora troppo presto per chiamare Marina.

Mentre aggiungeva il cane al disegno, gli tremava la gamba sotto il tavolo, preoccupato più per Leo e Marina che per se stesso.

Proprio in quel momento, Scout alzò la testa e abbaiò ad una finestra.

Con il cuore che batteva forte, Jack si girò. Attraverso la fessura delle tende, vide un uccello che aveva attirato l'attenzione del cane.

Jack si alzò e pescò un bocconcino da una scatola sul bancone. "Bravo, ma tieni d'occhio le prede più grandi, ok?". Diede a Scout come ricompensa un altro bocconcino, che sgranocchiò felicemente ai suoi piedi, spargendo briciole tutt'intorno.

Mentre chiudeva la fessura delle tende, Jack si chiese come avrebbe fatto a spiegare tutto a Marina, soprattutto dopo ciò che era accaduto la sera prima. Aveva pianificato tutto a dovere, ma tra i suoi irresponsabili ospiti a breve termine che cambiavano date e la preoccupazione per il rilascio di quell'uomo, non si ricordava più che giorno fosse.

Aveva sinceramente pensato che la loro cena fosse quella sera. Perché non gli aveva detto nulla ieri mattina, sulla spiaggia?

In silenzio, si rimproverò. Non poteva dare a lei la colpa

di quel disastro. O a nessun altro, se è per questo. No, era stato lui a combinare tutto.

Mentre osservava il trascorrere dei minuti prima di chiamare Marina, pensò all'offerta che gli aveva fatto il suo editore. C'era ancora un elemento incompiuto nella storia, anche se Jack sapeva che completarla gli sarebbe costato caro.

Per il momento, pensava che quel capitolo dovesse scriverlo qualcun altro. Jack tirò un sospiro per l'occasione perduta, ma non poteva più rischiare di infilarsi in quella storia.

Con un po' di fortuna, la situazione si sarebbe risolta presto. Nel frattempo, avrebbe sicuramente cambiato i suoi piani con Marina. Era già rimasta vedova una volta, e lui non voleva imporle di nuovo quel dolore. O a suo figlio.

Jack fissò il telefono. Se Dane avesse confermato i suoi sospetti, avrebbe potuto prendere il suo furgone e nascondersi tra le montagne finché la situazione non si fosse risolta, anche se lui non era mai stato uno che si tirava indietro. Quella era la sua vita, ed era determinato a rimanere a Summer Beach con Leo. Ma non poteva permettere che nessuno arrivasse a suo figlio o a Marina.

Poi, si ricordò di quanto tempo Vanessa sarebbe rimasta in luna di miele. Posò la matita e si passò le mani sugli occhi. Cosa mai avrebbe fatto con Leo?

8

*N*el sogno di Marina, il telefono squillò: era Jack, che rideva della sua ingenuità. Si coprì la testa con un cuscino per far cessare quell'incubo.

Per tutta la notte si era rigirata da sola nel letto, arrabbiata ma ancora preoccupata per tutto quello che era successo. Stupidamente, forse. Soprattutto, era arrabbiata con se stessa per aver permesso a un altro uomo di farla soffrire. Prima Grady, a San Francisco, e ora Jack.

Come aveva potuto lasciarsi accecare così dal suo fascino, dalla sua intelligenza… e da Leo e Scout? Quel trio di bisognosi era come erba gatta per le donne di mezza età, e lei era proprio così, non importava quanto fossero belli i suoi capelli o quanti abiti nuovi indossasse.

Jack era forse un altro Grady, l'uomo con cui era stata fidanzata e che l'aveva pubblicamente scaricata per una modella più giovane? Ciò aveva distrutto anche la sua carriera. Doveva ringraziare la sua connivente collega più giovane per avere dato quella notizia bomba mentre erano in onda, ma poteva incolpare solo se stessa per essersi messa con un tale verme.

Proprio in quel momento, il telefono squillò – questa volta, per davvero – facendola uscire dal suo sogno angosciante. Si girò, scrutando il piccolo schermo sul comodino.

Sullo schermo apparve una foto.

Jack. Non era un sogno.

Cercò di prendere il telefono, ma scivolò sul pavimento, rimbalzando sul tappeto intrecciato e sul parquet, dove continuò il suo fastidioso cinguettio. Mentre si arrampicava per prenderlo, la sua gamba si impigliò nel lenzuolo. Cercando di afferrare il telefono, cadde dal letto e atterrò con un tonfo sul fianco.

Nella camera da letto accanto, Kai batté sul muro. "Non è il caso di rispondere, magari?"

Imprecando sottovoce, Marina afferrò l'implacabile dispositivo. "Cosa c'è?"

"Ti ho svegliato?"

"Tu cosa dici, Einstein?".

Prima che lei potesse chiedergli cosa fosse successo la sera prima – non che le interessasse saperlo, in quel momento – lui si lanciò in una litania di scuse.

"È stato tutto un po' assurdo, ultimamente".

"Oh, davvero?" Dopo aver toccato il tasto dell'altoparlante, Marina si liberò con un calcio dal lenzuolo aggrovigliato che era scivolato via con lei e si appoggiò al vecchio letto di ferro nella sua sottile camicia da notte di cotone. Ci sarebbe voluto un po' di tempo e non aveva ancora bevuto una tazza di caffè.

"Ho avuto da fare con Leo, sai". Jack continuò a raccontare di essere stato occupato con suo figlio per tutto il fine settimana.

"Proprio come molte altre persone. Benvenuto nel mondo della paternità".

Jack fece una pausa, probabilmente cercando di pescare un'altra scusa dal mazzo.

"E sono stato molto impegnato con le illustrazioni di Ginger. Quando mi siedo, le ore volano".

"Uh-uh". Questa era la numero due. Ce n'erano altre? La donna trasalì e si strofinò l'anca, che pulsava di dolore.

"Poi, c'è stato un amico che aveva davvero bisogno di parlare".

Numero tre. Ora sì che ci capiamo, pensò Marina. "Questo amico si trovava in imminente pericolo?"

"Tu non capisci".

"Ci sto provando, ma sembra che tu ti sia semplicemente dimenticato".

"Giuro che non è andata così".

"Jack", disse lei, pronunciando il suo nome come un avvertimento. "O è andata così, oppure no". Ora sembrava proprio la Ginger spietata con cui era cresciuta.

"È successa una cosa. Un vecchio amico mi ha messo nei guai".

"Suppongo che questo amico sia più importante dei nostri programmi…?".

Un'altra pausa. "È difficile da spiegare".

"Iniziamo da qui, forse: il tuo amico è un uomo o una donna?".

"Perché dovrebbe essere importante?"

"Sicuramente non intendevi dire così". Marina guardò l'ora. Era sveglia, con una giornata importante davanti a sé. E stava perdendo tempo. "Non voglio discutere. Dobbiamo decidere cosa fare. Altrimenti, ho cose più importanti".

"Possiamo organizzarci di nuovo per stasera?".

Marina si scostò i capelli dal viso. Era furiosa per il fatto che lui avesse confessato che un vecchio amico aveva usurpato il suo tempo, come se non fosse un problema. E che stesse cercando di fissare un appuntamento per quella sera, quando avrebbe dovuto ricordarsi che avevano organizzato un barbecue sulla spiaggia per Kai e Axe.

Non glielo avrebbe ricordato. Poteva frugare da solo nella sua microscopica memoria. Era stanca di essere data per scontata.

"Jack, non posso".

Mise giù. Finiva così, quindi?

Passandosi le mani sul viso, cercò di mettere la notte scorsa in prospettiva. E se non fosse stata così importante? La sera in cui lui le avrebbe chiesto di sposarlo?

E poi, con un sussulto, pensò: e se avesse solo ipotizzato quello scenario e fosse stato tutto nella sua mente? Non poteva nemmeno dare la colpa a Kai. Sua sorella poteva aver preso un abbaglio. Forse per lui era *davvero* solo una cena.

Non una proposta.

Forse si era aggrappata a una fantasia creata dal suo cervello iperattivo.

Ma le aveva comunque dato buca.

E, forse, se ne era sinceramente dimenticato. Valeva la pena distruggere la loro relazione per quello?

Gemendo, Marina si alzò da terra. Raccolse il lenzuolo e lo gettò sul letto in un mucchio. Non riusciva più a pensare alla questione.

Si infilò le braccia nell'accappatoio, chiedendosi se Jack si sarebbe ricordato cos'avessero in programma per quella sera.

Anche se il suo cuore era distrutto, il suo lato razionale

le disse di dargli un'altra possibilità. Con una voce molto flebile.

In questo modo, se Jack l'avesse delusa di nuovo, avrebbe saputo che lui non era pronto per un impegno, indipendentemente dalle parole morbide e burrose che avrebbe potuto proferire.

Le sembrava un approccio sensato.

Marina spense la suoneria del telefono e lo gettò sul letto. Era ora di andare avanti con la sua vita. Impostò la mascella, decisa a concentrarsi sulla famiglia e sugli affari.

Aveva un sacco di cose da fare con il suo tempo. Gli amici di Kai, i festeggiamenti da organizzare. Il suo nuovo camioncino. L'apertura del Seashell.

Vivere una fantasia romantica su un papà single e sexy, un bambino adorabile e un cucciolo troppo cresciuto non le sarebbe servito a nulla.

Nella stanza accanto alla sua, sentì Kai gemere e alzarsi. Era stata alle prove fino a tarda sera e, quando aveva sentito Marina piangere, era entrata a controllare. Marina le aveva raccontato tutto e Kai l'aveva abbracciata.

Quando si sarebbe sposata, Marina avrebbe sentito la sua mancanza, anche se entrambe si lamentavano del rumore che faceva l'altra, proprio come quando erano bambine.

Marina batté sul muro. "È ora di alzarsi, bella addormentata".

"Vattene!"

"Non devi andare all'aeroporto?".

Marina sentì un altro gemito e dei passi sul parquet. Kai si era alzata.

Sorrise, e diede uno sguardo alla sua camera da letto. Vivere nella sua vecchia stanza nella casa della nonna non era dove pensava di trovarsi a quarant'anni, anche se era grata a quella dimora per averle dato un porto sicuro quando il suo mondo era andato in pezzi. Tuttavia, era una stanza confortevole. Le conchiglie che aveva raccolto durante l'infanzia erano riposte in grandi barattoli di vetro per sottaceti che si trovavano su una libreria. Un assortimento di infradito riempiva un cestino vicino alla porta.

I suoi abiti estivi sbiaditi degli anni passati erano appesi in un antico armadio di radica, e il bordo con i simboli cifrati che Ginger aveva dipinto a mano era ancora saldamente attaccato nel punto in cui la parete incontrava il soffitto. Marina alzò lo sguardo.

A un occhio inesperto, quella decorazione conteneva quelle che sembravano forme fantasiose pitturate con colori blu oceano, acquamarina e verde acqua. Ma si trattava di un codice, ed era il messaggio segreto di Ginger a Marina, che lei aveva dovuto decifrare. *L'amore trionfa sempre. Il vero amore è eterno.* Passò a un'altra parte del messaggio. *Profondo come il mare, largo come il cielo, per sempre attraverso il tempo, il mio amore per te.* Ognuna delle sorelle ne aveva uno personalizzato.

Anche Brooke aveva una camera da letto al piano superiore, anche se si era sposata e trasferita da tempo. Adesso era Heather a vivere lì. Tranne che per un breve periodo l'anno precedente, quando Brooke aveva messo alle strette i suoi ragazzi e il marito abbandonando temporaneamente il suo ruolo di madre e moglie, non era più tornata al Coral Cottage come Marina e Kai. Amava coltivare ortaggi e frutta, e poteva lavorare per ore nel suo orto biologico. Era il suo mondo privato e il suo mestiere. Con le sue Birkenstock e la sua salopette, era la madre terrena delle tre sorelle.

Sollevando il viso verso la brezza mattutina che soffiava dalla finestra aperta, Marina pensò a quanto amasse quella stanza che era stata il suo rifugio, fin dall'infanzia. Ma era tempo di andare avanti. Jack o non Jack.

Il nuovo food truck le avrebbe aperto un nuovo flusso di entrate, che le avrebbe permesso di prendersi una casa tutta sua, se avesse voluto, e di pagare la retta universitaria di Heather.

Marina scelse un prendisole a righe blu e si diresse verso la doccia. La camera di Ginger si trovava più avanti nel corridoio, con una splendida vista sull'oceano. Indipendentemente da dove li avesse portati il lavoro di Bertrand, la coppia aveva mantenuto quella casa al mare e vi tornava sempre.

Mentre Marina si spruzzava l'acqua fredda sul viso gonfio e gli occhi arrossati, pensò agli amici di Kai, che sarebbero arrivati presto con un volo notturno da New York. Kai aveva programmato di portarli in spiaggia, perché erano ansiosi di iniziare il loro viaggio con una giornata di sole.

Dopo essersi vestita, si diresse verso la cucina. Dalla finestra vide Ginger fuori nell'orto, a raccogliere le verdure. Marina uscì per raggiungerla.

Ginger alzò lo sguardo in attesa, ma quando vide il volto di Marina si bloccò. Alzò un gambo carico di frutti. "Non sono meravigliosi i pomodori cimelio, quest'anno?".

Erano di un colore rosso intenso e sodi. "I migliori, credo. Anche i tuoi peperoncini Anaheim sembrano buoni".

"Prendi pure tutto ciò che è maturo", disse Ginger con leggerezza. "Ho già raccolto i limoni per oggi".

Marina sapeva che la nonna era impaziente di sapere

com'era andato l'appuntamento con Jack, ma non era pronta a parlarne. Invece, Marina si concentrò a cogliere i peperoni verdi dolci e ricurvi che usava per i *chili rellenos*. Li mise nel cestino di Ginger.

Impegnandosi per evitare la nonna, Marina spostò i suoi pensieri sulla giornata che l'attendeva. Molto probabilmente gli amici di Kai sarebbero stati affamati, al loro arrivo.

"Sembrano buoni".

"È quello che pensavo", rispose Marina, eludendo quel blando tentativo di Ginger di fare conversazione. Marina si avvicinò a una pianta più lontana e si concentrò sugli ingredienti per la sua ricetta.

Ma i problemi di Marina non erano colpa di Ginger. Raccolse alcuni peperoncini maturi e tornò da lei. "Li userò per i *chili rellenos* a pranzo".

"E come li preparerai?".

Marina riconobbe l'abilità diplomatica di Ginger nello stemperare la tensione. Tuttavia, la apprezzò, grata per un po' di normalità prima di doversi lanciare nella spiegazione di tutto ciò che era successo con Jack.

"Li faccio carbonizzare e rimuovo la pelle annerita, poi li farcisco leggermente con una miscela di formaggi bianchi messicani. Poi li spolvero con un pizzico di farina e origano fresco e li passo negli albumi sbattuti. Un veloce soffritto farà rapprendere il composto di uova e li ripasserò in forno per far sciogliere il formaggio".

Sul volto di Ginger spuntò lentamente un sorriso. "Servito con una salsa fresca, questo piatto soddisferà le persone senza appesantirle. Una buona scelta per un pranzo in spiaggia".

Dopo aver fatto volare con cautela una coccinella su

un'altra pianta, Marina tagliò alcuni gambi di origano a foglie piccole. Infine, aggiunse al cestino un assortimento di lattuga. Lo appese al braccio.

Mentre tornavano al cottage, Marina ruppe il loro silenzio. "Immagino che tu voglia sapere com'è andata la mia cena con Jack".

"Solo se vuoi parlarne".

"Non si è presentato". Diede a sua nonna una breve spiegazione su come si erano svolte le cose.

Ginger sollevò le sopracciglia, con un'espressione pensosa sul volto. "Mi dispiace che tu abbia dovuto affrontare tutto ciò. Pensavo che ieri sera...". La sua voce si interruppe.

Marina sapeva cosa intendeva. "Anch'io. Ma se non siamo destinati a stare insieme, non lo forzerò. Ho una vita da vivere".

Ginger le mise una mano sul braccio. "Magari se ne è dimenticato per davvero".

"Significherebbe che non stava pianificando ciò che pensavo. Stavo viaggiando con la mente, e anche se sono rimasta delusa, capisco che me la sono cercata. Forse era solo una cena".

Ginger annuì con saggezza. "Tutti dobbiamo imparare dagli errori del passato, se vogliamo crescere. Per quanto mi piaccia Jack, ti sostengo. Stai mettendo in pratica le lezioni che hai imparato con Grady. Brava".

"Allora perché fa così male?".

Ginger le toccò la spalla. "Sono dolori di crescita, mia cara. Come sei tornata a casa ieri sera?"

"Un nuovo medico in città mi ha dato un passaggio. Ha rilevato lui lo studio della dottoressa Dede".

Un sorriso sfiorò il volto di Ginger. "Oh, sì. Jay, credo. È così bello come dicono?"

"Non ci ho fatto caso…". Marina le rivolse un sorrisetto complice. "…molto", aggiunse.

"Bene, allora. Sono contenta che il tuo nuovo favoloso vestito e la tua acconciatura non siano andati sprecati. Forse sono stati un buon investimento, dopo tutto. Per lo meno, un po' di competizione non fa mai male".

Sua nonna riusciva sempre a trovare qualcosa di positivo. Anche se il cuore le doleva ancora, Marina infilò il braccio in quello di Ginger e fece un sorriso. "Forse hai ragione".

Più tardi, dopo aver preparato i *chili rellenos* per Kai e le sue amiche che erano piombate in casa con un carico di bagagli e di risate, e per suo figlio Ethan, che quel giorno stava facendo dei ritocchi di pittura per Ginger, Marina si dedicò ai preparativi per la settimana.

Voleva essere in anticipo sui tempi perché era anche la settimana in cui Kai e Axe avrebbero esordito con il nuovo spettacolo, *Belles on the Beach*. Aveva promesso di preparare dei cestini da picnic per tutti coloro che li avevano ordinati, ed erano parecchi. Il Seashell si era rivelato un successo.

Aveva preparato l'impasto secco per i muffin del giorno seguente, che amava preparare all'alba, in modo che fossero freschi per il mercato agricolo. Anche i biscotti al cioccolato, i brownies e le crostate erano pronti.

Al mattino lasciava tutto al chiosco, ora gestito da sua sorella Brooke. Arrivava presto per sistemare i prodotti biologici che Marina acquistava da lei per il suo locale.

Ginger aiutava spesso a preparare il mercato agricolo,

ma quel giorno era diverso. Con il cottage pieno di visitatori, Marina voleva che la nonna si godesse la loro compagnia. Quando li aveva lasciati dopo pranzo, Ginger li stava intrattenendo con delle storie sui suoi viaggi diplomatici nel mondo insieme a Bertrand e sulla sua amicizia con Julia Child. Ginger amava condividere e abbellire le sue storie.

Doveva essere da lì che Kai aveva preso l'amore per la narrazione e lo spettacolo.

Soddisfatta di aver portato a termine i suoi compiti e di essere pronta per la settimana a venire, Marina si sciolse i capelli e li scosse nella brezza oceanica che soffiava attraverso la finestra aperta. Dopo essersi liberata della giacca da cuoco macchiata, si rimise il prendisole e sostituì le robuste scarpe chiuse con un paio di sandali bassi che aveva indossato prima.

Rapidamente, esaminò la nuova cucina compatta che aveva costruito nel vecchio cottage per gli ospiti sul retro della casa al mare della nonna, prendendo nota delle provviste di cui aveva bisogno per la settimana.

Prima di chiudere la cucina, diede un'occhiata allo spazio che si apriva su un patio soleggiato e punteggiato di ombrelloni che portava alla spiaggia, per assicurarsi che tutto fosse in ordine. L'indomani sarebbe stato un giorno impegnativo, ma quella sera intendeva rilassarsi e divertirsi, per il bene di Kai.

Con o senza Jack.

Non gli aveva ricordato che c'era in programma qualcosa: era un uomo adulto, per l'amor del cielo. Stava cercando di toglierselo dalla testa, ma era ancora arrabbiata per le scuse banali che lui le aveva dato per aver dimenticato il loro appuntamento della sera prima.

Marina si premette le dita sulla tempia pulsante e

sospirò.

La verità era che teneva molto a lui. Mentre la parte razionale del suo cervello cercava di comandare, il suo cuore aveva altri programmi. Aveva abbassato la guardia e si era innamorata. Quella passione che aveva quasi dimenticato si era riaccesa nel suo cuore.

Mentre quei pensieri le rimbalzavano nella mente, ebbe un'altra idea. E se fosse vero, che Jack era semplicemente imbarazzato per essersene dimenticato? Diventare subito padre di un bambino mezzo cresciuto era stata certamente una sorpresa per lui, e tra l'altro, non era un tipo molto organizzato. Perciò, aveva finito per trascurare molte cose.

Tuttavia, dove doveva fissare il limite?

Proprio in quel momento sentì dei passi che si avvicinavano a lei.

"Ehi, mamma. C'è un buon profumino qui dentro".

Marina alzò lo sguardo e sorrise. Ethan assomigliava così tanto a suo padre che non poté fare a meno di pensare a quanto Stan sarebbe stato orgoglioso di lui.

"Che cosa vorresti dire in realtà con questo complimento? Hai per caso ancora fame?". Conosceva già la risposta.

Ethan sorrise e scosse la testa. "Se ce ne fosse qualcuno per il viaggio, non direi di no. Sento profumo di biscotti".

"Hai un buon fiuto. Te ne vai così presto?"

"Ho finito di verniciare ciò che voleva Ginger e ho ripulito, quindi me ne torno a San Diego".

"Pensavo che potresti rimanere per la cena. So che ti piace fare il barbecue sulla spiaggia, e sto cercando qualcuno che si occupi della griglia".

Ethan rise. "Non in mezzo a tutte le amiche di zia Kai che organizzano l'addio al nubilato. Sono simpatiche, ma è una festa per donne, se capisci cosa intendo. Inoltre, ho un *tee time* anticipato. Non mi capita spesso di giocare sul campo di Torrey Pines, e ho bisogno di allenarmi il più possibile per il torneo".

"Non c'è problema. Sono impressionata dalla tua dedizione".

Almeno, ci aveva provato. Suo figlio stava lavorando per diventare un giocatore di golf professionista. Sebbene non avesse ottenuto buoni risultati al primo anno di università a causa dei suoi problemi di dislessia, il suo talento per il golf era un dono di natura.

Marina aprì un sacchetto di carta marrone. "Che ne dici di qualche dolcetto da portare via? Ho dei muffin, del pane e una *tarte* che puoi riscaldare per la cena di stasera".

Gli occhi di Ethan si illuminarono. "Spinaci e funghi?"

"So quali sono i tuoi gusti". Ne infilò nella borsa una con spinaci, pancetta e funghi che aveva chiuso in un contenitore da asporto, insieme a una pagnotta ai mirtilli rossi e arancia, e a una manciata di biscotti all'uvetta.

"Wow, grazie. Sei la migliore, mamma". Le passò un braccio intorno, l'abbracciò e prese il cibo. "Heather ti ha parlato del suo possibile nuovo stage per l'autunno?"

"No. Di cosa si tratta?"

Ethan sorrise. "È meglio che ci pensi lei ad aggiornarti. È piuttosto emozionata".

Mentre guardava Ethan salire in macchina e andarsene, ricordò quanto era stata impegnata con lui e con la sorella gemella, Heather. Quando entrambi avevano lasciato San Francisco per frequentare la Duke University, dall'altra parte del paese, la sua vita in città era cambiata. Il tutto prima di perdere lavoro e nuovo fidanzato, nello stesso giorno. Arrivata a Summer Beach, nel cottage della nonna, si era sentita avvilita e scoraggiata per le fosche prospettive sul futuro.

Eppure, era stato l'inizio di una nuova vita. Di cui Marina era orgogliosa.

Heather sarebbe stata la prossima ad andarsene. Si era trasferita alla University of California di San Diego, meno costosa, quando Marina aveva perso il lavoro, insistendo sul fatto che avrebbe in ogni caso preferito studiare lì. Serviva spesso ai tavoli del locale, tra una lezione e l'altra, e non sarebbe passato molto tempo prima che si fosse laureata.

Marina si chiese dove avrebbe trovato lavoro. Non a Summer Beach, probabilmente. Marina avrebbe dovuto cercare un'altra cameriera per sostituirla. Presto, entrambi i suoi figli avrebbero inseguito i loro sogni nel mondo senza di lei.

Non vedeva l'ora di avere Jack e Leo nella sua vita. Proprio per via di tutte le risate, e il legame intellettuale che avevano condiviso, la mancanza di impegno di Jack la preoccupava. Anche se avevano fatto pace.

Sollevò il mento. D'altra parte, anche lei aveva i suoi sogni, tra cui un brillante camioncino color corallo che aspettava solo di essere condotto verso nuove avventure.

9

*F*ermandosi davanti allo specchio prima di uscire dalla cucina del suo locale, Marina si lisciò il prendisole bianco e blu, applicò un po' di lucida-labbra e sistemò la nuova acconciatura. Brandy aveva fatto un ottimo lavoro con le sfumature e le onde lunghe.

Sentendosi meglio nella sua età di quanto non lo fosse da anni, sorrise alla sua immagine riflessa. Stava facendo ciò che amava, e glielo si vedeva dal viso.

Jack o non Jack.

Dopo aver preso un piatto di biscotti che aveva preparato in precedenza, Marina uscì all'aperto, dove la brezza portava con sé gli aromi estivi della sabbia calda, dell'acqua salata e della crema abbronzante. Al di là del cottage, gruppi di persone si attardavano sulla spiaggia sotto il sole e le onde lambivano la riva.

Attraversò il lastricato di pietra che separava il bar e i patii adiacenti verso la casa sulla spiaggia. Mentre camminava, la sabbia scricchiolava sotto le suole di cuoio dei suoi sandali.

Il profumo di vernice fresca aleggiava nell'aria, e Marina si soffermò a ispezionare il portico d'ingresso che Ethan aveva ridipinto nella tonalità corallo tipica di Ginger.

Ha fatto un ottimo lavoro, pensò, contenta che suo figlio si fosse offerto di aiutare, quando Ginger glielo aveva accennato. Anche suo padre avrebbe apprezzato. Come Marine, Stan aveva preso sul serio le sue responsabilità.

Ecco il tipo di uomo che le piaceva.

Quando Marina si avvicinò alla casa, sentì le risate fuoriuscire dalle finestre aperte.

Le amiche di sua sorella più giovane si rilassavano sui mobili rivestiti nel soggiorno. Dopo aver trascorso la giornata in spiaggia, si erano riunite al cottage per organizzare il suo addio al nubilato. Stavano sorseggiando il *Sunshine Cooler* che Marina aveva preparato in precedenza: una miscela di ginger ale con succo d'ananas e pezzi di frutta fresca infilzati in piccoli ombrellini.

In origine, le amiche di Kai avevano programmato di combinare le loro vacanze con l'organizzazione della festa, ma poiché aveva anticipato il matrimonio, erano decise a fare tutto quella settimana. Marina si chiedeva come ci sarebbero riuscite. Lei avrebbe fornito il cibo e la location, con il suo bar, ma loro avrebbero coordinato tutto il resto.

Entrò e alzò il piatto. "Chi vuole un biscotto d'avena e uvetta?".

"Quelli di Marina sono i migliori", disse Kai, prendendo il piatto da far girare. "Grazie. Anche le bibite fresche vanno giù bene".

Kai e le sue amiche erano sparse per la stanza e la maggior parte indossava ancora il costume da bagno. Il piccolo gruppo comprendeva alcuni abitanti di Summer Beach e altri della vecchia compagnia teatrale di Kai.

Davanti a loro c'era una serie di riviste e libri sui matrimoni e stavano lavorando diligentemente.

Girando intorno a quell'allegra confusione, Marina chiese: "Qualcuno desidera dell'altro *cooler*?"

"Probabilmente dovresti portarne una brocca", rispose Kai. "E Billie ha portato qualcosa di frizzante per il prossimo giro".

Billie brandì una bottiglia di vino italiano frizzante e gliela passò. La giovane donna dai capelli ramati era una delle sue migliori amiche di New York. Insieme avevano affinato le loro abilità in alcune produzioni off-Broadway.

Marina aveva conosciuto molti degli amici di sua sorella, quando le loro produzioni itineranti si svolgevano a San Francisco. Nel corso degli anni, li aveva visti in ogni tipo di spettacolo, da *Cats* e *Oklahoma!* a *Chicago* e *Mamma Mia*. Erano talentuosi, energici e pronti a ridere e a far divertire il pubblico.

Proprio come Kai, erano spiriti allegri che avevano sempre apprezzato le luci della ribalta.

"Ho anche una playlist". Billie toccò il telefono e sorrise.

"Fatevi sotto". Kai schioccò le dita al ritmo della musica pop che riempiva la stanza. "Diamo inizio alla festa".

Jen, che gestiva con il marito il negozio di ferramenta locale, sfogliava le pagine di una rivista patinata. "A che tema, quindi?".

Raccogliendo l'intera gonna del prendisole intorno alle gambe, Marina si appollaiò sul braccio del divano rivestito di tela accanto alla sorella, che indossava ancora il bikini scarlatto con un copricostume leopardato. "Perché non le fai una sorpresa?".

Kai alzò gli occhiali da sole sui capelli ondulati. "Tutto

questo è una sorpresa per me. Grazie a tutti i presenti",
aggiunse con un gesto della mano.

"Non potevo lasciare che ti sposassi senza un vero addio
al nubilato", disse Jen, stringendo le mani intorno a un
ginocchio dei jeans blu. Si passò i lunghi capelli castani sulle
spalle. "Dopo tutto, ne hai organizzato uno per me".

Marina sorrise, felice che Jen avesse preso l'iniziativa.
Jen e George erano amici di vecchia data di Kai e possede-
vano *Nailed It*, il negozio di ferramenta accanto a Java
Beach, la caffetteria. Si erano conosciuti anni prima,
quando Marina e le sue sorelle andavano a trovare la nonna
a Summer Beach.

Jen lavorava quasi ogni giorno da *Nailed It*, dispensando
consigli sulle ristrutturazioni domestiche. Suo padre aveva
avviato quell'attività e Jen vi era cresciuta, rilevandola dopo
la sua morte. Se c'era qualcuno che sapeva come mettere
insieme un progetto, quella era lei.

Un'altra donna, seduta a gambe incrociate in un copricostume floreale, con i folti capelli scuri attorcigliati in uno
chignon, prese la parola: "Fornirò io fiori e piante". Leilani
e suo marito Roy Miyake erano i proprietari del *Giardino
Nascosto*, dove Ginger acquistava tutte le piante e le verdure
per il suo prezioso giardino. "Potremmo scegliere tra un
giardino tropicale con vasi di orchidee e ibiscus o un giardino tradizionale con rose e gigli. Ma se preferite i fiori
recisi, allora dovremmo parlare con Imani di *Blossoms*".

Mentre gli altri parlavano di decorazioni e inviti,
Marina diede un'occhiata al cottage sulla spiaggia. Le cera-
miche messicane di Talavera fiancheggiavano il caminetto e
Ginger aveva acquistato nuovi cuscini blu vivaci per le
fodere bianche dei divani che candeggiava ogni anno. Con i
suoi pavimenti in legno consumato e i ricordi dei viaggi di

Ginger in tutto il mondo, era sempre una casa gradita a Marina. In realtà le sarebbero mancati gli sfoghi canori di Kai e le sue scenate da sorella, ma doveva essere un approdo temporaneo per entrambe.

Grazie, Ginger, pensò. Anche se la nonna si era dichiarata felice di averle lì, Marina non voleva prolungare la sua permanenza.

Era contenta che sua sorella fosse rimasta a Summer Beach. Se Kai avesse sposato quel terribile Dmitri, l'uomo che aveva cercato di conquistarla con un diamante grande come un acino d'uva, lei avrebbe vissuto a New York, intrappolata dai suoi modi di fare autoritari.

Marina era contenta di non doverlo vedere mai più.

Dopo tutti quegli anni, Kai aveva finalmente scelto bene. Non che Marina avesse un curriculum migliore, con l'eccezione di Stan, ovviamente.

La voce di Jen interruppe i pensieri di Marina. "E quando organizzeremo una festa o un addio al nubilato per te, Marina? A Java Beach non si parla d'altro che di te e Jack".

Era una domanda innocente e Marina sapeva che Jen aveva buone intenzioni, ma il respiro le si bloccò in gola. Non trovando le parole, riuscì solo a scrollare le spalle.

Kai intervenne prontamente, con la sua risata leggera, a coprire il dolore di Marina. "Ehi, non è forse il mio, di giorno?". Mise una mano sul suo ginocchio con una leggera stretta e spostò l'argomento della conversazione. Sfogliando una rivista, arricciò il naso. "Quelle robe sdolcinate da sposa non fanno per me. Pensiamo a un altro tema. Qualcosa che sia divertente e fuori dal comune".

Mentre Jen, Leilani e Billie proponevano le loro idee, Marina tirò un sospiro di sollievo e si strinse alla spalla di

Kai. A volte, mentre crescevano, sua sorella minore poteva essere stata fastidiosa, ma Marina l'aveva sempre protetta. Ora che erano più mature, la cosa funzionava in entrambi i sensi.

Marina sussurrò: "Grazie. Ti voglio bene".

Kai strizzò l'occhio e rispose sottovoce: "Idem, sorellona".

Mentre gli altri parlavano, Marina pensava ai pettegolezzi che presto sarebbero circolati in città. La storia della sera precedente, quando Jack le aveva dato buca da *Beaches*, sarebbe stata sicuramente un argomento scottante. E lei se n'era andata con il nuovo medico più sexy della città. Quel tipo di pettegolezzo era troppo succoso per essere ignorato. Avrebbe dovuto evitare Java Beach per un po'.

Marina si passò una mano sul collo, massaggiandoselo per la tensione.

Se fosse stata onesta con se stessa, avrebbe capito che la sua relazione con Jack non aveva mai avuto una regolare traiettoria ascendente. In quel dramma, non stava recitando il ruolo giusto. Essendo stata anche lei in prima linea come giornalista, capiva i reporter investigativi itineranti come Jack. Il brivido di scavare in una nuova storia, l'adrenalina che si prova nell'affrontare situazioni pericolose: poteva lasciarsi tutto ciò alle spalle? O, addirittura, poteva permettersi di farlo?

Inoltre, non poteva chiederglielo. *Il lupo perde il pelo...* Riportò l'attenzione sul gruppo, decisa a concentrarsi sulla famiglia per quella settimana. Dopo tutto, era il momento speciale di Kai e lei voleva essere presente per lei.

"Che ne dite di una cerimonia in tema spiaggia?", Leilani suggerì. "Abbiamo un sacco di decorazioni".

"O in stile Broadway", disse Billie. "O entrambi. Potremmo indossare gonne d'erba e ricreare *South Pacific*".

"A tema Beatles potrebbe essere divertente", pensò Jen. "Io e George abbiamo visto *Beatlemania* a New York e Axe ha cantato *Yesterday* al nostro matrimonio. Wow, che voce che ha".

"Sono tutte buone idee". Kai sembrava entusiasta.

Gli occhi di Billie si accesero con un'altra idea. "Che ne dite delle più belle storie d'amore di Broadway?"

"*Il fantasma dell'opera*". Kai gettò indietro i capelli biondo fragola e si passò una mano teatralmente sulla fronte. "Adoro tutte le canzoni di quel musical, anche se è un po' esagerato".

"O *Helpless* di *Hamilton*", disse Billie, sempre più emozionata.

Altri proposero ulteriori brani di Broadway, mentre Jen prendeva appunti.

Marina stava ormai entrando nell'atmosfera. "Che ne dite di *Improvvisamente Seymour?* da *La piccola bottega degli orrori?*".

Kai e le sue amiche scoppiarono a ridere. Sua sorella le fece cenno con il dito. "È per questo che non fai parte del comitato organizzativo. Ma ti voglio bene, sorellona". Abbracciò Marina.

Jen alzò le mani. "Abbiamo un sacco di idee fantastiche. Perché non facciamo subito un programma, lanciamo un appello agli amici e vediamo chi vuole cantare cosa? Kai, possiamo fare un'incursione nel tuo reparto costumi?".

"Naturalmente". Kai batté le mani. "Onestamente, nessuno deve portare un regalo se non ne ha voglia. Non ho quella concezione antiquata, di accaparrare regali. Voglio solo che le mie amiche donne e i miei amici uomini si divertano insieme. Non è forse possibile?"".

Marina passò un braccio sulla spalla di Kai. "Devi sempre fare le cose a modo tuo, vero?"".

Kai gettò la testa all'indietro e rise. "Credo di sì. Non sarà divertente?"

Tutti scoppiarono a ridere e iniziarono a parlare del loro nuovo piano.

Per quanto Marina desiderasse che Kai avesse un addio al nubilato e un matrimonio perfetto, quell'approccio si adattava alla sorella e rifletteva le sue passioni. Ecco come dovrebbe essere l'unione di due anime, pensò.

Felice di aver preso una decisione, Marina portò il prosecco di Billie in cucina, dove Ginger era seduta a un tavolo di formica rosso. Sebbene la cucina fosse datata, tutto era eccezionalmente curato. La stufa O'Keefe & Merritt rosso fuoco degli anni Sessanta era lucidata alla perfezione. Marina aveva imparato a cucinare con la nonna su quel fornello. I suoi sandali con il tacco risuonavano sul pavimento in cotto Saltillo.

Ginger indossava un abito di cotone in una vivace tonalità di verde menta che metteva in risalto la sua figura e i suoi capelli. Alcune perle discrete le ornavano i lobi delle orecchie. La sua postura era eretta, come sempre, e le conferiva una presenza imponente che smentiva la sua età. Davanti a lei c'era una tazza da tè e si chinò in avanti con interesse. "Sembra che la festa di Kai sia già iniziata".

"Appena in tempo".

"La solita Kai. Sempre piena di sorprese dell'ultimo minuto". Ginger la guardò. "Allora, come va?"

Quando Marina non rispose subito, Ginger le rivolse un sorriso comprensivo. "Ho sentito anch'io cos'ha detto Jen.

Purtroppo la gente parla e specula. Non lei, ovviamente. Ma io e le tue sorelle siamo qui per te".

"So quanto ti piace e ammiri Jack", disse Marina, sentendosi stringere il petto per la nuova delusione. "Ma onestamente, non so se è l'uomo giusto per me".

on l'addio al nubilato di Kai in dirittura d'arrivo, Marina aveva molte altre cose su cui concentrarsi, oltre a Jack. Ora che quella settimana avrebbe avuto il suo furgone, aveva aggiunto alla lista mentale di cose da fare *ordinare le forniture* e *organizzare il personale*. Jack poteva averla delusa, ma lei doveva reindirizzare le sue energie.

Appoggiandosi al lavello della cucina, stappò la bottiglia di prosecco di Billie per evitare che il vino traboccasse, dato che la sua amica l'aveva agitata con fin troppo entusiasmo.

"Le persone commettono errori", disse Ginger, sorseggiando il suo tè al tavolo della cucina. "La domanda è: perché Jack lo abbia fatto, e se tu possa fartene una ragione. In fondo, credo che sia ancora un brav'uomo. Forse, però, si trova fuori dal suo elemento".

Mentre Marina era ormai stanca di parlare di Jack, Ginger stava chiaramente insistendo. Sentendosi leggermente infastidita, disse: "Pur apprezzando la tua saggezza, e se anche il matrimonio fosse una cosa fuori dal suo elemento?"". Versò un goccio di prosecco in un bicchiere per assaggiarlo.

"È davvero un problema così grave?", chiese Ginger, pensierosa. Quando Marina non rispose, continuò, con gli occhi che scintillavano. "Avrò anche una certa età, ma sono abbastanza moderna da capire che non tutte le coppie dovrebbero sposarsi o unire i beni. Per esempio, una donna non dovrebbe mettere a repentaglio la sua posizione finanziaria dopo una certa età, solo per quello che pensa sia amore. Ho visto troppi gigolò di bell'aspetto sottrarre tutta la pensione dal conto di qualche donna".

Scioccata, Marina sputacchiò il prosecco. Asciugandosi il mento, chiese: "Pensi davvero che Jack sia così?". Quel pensiero non le era venuto in mente.

"Niente affatto, ma più vai avanti, più devi essere consapevole di cosa c'è in giro là fuori, soprattutto perché stai costruendo un'attività di valore". Ginger fece una pausa, scrutandola. "Forse essere compagni di vita è la risposta".

Marina si appoggiò al bancone della cucina, riflettendo sulla questione. Non ci aveva pensato, anche se poteva essere una soluzione che, per alcuni, poteva andare bene.

Tuttavia, Marina scosse la testa. "Se devo avere una relazione con Jack, o con qualsiasi altro uomo, voglio sapere in che posizione mi trovo. E che stiamo andando avanti e creando una vita di coppia con gli stessi valori e obiettivi. Per me, significa matrimonio. Jack potrebbe non essere disposto a farlo".

Ginger soppesò la sua risposta, poi disse: "Voglio solo che tu sappia che, come donna, hai anche altre possibilità".

"Ci puoi scommettere", disse Marina bruscamente.

La nonna le rivolse uno sguardo comprensivo. "In questo momento sei ferita, imbarazzata e giustamente turbata per la notte scorsa. Devi parlargli. Assicuratevi di essere d'accordo per il futuro, o state solo perdendo tempo".

Marina sospirò. Ancora una volta, sua nonna aveva ragione. Marina era ferita e un dolore cresceva nel suo cuore anche mentre Ginger parlava. Che cosa era successo al principe che lei pensava fosse? Si era autoingannata, supponeva. Marina prese la bottiglia. "È più facile a dirsi che a farsi".

"Mi sto solo preoccupando per te". Ginger inclinò la testa. "Lui e Leo saranno al barbecue stasera, vero?"

"Non ne ho idea, ma non ho intenzione di ricordarglielo". Marina fece un cenno a Kai e alle sue amiche in salotto. "Non voglio che i miei problemi rovinino la festa. È il suo momento".

"E Kai non desidera altro che vederti felice, in qualunque modo tu possa definire la felicità". Ginger si portò il tè fumante alle labbra.

Sentendo di aver parlato in modo un po' brusco, Marina aggiunse: "Apprezzo il tuo consiglio". Sorrise. "Sui gigolò e su tutto il resto". Come avrebbe fatto senza Ginger?

Gli occhi della nonna luccicarono, dietro la tazza da tè.

Marina si fermò e fissò la sottile tazza di porcellana che Ginger teneva in mano. Era del XIX secolo, impreziosita da pennellate d'oro e pallide rose dello stesso colore, dipinte a mano. *Probabilmente proveniva da Limoges, in Francia.* Sua nonna usava spesso, a rotazione, i suoi tesori per goderseli tutti. All'improvviso, Marina ricordò qualcosa che aveva letto e si accigliò.

"Non dovresti preoccuparti del piombo contenuto in quella porcellana? Forse dovresti tenerla di bellezza".

Ginger sollevò un sopracciglio truccato con arguzia. "Cara, vivere bene non mi ha ancora ucciso".

"Ma…"

La nonna posò la tazza da tè. "Tutti abbiamo una data di scadenza. Anche tu, per quanto sia difficile pensarlo alla tua età".

"Cosa?" Marina soffocò la parola. Era sconcertata dal modo in cui Ginger aveva posto la questione, ma era il suo modo di fare, soprattutto quando non c'era modo di evitarlo.

Ginger si limitò a scrollare una spalla, ancora ben tonica grazie allo yoga. "Ti consiglio di preoccuparti di più di vivere bene la tua vita. Una possibilità: è tutto ciò che abbiamo, cara. Per quanto ne sappiamo, cioè. Ricordami di informarmi su quell'affascinante criogenia…".

"Hai sempre detto che…", tagliò corto Marina, non volendo approfondire l'argomento. Congelare la nonna? Rabbrividì. "…più cose sappiamo, meglio possiamo fare. E la tua salute…".

"Me ne occupo ancora io, grazie. E so gestirla bene". Con un delicato movimento di rassegnazione, Ginger indicò la teiera sul bancone. "Detto questo, puoi versarmi un'altra tazza se ti fa sentire meglio". Mise da parte la porcellana incriminata. "E probabilmente hai ragione. Ho letto uno studio scientifico al riguardo".

Nascondendo il sorriso, Marina prese una tazza da tè più recente. Sua nonna era sempre stata una persona che abbracciava i cambiamenti. Forse era la sua natura, o forse la formazione intellettuale. Eppure, quella conversazione la innervosì. Ginger avrebbe potuto nascondere un problema di salute per proteggere le sue nipoti?

"Per quanto riguarda la salute", proseguì Ginger, con

un sorriso che le danzava sulle labbra. "Venite con me a fare un'escursione sulla cima del monte. Lo yoga mattutino con vista sul mare è magnifico".

Marina si scrollò di dosso i pensieri. Non era sicura di poter affrontare lei stessa quell'escursione, quindi se Ginger era abbastanza in salute da scalare una rupe e continuare la sua pratica di yoga, doveva essere a posto. "Devo allenarmi per potercela fare".

"Ti aspetto", disse Ginger con un occhiolino.

Marina prese un limone da una colorata ciotola di ceramica Talavera sul bancone. Con destrezza, passò un coltello tra i frutti freschi che Ginger aveva raccolto quella mattina, poi ne mise una fetta accanto alla nuova tazza nella quale aveva versato il tè.

Quando mise il tè appena preparato davanti a Ginger, dal salotto si udirono di nuovo delle risate. Kai meritava di divertirsi con le sue amiche quanto voleva. Desiderava che quella festa e il matrimonio di Kai, quando sarebbe avvenuto, fossero tutto ciò che sua sorella aveva sognato.

Solo sette anni le separavano, ma spesso sembravano una generazione. La vita, a volte, può fare questo effetto. Fece un cenno verso il soggiorno. "Mi fanno sentire vecchia".

"Sciocchezze". Ginger si raddrizzò, sollevando il mento. "Sei ancora giovane. E io mi sento più giovane che mai. Chiedi a Heather e al nuovo cuoco che hai assunto di sostituirti per un giorno e passalo con me. Ti insegnerò l'arte di vivere bene. Un'escursione e lo yoga, poi un massaggio e un buon pranzo. Ciò che fa bene al corpo fa bene anche alla mente".

"È questo il tuo segreto?"

"Uno dei tanti".

Marina sapeva che a sua nonna sarebbe piaciuto trascorrere un giorno libero insieme, ma quando mai ne avrebbe avuto il tempo? "Forse lo farò".

Ginger batté sul tavolo. "Allora perché quella fronte aggrottata?".

Indicò i bicchieri. "Devo fare questi cocktail…".

"Possono aspettare. Anzi, versatene uno e siediti un attimo con me. Credo che tu sia ancora sotto shock dopo ieri sera".

Dopo aver riempito un bicchierino con ginger ale e succo d'ananas, e aggiunto della scorza di lime, Marina si sedette al tavolo che ricordava essere lì dall'infanzia.

"Non molto tempo fa, a San Francisco, ero una conduttrice di telegiornali ben acconciata e con i tacchi alti, che si occupava di notizie serie. Ora gestisco un bar sulla spiaggia nella proprietà di mia nonna, indosso zoccoli e servo cibo con un contorno di pettegolezzi locali".

"A me sembra che tu stia vincendo".

"Ma non mi sarei mai aspettata dei cambiamenti così drastici a metà dei miei quarant'anni".

"A parte Jack, forse stai avendo una crisi di mezza età, che io preferisco chiamare riadattamento. Una cosa che dovremmo fare almeno ogni dieci anni. Può essere che a te stia accadendo un po' in ritardo".

Marina rise. "Probabilmente è vero. Ho appena comprato un camioncino giallo da urlo".

"Un saggio investimento per il tuo futuro". Ginger sorseggiò il suo tè, poi lo posò su un piattino e le rivolse uno sguardo di stima. Anche alla sua età, aveva ancora la mente acuta e strategica di un maestro di scacchi.

Quando Marina si spostò, la sua sedia cigolò sotto lo sguardo silenzioso. Bevve un sorso del suo drink.

Ginger le toccò la mano. "Non minimizzare il tuo percorso, solo perché questo è il grande evento di Kai. Entrambe state iniziando una nuova vita".

"Lei è molto più avanti di me".

"È una gara, cara?"

"Certo che no". Marina tracciò con il dito un graffio presente sul tavolo. "Voglio che Kai abbia il matrimonio dei suoi sogni. Vorrei solo che ci dicesse quali sono. Inoltre, non sono sicura che i miei obiettivi siano allineati con quelli di Jack".

Ginger le prese la mano e sorrise. "Forse non lo sono. Ma voglio anche aggiungere che ciò di cui ci preoccupiamo raramente accade.. Finché perseguiamo le nostre passioni in modo positivo, la vita va avanti in modo naturale. È piut-tosto sorprendente".

Marina scosse la testa. "Non posso commettere altri errori. Non alla mia età".

"Fidati di questo meccanismo per un po'". Ginger rise. "E che tu te ne renda conto o meno, hai tutto il tempo per commettere un gran numero di errori. Assicurati solo di divertirti quando lo fai".

Marina sorrise. "E proteggere i miei beni".

"Mai sposare un gigolò per davvero". Ginger strizzò l'occhio e si portò il tè alle labbra.

"Ti hanno mai detto che sei incorreggibile?".

"Lo prendo come un bel complimento".

Marina rise. Forse Ginger aveva ragione, e lei stava riflettendo troppo sulla vita. Quando *Single Ladies* di Beyoncé risuonò dal salotto, Marina si scrollò di dosso i suoi pensieri.

Proprio in quel momento, il telefono le squillò in tasca. Lo estrasse e fissò il testo del messaggio, con l'umore in netto miglioramento. "Senti questa. Judith dice che i documenti per la vendita sono pronti e che può consegnarmi il camioncino a breve. Questo significa che dovrò istruire a dovere il mio team, iniziare a fare marketing e a pianificare gli itinerari". Le idee le frullavano in testa.

"Un giorno potresti avere un'intera flotta di camioncini".

A Marina piaceva l'idea. "Forse sì. O potrei creare un'idea da riprodurre in serie".

"Un franchising? Interessante!". Negli occhi della nonna si leggeva una certa ammirazione. "Sono sempre felice di aiutarti a trovare una soluzione".

"Mi piacerebbe molto".

Marina svuotò la borsa termica e si avvicinò al bancone. Versò una parte del prosecco nella caraffa e aggiunse una parte uguale di succo d'ananas.

Pensando ai suoi nuovi progetti, dalla finestra della cucina fissava l'orizzonte mentre nella sua mente brillava la vista di un nuovo futuro.

In passato aveva fatto molta fatica. Anche se Heather si era trasferita in una scuola meno cara, vivere a San Francisco con i gemelli era stato costoso. Marina si era destreggiata tra le spese dentistiche, mediche, di abbigliamento e le rette scolastiche, tutto moltiplicato per due. Non era mai riuscita ad avere una casa di proprietà in città o a mettere da parte qualcosa.

Marina non poteva dipendere da Jack, né da nessun altro uomo, se era per questo. Se c'era qualcuno in grado di starle vicino, era Stan. Se si fossero verificate circostanze al di fuori del suo controllo, lei avrebbe dovuto badare a se stessa. Nessuno poteva farlo per lei, nemmeno Ginger.

Inoltre, Marina voleva che la nonna avesse tutto il

necessario per assicurarsi il massimo del comfort e delle cure di cui avrebbe potuto avere bisogno con l'avanzare dell'età. In quello che Marina sperava fosse il momento clou della sua vita, doveva cogliere le occasioni finché ne aveva l'energia.

Aggiunse dei rametti di menta come decorazione e sollevò la brocca. "È meglio che mi occupi di quella festa assetata e chiassosa che c'è lì dentro e poi cominci a preparare il barbecue".

Ginger alzò lo sguardo dal tavolo. "Avremo molti ospiti, stasera?".

Marina si fermò sulla soglia della porta. I mariti di Jen e Leilani li stavano raggiungendo. "Axe, George e Roy vengono dopo il lavoro. E Brooke ha chiamato per dire che lei e Chip porteranno i ragazzi".

"Sarà bellissimo rivedere tutti", disse Ginger.

Nessuna di loro due parlò di Jack.

11

"Altri *s'more* in arrivo". Marina fece girare un sottile cestino in rete metallica sul falò della spiaggia, cercando di non guardare Jack. Con sua grande costernazione, aveva avuto il coraggio di presentarsi con Leo e Scout dopo averle dato buca la sera precedente.

Guardò intorno al fuoco, dove la sua famiglia e i suoi amici stavano arrostendo dei marshmallow infilzati fino a farli diventare croccanti. Il loro dolce profumo, insieme a quello dei *graham cracker* tostati e del cioccolato fuso si alzava sulla brezza dell'oceano, unito al suono delle risate e delle chiacchiere. Tutti si erano dati da fare per portare sedie a sdraio, coperte e borse frigo.

Kai e Axe erano gli ospiti d'onore. Intorno a loro erano riuniti molti amici, tra cui Jen e George, Leilani e Roy, e gli altri amici di Kai in visita da New York e Los Angeles. Anche Shelly del Seabreeze Inn e Mitch, il proprietario di Java Beach, si erano uniti alla festa. C'era anche Ivy, l'amica di Marina, e Bennett. Aveva portato la sua chitarra e la stava strimpellando dolcemente. Kai canticchiava, aggiungendo qualche strofa quando era ispirata dalla musica.

Di fronte a loro, la nonna sedeva sulla sua sedia a sdraio come un'imperatrice sul suo trono, godendosi il tutto. I suoi jeans scuri e la camicia di cotone bianco erano ben stirati e portava al collo una sbarazzina sciarpa lunga di seta d'epoca. Marina la riconobbe come quella che Ginger aveva comprato anni prima a Parigi, dove il suo defunto marito era stato di stanza come diplomatico.

Anche la sorella di mezzo, Brooke, e suo marito si erano uniti a loro. I loro tre figli avevano giocato con Leo sulla spiaggia. Brooke era seduta accanto a Ginger, e si confrontavano e si scambiavano aggiornamenti sui ragazzi.

Mancavano solo Ethan e Heather. Suo figlio aveva il suo *tee time* anticipato e sua figlia una festa estiva con i suoi amici del college.

Marina era rimasta scioccata dal vedere arrivare Jack e Leo. E, con ancora maggiore sorpresa, Jack era arrivato preparato per accendere un fuoco per arrostire gli hot dog e il cibo che aveva portato.

Così, lo lasciò fare, anche se si sentiva un po' in colpa per aver provato un piacere perverso nel permettergli di rientrare nelle sue grazie. Ma solo un po'. Avrebbe dovuto fare molto di più per guadagnarsi un posto nella sua vita.

Marina si chiese se Ginger potesse avere qualcosa a che fare con il suo aspetto così pronto per la situazione. O forse aveva pensato di darsi una regolata. Lanciò un'occhiata nella sua direzione.

"Hai bisogno di aiuto?", chiese Jack, avvicinandosi.

"Ce la posso fare". Nonostante fosse una mite serata in spiaggia, la sua vicinanza fece venire i brividi a Marina. Anche con una maglietta e dei jeans logori, per lei era ancora attraente. Per contrastare quell'emozione, si concentrò su quello che stava facendo.

"C'è un trucco per gli *s'more*", spiegò, con una punta di freddezza che si insinuava nella sua voce. "Bisogna girarli in modo uniforme, altrimenti tutto il buono finisce per colare giù nel fuoco".

"Davvero, posso aiutarti".

"Grazie, ma ti sei già occupato di grigliare la maggior parte della nostra cena". Che ci fosse o meno Ginger dietro quel nuovo atteggiamento, Marina non era ancora pronta a perdonarlo.

Jack sorrise alla luce del fuoco. "Non è stato così difficile".

"Allora che ne dici di fare un po' di questi?". Gli gettò in grembo un sacchetto di marshmallow. Anche se doveva ammettere che lui aveva fatto molto di più che cuocere alla griglia qualche hot dog. Con sua grande sorpresa, era piuttosto abile con le fiamme.

Jack aprì il pacchetto. "Ho capito. Leo, mi dai una mano?"

"Certo". Alla luce del fuoco, il profilo del ragazzo rispecchiava quello del padre, anche nei folti capelli arruffati che gli scendevano sulla fronte.

Entrambi avevano bisogno di un buon taglio di capelli. A Jack, probabilmente, non importava. Senza volerlo, Marina si lasciò sfuggire un sospiro esasperato. Frettolosamente, aggiunse: "Non dimenticare il cioccolato".

Jack le rivolse uno sguardo divertito. "No, certo. Faremo partire un'efficiente linea di produzione di *s'more* per te".

Marina cercò di non sorridere, mentre lui e Leo si concentravano sulla preparazione dei dolcetti proprio come lei, disponendo scaglie di cioccolato fondente al gusto di arancia e marshmallow soffici sopra le croccanti lastre di *graham cracker*. Non riuscendo a sopportare quanto Leo fosse adorabile con suo padre, distolse lo sguardo da loro.

Ci sono solo problemi lì, si disse.

Oltre le tremolanti fiamme gialle, Kai era sdraiata su una coperta da spiaggia. Axe le teneva un braccio sulle spalle e guardava la sua fidanzata come se fosse la stella più luminosa del cielo. Appoggiata al suo petto imponente, anche Kai sembrava estasiata.

A Marina si strinse il cuore di fronte a quella scena dolce e romantica. Sorrise loro, desiderando silenziosamente che la loro unione durasse attraverso le sfide che la vita avrebbe inevitabilmente posto sul loro cammino. Kai si meritava tutte le cose belle per cui aveva lavorato. Aveva aspettato per anni un brav'uomo che condividesse i suoi interessi, non solo un fan o un playboy tecnologico che volesse un trofeo scintillante al suo fianco.

Ce n'erano stati molti.

Marina continuò a passare il cestino sulle fiamme, facendo abbrustolire i bordi dei *graham cracker* e sciogliendo il cioccolato fondente e i marshmallow cremosi all'interno.

Jack fece un cenno verso il cestino che stava usando. "Quell'aggeggio funziona bene".

"È importante conoscere i trucchi del mestiere".

Cingendo un braccio intorno al figlio, Jack lo tirò vicino a sé. "Stiamo imparando entrambi. Leo vuole che ci iscriviamo ai tuoi corsi di cucina del sabato".

Davvero? Inarcò un sopracciglio verso di lui. "Non c'è bisogno".

"Sappiamo tutti che è una bugia". Jack ridacchiò e scosse la testa.

La luce del fuoco illuminava i tratti forti di Jack, immergendo il suo viso in una calda luce. Era a suo agio, ma Marina percepiva una specie di corrente sotterranea, come se non fosse ancora pronto a condividere qualcosa. Forse il motivo per cui non si era presentato la sera prima era più importante di quanto avesse lasciato intendere.

Tuttavia, se avessero avuto ancora una possibilità di un futuro insieme, ci sarebbe stato bisogno di una maggiore trasparenza e fiducia tra di loro.

Alla luce del fuoco, gli occhi di Jack brillavano di un'intelligenza feroce, e Marina lo osservò registrare ogni dettaglio di coloro che erano lì intorno e sulla spiaggia. Seguendo il suo sguardo, vide che osservava con interesse anche Kai e Axe.

Decidendo di scalfire il ghiaccio che li separava, Marina si chinò verso di lui. "A tutti è piaciuto il tuo tacchino macinato e le verdure. Anche mia madre preparava quei piccoli pacchetti di carta stagnola per i falò". Aveva persino portato la sua miscela di condimenti, cosa che l'aveva sorpresa, e l'aveva lasciato solo in cucina a preparare tutto. "Persino Ginger ha pensato che fosse delizioso". Si sedette, soddisfatta di sé. Aveva fatto un bello sforzo.

Jack scrollò le spalle con modestia, ma sembrò soddisfatto del complimento e della conversazione. "Sono contento di essere ancora in grado di preparare hot dog e mais abbrustolito. Non era all'altezza delle tue creazioni, ma il cibo è sempre più buono sulla spiaggia, con gli amici e delle bevande fresche. Mi mancava, quando vivevo a New York, anche se le specialità di carne che prendevo per strada erano piuttosto buone. Soprattutto a tarda notte".

"Il barbecue non è praticamente uno sport olimpico in Texas?".

Jack sorrise. "Quando sono cresciuto, cucinare su un

fuoco da campo e maneggiare il barbecue erano riti di passaggio per la maggior parte dei giovani uomini. Non so come sia oggi".

"Ma non hai mai trovato la porta della cucina?". Marina sollevò il sopracciglio, prendendolo in giro.

"Era il regno di mia madre". Jack abbassò un po' la testa. "So che sembra ingiusto, ma io e papà lavoravamo alla fattoria. Ora, vorrei aver imparato di più da lei, prima che fosse troppo tardi".

In realtà era rimasta impressionata da come aveva gestito la grigliata, con un piccolo aiuto da parte di Mitch. Per quanto Jack fosse inetto in cucina, era stato molto bravo con quello che era iniziato come un falò. Avevano dovuto aspettare che il fuoco si abbassasse, ma una volta al punto giusto, Jack aveva dimostrato di saper grigliare al meglio. Quel pomeriggio aveva preparato degli spiedini, ma li aveva prontamente affidati a Jack.

Sfiorò la spalla di Leo. "Vorrei che avessi avuto la possibilità di conoscere tua nonna, figliolo. Un giorno ti mostrerò delle foto".

Con il volto imbrattato di cioccolato, Leo alzò lo sguardo. "Quando posso conoscere i miei cugini? Samantha ne ha alcuni che frequenta ogni tanto".

Sollevando un angolo della bocca in una smorfia riflessiva, Jack annuì. "Li conoscerai presto".

"Chi vuole un altro *s'more*?". Marina chiamò, cercando di allontanarsi da Jack e Leo. Non era ancora pronta a cedere.

Kai alzò il piatto. "Io".

Axe le solleticò il fianco. "E dove pensi di metterlo?".

Ridendo, Kai diede un colpetto alla spalla del fidanzato.

"Me lo ballo via durante ogni spettacolo. O non l'hai notato?"

"Noto tutto di te, tesoro", rispose Axe, baciando la guancia di Kai.

Kai e Axe si esibivano in diversi spettacoli settimanali nel loro nuovo anfiteatro. Ultimamente erano immersi nelle prove della loro nuova produzione, che Marina non vedeva l'ora di vedere.

"Kai è la nostra Signora del Moto Perpetuo", disse Axe, massaggiandole le spalle.

"Ehi, e io?", chiese Leo.

Dietro di lui, Scout drizzò le orecchie.

"Ho un altro paio di *s'more* in arrivo", disse Marina. "Ma solo per te, Leo. Il cioccolato fa male ai cani. Come la salsa piccante".

Jack trasalì. "Ahi".

Scout guaì come per protestare, e Leo raccolse un pezzo di legno spiaggiato. Con tutta la sua forza di ragazzino, lo scagliò lontano perché il cane lo recuperasse. Scout partì, facendo scattare le zampe sulla sabbia.

La vita di Marina era cambiata nel momento in cui Jack era arrivato a Summer Beach con quel suo nuovo cucciolo al seguito, e aveva incontrato un figlio che non aveva mai saputo di avere. Nonostante la loro rottura, Marina adorava ancora Leo. Jack ammetteva candidamente che suo figlio era la parte migliore di lui.

In quel momento, non avrebbe potuto essere più d'accordo.

Ginger si chinò verso il fuoco, scaldandosi le mani. "L'estate è sempre stata la stagione dei matrimoni a Summer Beach". Facendo un cenno alle nipoti, iniziò una storia. "I vostri genitori si sono sposati proprio su questa spiaggia, circondati da parenti e amici". Indicò con un gesto una grande roccia piatta che sporgeva verso il mare. "Si sono scambiati i voti proprio lì. Non è un posto perfetto?".

Quando Kai si spostò per guardarlo, le sue labbra si sollevarono in un'espressione pensierosa, e sospirò. "Posso solo immaginare".

"Quella era la nostra roccia da regina delle sirene", disse Marina. "Ci giocavamo sempre".

"Che ne dite di celebrare il vostro matrimonio lì?", chiese Ginger.

Kai e Axe si scambiarono uno sguardo divertito. "Ti faremo sapere", rispose Kai.

Marina non potè fare a meno di chiedersi se stessero pianificando di scappare per sposarsi segretamente. Per il bene di Ginger, sperava di no.

Mentre tutti chiacchieravano di altri matrimoni recenti, Marina continuò a girare gli *s'more*. Quell'estate aveva ospitato al Coral Café più feste di fidanzamento, cene di prova e matrimoni di quanti ne potesse contare. Aveva assunto altre persone che lavoravano nei turni più impegnativi e negli eventi speciali. Erano così talentuosi e simpatici che odiava il pensiero di lasciarli andare alla fine dell'estate, soprattutto perché avevano bisogno di lavorare.

Ora, con il nuovo food truck, forse non avrebbe più dovuto farlo.

L'anello di fidanzamento della sorella brillava contro le fiamme tremolanti, attirando l'attenzione di Marina. Era davvero felice per lei.

Anche Jack sembrava notare lo splendente rubino circondato da diamanti.

Marina si chiese cosa gli stesse passando per la testa. Gli lanciò un'altra occhiata. Era meglio così, decise. Non voleva rubare le luci della ribalta a Kai. Ma se lei e Jack dovevano continuare a frequentarsi, doveva sapere di stare investendo bene il suo tempo. Forse era all'antica, ma il matrimonio significava molto per lei.

Così come le proposte ben fatte.

Leo saltellava, in attesa. "Il mio è già pronto?"

"Quasi, e sono i migliori". Mentre Marina girava il cestino di rete metallica sulle fiamme, guardò intorno alla cerchia di parenti e amici che languivano su coperte e sedie da spiaggia, rilassati e soddisfatti dopo aver mangiato.

Bennett strimpellava *Yesterday*, il vecchio brano dei Beatles. Axe riprese la melodia, facendo una serenata a Kai con la sua voce baritonale.

Mentre Kai lo ascoltava, il suo viso, baciato dal sole e privo di trucco, risplendeva nella luce tremolante. Marina pensava di non aver mai visto Kai più bella. Questo è ciò che l'amore riesce a fare alle persone.

Forse a sua sorella piaceva esibirsi con la compagnia teatrale itinerante, ma Summer Beach le era sempre rimasta nel cuore. Ora che lei e Axe gestivano il teatro locale, Kai aveva tutto ciò che desiderava. E anche lui. Quando finì la canzone, diede a Kai un tenero bacio.

Il cuore di Marina si sciolse per loro. E non era tutto. Tolse il cestino di rete dalle fiamme.

"Attenzione, il cioccolato sta gocciolando". Rapidamente, Jack le passò un tovagliolo.

"Grazie". Abilmente, fece scivolare gli *s'more* tostati su un piatto e li passò a Leo. "Ecco a te, caro. Attento, sono bollenti". Si rivolse a Jack. "Ne hai altri pronti?"

Jack prese i marshmallow. "Aspetta. Sono rimasto lì ad ascoltare Axe e Bennett".

Kai batté le mani. "Bè, torna in sella, cowboy. Non ci capita spesso di farlo".

Jack ridacchiò. "Era da tempo che non mi chiamavano così".

"Ammettilo, ora sei un vero perdigiorno da spiaggia", disse Axe. "Sei proprio al tuo posto, qui a Summer Beach. Vero, Marina?".

Marina strinse le labbra. Probabilmente Axe non sapeva cosa fosse successo tra loro, quindi lasciò perdere.

Quanto a Jack, non era sicura che sarebbe stato d'accordo con Axe sull'appartenenza a quel luogo. Era arrivato con la brezza dell'oceano, uno scrittore che poteva lavorare ovunque, come aveva fatto per molti anni. Da affittuario, poteva prendere e andarsene domani se voleva, soprattutto ora che Vanessa stava abbastanza bene da potersi occupare di nuovo di Leo.

Avrebbe davvero voluto chiamare Summer Beach casa?

Tuttavia, guardando intorno al fuoco la sua famiglia e i suoi amici, Marina era certa di essere esattamente al suo posto. Non voleva perdere quegli anni con la nonna. Ginger era l'unico legame con la storia della sua famiglia e Marina aveva ancora molto da imparare da lei.

Un giorno Marina sarebbe stata la matriarca della famiglia Delavie-Moore e sarebbe stata sua la responsabilità di portarla avanti. Temeva il giorno in cui avrebbero perso Ginger: non le piaceva affatto pensarci.

Una fresca brezza oceanica sparpagliò una pila di tovaglioli e i figli di Brooke si affannarono a seguirli. Il vento scompigliò anche i capelli di Jack. Mentre li portava indietro, il suo braccio sfiorò casualmente quello di Marina.

Il suo petto si strinse alla sua vicinanza. Dopo aver pianto la morte del primo marito, aveva dubitato della possibilità di ritrovare l'amore. Eppure, si era sbagliata. Jack le aveva lacerato il cuore. Ora era esposto e ferito. Doveva proteggerlo con cura.

"Eccone un altro per te". Incurante dei suoi pensieri, Jack si chinò verso di lei. Aprì il cestino metallico bollente con il bordo della maglietta, che già era pieno di strisce di carbone nero, e infilò i dolcetti all'interno. Le ombre del fuoco gli danzarono sul viso.

Riprese fiato. "Non farti male".

Un lento sorriso si diffuse sul volto di Jack.

"Jack è più tosto di quanto sembri", disse Axe.

"Le donne lo sono molto di più", intervenne Kai, mentre aspettava che il suo dolce si raffreddasse. "Siamo noi a fare figli e a destreggiarci tra famiglia e carriera". Diede un colpetto sul petto di Axe. "Come Ginger Rogers e Fred Astaire, faccio tutto ciò che fa lui, ma al contrario e con i tacchi alti".

"Ammetto che c'è molto di vero in questa visione", disse Axe, ridendo. "Ma ti prometto che saremo una squadra, a casa e sul palcoscenico".

Kai gli fece l'occhiolino. "Mi ricorderò sicuramente di quello che hai detto dopo che ci saremo sposati". Si rivolse a Ginger. "A proposito, presto mi servirà quel "qualcosa di antico" per il matrimonio".

"Lo immaginavo", disse Ginger. "Ho un sacco di tesori in soffitta".

Gli occhi di Kai brillarono di interesse. "Mi piacerebbe vedere cos'altro c'è lassù".

A dicembre avevano fatto irruzione nella soffitta di Ginger per lo spettacolo natalizio – *Un canto di Natale… in spiaggia* – che Kai e Axe avevano organizzato nel loro nuovo anfiteatro. Marina ricordava la sera in cui Axe aveva chiesto a Kai di sposarlo sul palco. La magia era davvero nell'aria, per loro, e per lei e Jack. Che serata perfetta era stata. Se solo…

Leo aveva ascoltato con attenzione e ora si era rivolto a Jack. "Papà, quand'è che tu e Marina vi sposate?".

Marina trattenne il respiro.

Intorno al fuoco, tutti fissarono Jack, in attesa della risposta.

Colto alla sprovvista, Jack fece cadere un marshmallow, che finì nel fuoco, dove sfrigolò prontamente, divorato dalle fiamme. "Bè, forse non siamo più in quella… quella fase".

Lanciò uno sguardo a Marina e abbassò la voce. "Ho fatto un casino, e mi dispiace molto. Ti meritavi molto di più. Dal profondo del mio cuore, spero che tu possa perdonarmi".

Dopo una leggera esitazione, Marina annuì. Le sue scuse sembravano sincere.

"Ma papà, mi hai detto che la ami".

Leo non voleva lasciar correre. Marina deglutì attraverso il nodo in gola, mentre una risata sommessa si diffondeva intorno al fuoco.

Vedendo il volto sconfortato di Leo, Marina provò pena per quel ragazzo. Tutto ciò che desiderava era avere intorno a sé coloro che amava. *E un senso di casa.* Lo capiva.

Jack incespicò di nuovo sulle parole. "Non credo che lei… tu capisci, vero, Leo?".

Quando la voce di Jack si affievolì, Marina si chiese se avrebbe dovuto intervenire per aiutarlo, ma sentendo gli occhi della nonna su di lei, decise di non farlo.

In realtà, quei due erano piuttosto carini. Osservando l'espressione seria di Leo e il disagio di Jack, Marina trattenne una risata.

Improvvisamente, gli occhi di Leo lampeggiarono di ispirazione, e lui fece un ampio sorriso. "Papà, non essere imbarazzato. Ci penso io". Con un'espressione seria sul suo viso sporco di cioccolato, il ragazzo si rivolse a lei. "Marina, vuoi sposarci?".

Il cuore di Marina ebbe un sussulto, e per poco non fece cadere gli *s'more* nelle fiamme. Non era quello che si aspettava.

"Evviva!" Kai esclamò, battendo le mani. "Vai, Leo!"

Axe fece una profonda risata. "Bisogna ammettere che il ragazzo ha fegato".

"Più di suo padre", aggiunse Mitch, battendosi il ginocchio.

Il volto di Jack arrossì a quei commenti e si passò una mano sul mento. "Figliolo, è un grande passo".

"È quello che ha detto la mamma. Ma lei era pronta a sposarsi, e credo che lo siamo anche noi". Leo guardò Marina con un sorriso, aspettando la sua risposta.

Jack mise una mano sul braccio di Leo. "Non puoi chiedere semplicemente a una donna di sposarti. Voglio dire, di sposarci".

Leo sollevò le spalle. "Ma l'ho appena fatto".

Altre risate si diffusero nella cerchia di amici.

Al di là delle fiamme tremolanti, Ginger era chiaramente divertita, anche se parlava con grande serietà. "Non capita tutti i giorni che una donna riceva un invito così bello. Marina, dovresti considerare con molta attenzione la richiesta di questo giovane".

"Sì, papà. Vedi?". Leo concentrò l'attenzione su Marina. "Saresti sempre con noi. Sarebbe fantastico. Prometto di tenere la mia stanza più o meno pulita. Posso anche dare da mangiare a Scout, perché papà a volte se ne dimentica".

Marina sorrise. "Perché non ne sono sorpresa?".

Brooke fece un cenno verso la roccia dove si erano sposati i loro genitori. "Potreste fare una doppia cerimonia proprio lì sulla spiaggia. Pensate, entrambe le mie sorelle spose in una volta sola. Non sarebbe divertente?".

Gli occhi di Ginger si rivolsero a Brooke con approvazione. "Che bella soluzione per la nostra famiglia e i nostri amici. Lo apprezzeranno".

La situazione stava sfuggendo di mano, e Marina percepì il disagio di Jack. "Oh, Brooke, non credo…".

"Che splendida idea". Ginger intervenne e alzò le mani verso Kai e Marina.

Tenendo gli *s'more* in alto, Marina guardò la nonna con stupore. Lei e Leo avevano pianificato tutto? Era un pensiero assurdo, ma non lo era forse l'intera situazione?

Tutti iniziarono a parlare contemporaneamente, affollando i pensieri di Marina. La pressione si fece sentire nella sua testa.

"Ahi", gridò, avvicinando troppo la mano al fuoco." Fece cadere gli *s'more* su un piatto. "Oh, *sissignora!*". Scosse il dito bruciato, trattenendo a stento parole più colorite.

Leo si girò di scatto verso il padre. "Hai sentito? Credo che abbia detto *di sì*". Il ragazzo saltellò un paio di volte. "Ha detto *sì*, papà!".

Jack sembrò sconcertato. "Ragazzo mio".

Marina ci mise un attimo a capire che Leo non aveva capito cosa intendeva dire, o forse non l'aveva sentito bene con tutti gli altri che parlavano. Le dispiaceva deluderlo. "Oh, Leo, non vorrei davvero niente di meglio…".

"Davvero?" Chiese Jack, con la voce roca che a malapena superava un sussurro. Le prese il dito bruciato e lo baciò dolcemente.

Quel tenero movimento attirò Marina, e lei desiderò prendere Jack tra le braccia e rimediare al dolore che entrambi stavano provando. Ma cosa avrebbero pensato i suoi figli? Lei, Heather ed Ethan erano sempre stati un trio affiatato, e lo erano ancora. "Non dovremmo parlarne?"

"Lo stiamo facendo". La voce di Jack era piena di emozione sincera. "Forse è imbarazzante, ma... ci ho pensato. Molto seriamente". Le strinse l'altra mano con un movimento di speranza.

"Io..." Marina si fermò. Guardò tra quei due che avevano fatto una tale presa sul suo cuore. Che, in quel momento, stava pompando selvaggiamente il sangue in tutto il corpo, stordendola un po'. Forse Jack *aveva* intenzione di chiederle di sposarlo la sera prima.

Gli occhi di Leo brillavano per l'emozione.

Senza mai staccare gli occhi da lei, Jack le baciò la mano, aspettando.

Tra le fiamme tremolanti, Kai la incitava, mentre lo sguardo impenetrabile di Ginger la catturava.

"Sì", sbottò Marina, sorprendendo anche se stessa.

Leo strattonò il braccio del padre. "Papà, hai sentito ancora? Vuole sposarci!".

La gioia del ragazzo squarciò la tensione, e Jack rise.

"Così sembra. Ottimo lavoro, ragazzo". Jack abbracciò Marina e le sussurrò all'orecchio. "Credo che sia ufficiale".

"Bè, certo".

Marina era dolorosamente consapevole di sembrare incerta quanto lui. Eppure, perché avrebbe dovuto esserlo? Amava Jack, nonostante le sue imperfezioni. In cuor suo, sentiva che era giusto così, anche se era stato Leo a farle la proposta.

Ginger si spinse in avanti sulla sedia. "Kai, cara, tu e Axe andreste a prendere il mio champagne migliore nel frigorifero del bar? E portate i miei bicchieri più belli per loro".

Kai saltò in piedi. "Abbiamo un sacco di bicchieri di plastica".

Ginger la fulminò con lo sguardo. "E un calice adeguato per me. Dobbiamo celebrare questa decisione importante".

"Bene, allora champagne e *s'more* per tutti", gridò Kai, agitando le braccia sopra la testa.

Leo sorrise. "Anche per me?"

"Ginger ale per te, amico". Jack abbracciò suo figlio con Marina. Anche Scout corse a raggiungerli.

Con le loro braccia intorno a lei e Scout intento a leccarle il viso, Marina pensava che fosse tutto selvaggio e impetuoso, e che non fosse affatto come aveva immaginato, ma era vero. E non si era mai sentita così amata come in quel momento.

Guardò negli occhi di Jack, che erano appannati dall'e-mozione. Anche se lui sembrava scioccato quanto lei, era l'uomo che lei amava. Di questo, Marina era certa.

Sperava solo che i suoi gemelli capissero quella deci-sione improvvisa.

12

"*C*hiedere a Marina di sposarci è stato piuttosto coraggioso da parte tua", disse Jack, accarezzando i capelli di Leo con una mano, mentre con l'altra guidava il furgone Volkswagen lungo la strada costiera.

Dopo il "sì" della sera precedente, era stato così euforico che gli era servito del tempo per rilassarsi e chiudere gli occhi. Quel giorno, Jack navigava in un arcobaleno di felicità.

"Perché, papà? Tutti gli altri si sposano, e quando le persone si amano, si sposano". Scalciò i piedi sulle assi del pavimento, che erano coperte da un sottile strato di sabbia. "Hai detto così della mamma e del dottor Noah".

"Proprio così. Bravo, ometto. Sono molto orgoglioso di te". Alzò la mano per darmi il cinque.

Leo diede il cinque al padre e gli fece un ampio sorriso, rivelando un po' di spazi vuoti per via dei denti da latte mancanti. "Penso che chiederò a Samantha di sposarmi".

Jack si accigliò. "Aspettate un attimo, belli. Siete ancora piuttosto giovani. Dalle qualche anno. Ragazzo mio".

"Lo so". Leo cercò di alzare gli occhi, ma si limitò a sbattere le palpebre.

Jack trattenne una risata. Leo stava ancora lavorando sulla tecnica, ma probabilmente l'avrebbe perfezionata entro l'adolescenza. "Dove l'hai imparato?"

"Cosa?"

"Quel movimento degli occhi che stavi provando a fare".

"Compagni di scuola, credo". Leo fece un'alzata di spalle altrettanto elaborata e fissò fuori dal finestrino il paesaggio che scorreva ai loro lati. Stavano costeggiando la spiaggia e a Leo piaceva osservare l'oceano alla ricerca di balene e delfini in migrazione.

"Ah, ecco". Suo figlio era praticamente un preadolescente, anche se Jack non era sicuro quale fosse l'età esatta per definirlo.

Tuttavia, Jack sapeva che erano anni cruciali per suo figlio. Vanessa era una madre straordinaria, e lui non voleva rovinare nulla con Leo. Pensava di avere solo pochi anni prima che non pensasse più a suo padre come a una rock-star. Stava già iniziando a vedere dei cambiamenti, ma facevano parte della crescita.

Almeno aveva potuto trascorrere una parte dell'infanzia di Leo con lui. Per questo, Jack le era grato. Avrebbe voluto che Vanessa gli avesse parlato prima di lui, ma capiva le sue ragioni. Non avevano avuto una vera relazione e lui, all'epoca, non era un padre. Inoltre, il padre di Vanessa avrebbe potuto ucciderlo.

Non letteralmente, ovviamente. Cioè, non pensava che potesse succedere. Anche se a Jack piaceva immaginare che avrebbe potuto conquistarlo, se fosse stato necessario.

Tuttavia, Jack era felice per Vanessa. Lei e il dottor

Noah erano fatti l'uno per l'altra e sperava che si godessero la luna di miele. Sarebbe stato il periodo più lungo che avrebbe passato con Leo.

Jack aveva una bella vita lì a Summer Beach. Non vi avrebbe mai rinunciato, specialmente ora che lui e Marina erano ufficialmente fidanzati. Un motivo in più per procedere all'acquisto del cottage che aveva affittato, anche se si trattava di un'unica proprietà.

Si era abituato al murale sull'oceano del soggiorno e alla palma dipinta in cucina. Leo amava quello a tema sottomarino nella sua camera da letto. Erano stati dipinti con amore dal precedente proprietario, un artista affermato. Sperava che Marina provasse la stessa sensazione per le opere d'arte.

"Quanto manca?"

Jack rise. "Cos'è, una frase del *Manuale ufficiale del bambino*?"

"Cosa?"

"Non importa. Siamo arrivati". Svoltò nel parcheggio del *Fisherman's Wharf*, in una zona sterrata fuori dalla strada. "I frutti di mare più freschi della città. Qui è dove arrivano i pescherecci. Se vuoi, possiamo fare un giro qualche volta e uscire con loro. Oppure gettare una lenza da queste parti".

Leo saltò sul sedile. "Sarebbe bello".

Quella mattina Bennett aveva chiesto a Jack di incontrarlo lì per parlare della casa. Il sindaco disse che aveva degli affari da sbrigare al molo, quindi potevano incontrarsi lì a pranzo, se Jack era libero. Lo era, e si assicurò che ci fosse la possibilità di portare con sé Leo.

Il sole era caldo sulle spalle di Jack, mentre lui e Leo camminavano lungo il molo di legno, dove si trovavano, uno fianco all'altro, negozi di esche e di articoli turistici.

Alla fine del breve molo si trovava *Mel's Fish*, considerato il miglior ristorante di pesce fresco di Summer Beach.

La lavagna all'esterno riportava il menu e il pescato fresco del giorno. La specialità era pesce e patatine, oltre a poke di tonno, tacos di pesce mahi-mahi, zuppa di vongole, cozze e molto altro. C'erano anche hamburger e piatti vegetariani.

"Sembra il posto che fa per noi, Leo". Jack entrò, le assi usurate scricchiolarono sotto i suoi piedi. Le doppie porte si aprivano sul ponte esterno, che si affacciava sull'acqua.

Bennett si sedette a un tavolo sul ponte con un uomo dai capelli grigi che sembrava un po' più vecchio di loro.

Il sindaco gli fece un cenno di saluto e Jack e Leo si diressero verso il tavolo. Presentò l'altro uomo. "Garrett è cresciuto nella casa in cui vivete".

"È un vero piacere conoscerla". Jack spediva l'affitto a una casella postale, in assegni intestati a un fondo. "Io e mio figlio Leo adoriamo la sua casa". Si strinsero la mano e si sedettero al tavolo di legno.

Garrett incrociò le mani e guardò Leo con occhi scintillanti. "Dimmi, figliolo, ti piace il murale subacqueo nella tua stanza?".

Gli occhi di Leo si allargarono. "Certo che sì. A volte faccio finta di essere io a fare immersioni".

"Mio padre l'ha dipinto per me", disse Garrett ridacchiando. "Si è assicurato che ci fossero le mie creature preferite. Vediamo, se la memoria non mi inganna, c'erano dei pesci pagliaccio a strisce bianche e arancioni, dei tanghi gialli e blu e uno spaventoso pesce leone a strisce. Aggiunse anche un polpo che chiamai Ollie".

"E che dire dell'aragosta amichevole?". Leo disse, allargando gli occhi.

"Come potrei dimenticarmene?". Garrett rise. "Mi salutava ogni mattina".

"Sei tu quello che è diventato un oceanografo?", chiese Jack.

"Esatto, e sono appena andato in pensione. Eravamo solo io e mio padre. Un po' come lei e suo figlio, mi pare di capire".

Forse ciò spiegava perché il forno vintage con smalto blu sembrava ancora nuovo, pensò Jack.

Proprio in quel momento, un cameriere portò tre bicchieri di tè freddo e una limonata per Leo. Ordinarono quattro piatti di pesce e patatine, la specialità dell'ora di pranzo.

Mentre aspettavano il cibo, Bennett si chinò in avanti. "Ho parlato con Garrett del vostro desiderio di acquistare la casa e lui è disposto a venderla".

"Ottimo", disse Jack. "Non appena mi verrà approvato il mutuo di cui abbiamo parlato". Aveva messo da parte i soldi per l'anticipo.

Bennett lanciò un'occhiata a Leo. "A proposito…"

Jack si voltò verso Leo, che era rimasto affascinato da un grande acquario all'interno. "Vuoi andare a vedere i pesci?".

"Certo". Leo scese dalla sedia e si diresse verso l'acquario.

"Questo lo terrà occupato per un po'". Jack appoggiò le mani sul tavolo. "Stavi dicendo?"

Bennett scosse la testa. "In base alle informazioni che mi hai fornito, non sono riuscito a trovare nessun finanziatore per te. Quando si è lavoratori autonomi, è difficile ottenere un mutuo, finché non si hanno credenziali solide".

"Che ancora non ho". Jack avrebbe potuto continuare a

vivere lì in affitto, ma voleva coronare il sogno di avere una casa propria e la possibilità di farci ciò che voleva. E avere qualcosa da tramandare, un giorno.

Non stava ringiovanendo.

Garrett intrecciò le mani davanti a sé. "Perché vuoi comprare quel posto?".

"Non è per me", rispose Jack. "Mi sono appena fidanzato e vorrei comprare la casa per lei e mio figlio".

"Ma tu paghi un affitto", disse Garrett. "Com'è che riesci a permettertelo?".

Jack gli parlò dei suoi diversi lavori. Le illustrazioni che stava facendo per Ginger, gli articoli, le royalties di altri articoli di cui aveva conservato i diritti, persino l'affitto dello studio. Odiava tirare in ballo Gus, il suo editore, ma se accettare quel lavoro significava poter comprare la casa, l'avrebbe fatto.

Quando Jack finì, Bennett guardò l'altro uomo. "Jack è molto intraprendente ed è al top delle sue possibilità. Inoltre, ha una somma considerevole da investire nella proprietà".

Garrett sembrò riflettere e guardò Jack. "Ho saputo che hai vinto un premio piuttosto importante nella tua professione".

Jack si sentiva ancora in imbarazzo al riguardo, anche se si era certamente impegnato per ottenerlo. Come anche molti altri suoi colleghi. "Sì, è vero".

"È il primo matrimonio di Jack", aggiunse Bennett.

Jack sorrise. "Mi sono fidanzato ufficialmente ieri sera. Se si può definire formale la proposta di Leo davanti a degli hot dog sulla spiaggia".

"È questo ciò che ho sempre amato di Summer Beach". Garrett ridacchiò. "Parlami di questa donna speciale".

Jack sospirò. "Marina è la proprietaria del Coral Café, un noto ristorante sulla spiaggia".

"Vicino al Coral Cottage?"

"Esattamente nella stessa proprietà".

"Allora lei è la nipote di Ginger Delavie, giusto?".

Jack dimenticava spesso quanto fosse piccola Summer Beach. "Come fai a conoscere Ginger?"

"Tutti la conoscono. È una forza". Garrett intrecciò le dita. "Se tu sei stato approvato da lei, non vedo perché io non dovrei fare lo stesso".

"Scusate, non vi seguo". Jack guardò Bennett, sentendosi un po' perso nella conversazione.

"Non pensavo che saresti in grado di ottenere un prestito in questo momento", disse Bennett, picchiettando sul tavolo. "E Garrett dovrebbe fare molti lavori per mettere la casa sul mercato. Se vuoi, ha accettato di accollarsi il debito per te, a un tasso d'interesse molto favorevole. Se per te va bene, la casa può essere tua".

Le preoccupazioni caddero giù dalle spalle di Jack come pesi. Proprio quando pensava che la sua giornata non potesse migliorare ulteriormente, lo fece. "Wow, non so proprio cosa dire. Se non che ti ringrazio e ti prometto che non farò mai un giorno di ritardo". Il pagamento automatico della sua banca era una salvezza per le sue finanze. "Ma devo sapere: perché vuoi prenderti questo rischio con me?".

Garrett sembrava pensieroso. "In passato ci sono state persone che mi hanno dato questa chance". Fece un cenno a Leo. "Il tuo ragazzo mi ricorda i miei figli a quell'età. So cosa significa voler provvedere alla propria famiglia. Ora hai una casa, quindi prenditi cura di Leo e della nipote di Ginger. Dev'essere una donna incredibile".

"Lo è, di sicuro". Jack stentava a credere alla sua fortuna. "E un giorno farò lo stesso".

Bennett illustrò i dettagli. "Se siete entrambi d'accordo, l'avvocato di Garrett può redigere i documenti. Falli visionare anche al tuo".

Proprio in quel momento arrivò il cibo, e Leo corse al tavolo. Soffocato dalla felicità, Jack lo abbracciò. Avrebbe spiegato tutto a Leo una volta firmato l'accordo, anche se non era sicuro che fosse abbastanza grande per capirne il significato. Ma un giorno, quando avrebbe avuto anche lui dei figli, sarebbe stato in grado di comprenderlo. E Jack avrebbe ricambiato quel favore. Gli spuntarono le lacrime agli occhi. Per la prima volta in vita sua, poteva vedere la sua eredità dispiegarsi davanti a lui.

"Cosa c'è che non va, papà?".

Jack rise tra le lacrime. "A volte, il cuore è così pieno di felicità che ti esce dagli occhi". Si asciugò il viso mentre Bennett e Garrett lo guardavano con comprensione.

Mentre frugavano nei cestini foderati di carta oleata, pieni di pesce fritto fumante, patatine fritte e salsa tartara fatta in casa, Jack pensò che il cibo non era mai stato così buono.

Tranne quello di Marina, ovviamente. Non vedeva l'ora di dirglielo. Una volta lei gli aveva detto che avrebbe dovuto comprare la sua casa in affitto, quando avrebbe potuto. Sperava che lei la pensasse ancora così.

Mentre stavano finendo di mangiare, Jack sentì un giovane al bar telefonare, mentre dava loro le spalle. Sentendo la sua voce, i sottili peli sul collo di Jack si drizzarono.

Era la stessa della telefonata al caffè di Marina. L'uomo che era scappato. E ora, se ne stava andando via.

Jack si chinò verso Bennett. "Potresti occuparti di Leo per un minuto? Devo fare due parole con una persona".

Prima che Bennett potesse rispondere, Jack uscì dalla porta dietro quell'altro uomo, prendendo note mentali. Jeans, maglietta nera, capelli corti, muscoloso, tatuaggio sul collo.

La sua giornata perfetta era finita. Stringendo i pugni, Jack lo raggiunse nel parcheggio sterrato. "Ehi, amico, dobbiamo parlare".

Il giovane si girò di scatto. Gli occhiali da sole firmati gli nascondevano gli occhi. "Ma che…"

Si fermò. "Sei tu". Fece un passo indietro e alzò le mani. "Non sono in cerca di guai".

"Allora perché mi stai spiando?". Il ragazzo era più giovane di quanto pensasse. Non molto più di un ragazzino con l'accento da college. La cosa non quadrava.

"Ha capito male".

"Non credo. Ho sentito la tua telefonata al Coral Café, proprio prima che sparissi". Jack avanzò verso di lui. "Chi ti ha mandato?"

"*Howling Cat Productions.* Ma ero comunque qui per vedere degli amici".

Non era ciò che Jack si aspettava. Strinse gli occhi. "Che cosa vuoi?"

"Senta, il mio capo voleva che la rintracciassi. Non riuscivamo a contattarla a New York e lei aveva lasciato il giornale. Non la si trova nemmeno sui social media".

"C'è una ragione. Ancora una volta, cosa vuoi?"

"Con Jarvis che sta per uscire di prigione…".

"Fermo lì". Jack posò un dito sul suo petto. "Se sei in cerca di guai, sono qui per servirteli. Garantito".

Il ragazzo fece un altro passo indietro. "Volevamo solo parlarle della sua indagine. Per un film".

Jack si mise le mani sui fianchi. "Puoi ripetermi chi ti ha mandato?"

"*Howling Cat Productions*. È a Hollywood".

"E volete comprare i diritti?".

"Non è proprio nel nostro budget. Vogliamo solo parlare con lei. Per avere un'idea di cosa ne pensa del caso. C'è un regista famoso coinvolto e potrebbe ottenere una buona pubblicità. Potrei vedere se è le possibile fare qualche foto con lui".

"Voglio essere chiaro. Non c'è budget che tenga, per me".

"A loro interessa solo che lei racconti qualcosa".

"Gratis?"

"Bè, sì. Abbiamo un team di scrittori che sta lavorando alla sceneggiatura, ma sono bloccati, e abbiamo pensato che lei potrebbe darci una nuova prospettiva. Può fare una telefonata?".

"Mi piacerebbe dirgli che se ne possono andare a quel paese. Quanto a te, smetti di ficcanasare e vedi di andartene. Non lavoro gratis. Non per Hollywood".

Il ragazzo allargò le mani. "Guardi, nemmeno io vengo pagato. È un buon modo per entrare nel giro". Indietreggiò verso la sua Porsche ultimo modello.

Jack lo capì subito. "Sei uno stagista". Hollywood era famosa per i suoi stagisti non pagati, oberati di lavoro e in cerca di un'opportunità. Alcuni provenivano da famiglie ricche, mentre altri si arrangiavano a malapena.

"Non per molto, spero".

Facendo alcuni gesti per sfogare la frustrazione, Jack espulse l'adrenalina repressa che gli scorreva dentro. "Vai via da qui. E smettila di pedinare le persone. Non tutte sono gentili come me".

"Mio padre aveva detto che probabilmente non avrebbe accettato".

"Dovresti ascoltarlo di più".

Il ragazzo tornò indietro incespicando, aprì la macchina e salì, chiudendosi dentro a chiave.

Jack si voltò, disgustato. Non era la prima volta che riceveva una richiesta del genere. Molte persone volevano semplicemente una scorciatoia. Approfittare del lavoro altrui senza pagare nulla.

Uno dei suoi colleghi era in causa da anni con un noto regista che aveva di fatto rubato la sua sceneggiatura, l'aveva modificata e ne aveva fatto un film di successo. Quell'imbroglione aveva speso di più in avvocati per evitare di risarcire l'amico che se gliel'avesse semplicemente comprata.

Jack era troppo vecchio per prendere parte a quel gioco.

Il ragazzo accese il motore della sua auto di lusso e uscì dal parcheggio in una nuvola di polvere. Jack tossì e si avviò verso il ristorante.

Ma mentre si avvicinava alla porta, gli venne un'idea e tirò fuori il telefono. *La fortuna aiuta gli audaci.* E la sua, lo avrebbe fatto davvero?

Digitò rapidamente un messaggio, poi aprì la porta.

13

"Siamo state convocate", disse Marina a Kai mentre seguivano la nonna nella sua spaziosa camera da letto, piena di oggetti antichi e ricordi. Entrare nella stanza di Ginger fu come attraversare un portale nel tempo.

Ginger fece loro strada. "Visto che ora siete entrambe fidanzate, è davvero il momento *giusto*", disse, con voce imperiosa, mentre conduceva le nipoti nella sua suite, dove aveva vissuto per più di cinquant'anni, tra un viaggio per il mondo e l'altro.

Il sole splendeva nella camera da letto, riscaldando i pavimenti in legno color miele consumati dagli anni. Ginger aveva sistemato dei morbidi tappeti di seta persiana accanto al letto e nella zona salotto, lontano dalla luce diretta del sole. Un lampadario d'epoca scintillava in alto e le rose color pesca del giardino fuoriuscivano da un antico vaso di cristallo, profumando la stanza. Le foto di Ginger e Bertrand con dignitari stranieri, incorniciate d'argento, erano esposte con cura.

Sebbene il resto della casa fosse un elegante cottage sulla spiaggia, la stanza rifletteva il gusto raffinato di Ginger. I tesori lì presenti provenivano dai suoi viaggi con Bertrand.

Kai si voltò verso Marina e sorrise. "Hai sentito che il vecchio Charlie, a Java Beach, sta accettando scommesse sul fatto che tu e Jack arriviate all'altare? Questo ti rende praticamente una celebrità di Summer Beach".

"Di già?". Anche se Marina supponeva che fosse inevitabile.

Ginger strinse le labbra con disprezzo. "Charlie accetterebbe scommesse sulla prossima alba se riuscisse a trovare un pazzo disposto a farlo".

"Come siamo messi, rispetto a te e ad Axe?".

Kai storse la bocca. "Mi dispiace dirlo, ma siete considerati una scommessa molto più rischiosa. Ma puoi ancora dimostrare che si sbagliano".

"Caspita, grazie per l'incoraggiamento".

Marina era sorpresa che la notizia del suo fidanzamento con Jack e Leo avesse fatto il giro di Summer Beach, a tempo di record. Si chiese chi potesse averne rivelato i dettagli, ma poi ricordò di aver visto alcune persone del posto sulla spiaggia, non lontano dalla loro festa. Dopo tutto, era un luogo pubblico. E non erano stati proprio silenziosi, quando Leo aveva fatto la sua proposta.

Ginger aprì la porta del suo enorme armadio su misura. Con un gesto di orgoglio, tirò fuori una borsa con la cerniera. "Heather mi ha aiutato a ritrovarla in soffitta". Aprì la cerniera e spostò la copertura di tessuto.

Marina si sporse in avanti, in attesa.

"È il mio abito da sposa". Ginger estrasse un lungo abito di raso bianco avorio e lo distese sul letto. "Puoi prenderlo o lasciarlo, naturalmente. Non vorrei intralciare il tuo stile o il tuo modo di esprimerti".

Alcuni tra i ricordi più cari si affacciarono alla mente di Marina.

Accarezzando quel prezioso tessuto con riverenza, Ginger sorrise. "Questo abito è stato indossato solo due volte. Una, quando ho sposato il mio caro Bertrand...". I suoi occhi si accesero di un ricordo lontano e le sue parole si interruppero.

"L'aveva indossato anche la mamma", aggiunse Marina con dolcezza, sollevando l'orlo.

"Sì, la mia cara Sandi". Ginger prese in mano una foto del padre e della madre di Marina, al loro matrimonio sulla spiaggia. Nella foto, lei indossava quel vestito. Accanto c'era una foto del matrimonio di Ginger e Bertrand, in bianco e nero. "Vostra madre sembrava un angelo con questo vestito. Porta con sé tanti ricordi felici".

"Anche per me". Marina passò la mano sul tessuto scintillante, ammirandolo nuovamente. Dalle finestre affacciate sull'oceano, il sole illuminava il vestito. Il cuore di Marina si riempì di un vecchio desiderio. "Ricordo il giorno in cui implorai la mamma di indossarlo. Le dissi che sembrava una principessa delle fate e lei mi promise che un giorno l'avrei fatto anch'io. Per il mio matrimonio".

Quella scena si era presentata nei pensieri di Marina per anni, e aveva sempre pensato che avrebbe indossato quel meraviglioso abito. Ma ora, mentre quello splendido vestito d'epoca la chiamava, altri ricordi le tornavano alla mente.

Quando si era sposata con Stan, avevano avuto talmente fretta, prima che lui partisse, che avevano optato per una cerimonia semplice con il cappellano militare. Sua nonna non aveva avuto il tempo di spedire il vestito dall'altra parte del Paese e nemmeno di organizzare il matrimonio, così lei aveva comprato in fretta e furia un vestito in una boutique locale.

Marina stentava a credere che si sarebbe risposata. Grazie a Leo, stava avendo una seconda possibilità con l'uomo che amava. Sorrise al ricordo della goffa proposta di matrimonio di Jack, dopo quella di Leo. Sicuramente un giorno avrebbero riso di tutto ciò.

Il resto della città lo faceva già.

"Perché non ho mai visto questo vestito?". Chiese Kai, con un velo di tristezza nella voce.

"All'epoca eri piuttosto giovane", rispose Marina.

Kai si accigliò. "Non ricordo che Brooke l'abbia indossato".

"È vero", disse Ginger. "Indossava un abito di pizzo di cotone con sotto le sue Birkenstock. Il comfort prima di tutto è il motto della cara Brooke. Era molto bella anche così".

Sollevando l'abito con cura, Marina se lo portò alle spalle, e il vestito si depositò magnificamente sul pavimento, anche se stava in punta di piedi. Kai era alta come Ginger, mentre lei e Brooke erano più basse. Si guardò allo specchio. La morbida sfumatura bianco bianco avorio faceva risaltare il nuovo colore dei suoi capelli.

Il labbro inferiore di Kai si allargò in un piccolo broncio che Marina riconobbe immediatamente. "È così bello".

Marina aveva sempre provato dispiacere per sua sorella, così giovane quando i loro genitori erano stati portati via. Marina si stava preparando per andare all'università e Brooke aveva appena iniziato il liceo, quindi erano entrambe abbastanza grandi da avere ricordi vividi dei loro genitori. Non era così per Kai.

"Sono sicura che Sandi avrebbe voluto che una qualsiasi delle sue ragazze lo indossasse". Un sorriso avvolse il volto di Ginger, che guardò diplomaticamente tra loro. "È stato sicuramente uno dei giorni più felici della mia vita".

Guardando il vestito, Kai le posò una mano sul fianco e si accigliò. "È troppo lungo per te, Marina".

"Posso fare un orlo".

"Ma io non ne avrei bisogno. Lasciamelo provare".

"Ma io…" Prima che Marina potesse finire, Kai si tolse il prendisole e prese l'abito da sposa. Con un sospiro, Marina glielo cedette.

Sua sorella si infilò in quella cascata di tessuto increspato. Il raso tagliato di sbieco le sfiorava i fianchi stretti e le aderiva alla figura nei punti giusti. Kai volteggiò davanti allo specchio. Con i suoi capelli, sembrava una dea d'avorio dalla testa ai piedi.

"Vedi? È perfetto per me".

È proprio vero, pensò Marina, dandosi consapevolmente un contegno, mentre le si stringevano i muscoli dello stomaco. Passare le giornate in cucina ad assaggiare i piatti da lei creati aveva aggiunto un po' di centimetri al suo fisico. Quando conduceva il notiziario a San Francisco, doveva tenere il peso sotto controllo. Tuttavia, dopo aver perso quel lavoro ed essersi trasferita a Summer Beach, aveva trovato la libertà di non doversi preoccupare per ogni boccone.

Marina sentì lo sguardo di Ginger su di lei, come se aspettasse la sua approvazione. Un senso di sprofondamento le schiacciò il petto. Come poteva negare alla sorella minore quel sogno?

Trattenendo il suo desiderio, Marina mise un braccio intorno alle esili spalle di Kai e scrutò la sorella nello specchio. "Questo vestito sembra fatto apposta per te. Quindi, è tuo e puoi indossarlo".

Kai abbracciò Marina. "Sei la migliore. Temevo che ti saresti arrabbiata".

"Io?" Marina fece una risata strozzata. "Oh, ho in mente qualcos'altro". Oltre la spalla della sorella, vide Ginger fare un cenno di approvazione.

Dentro di sé, il cuore di Marina andò in frantumi, mentre il suo sogno si spegneva. Eppure era la cosa giusta da fare, si disse. Il vestito stava meglio a Kai. Sua sorella passava le giornate a praticare routine di danza e a esibirsi. Aveva anche il fisico snello di Ginger. Inoltre, era il suo primo matrimonio.

Tuttavia, Marina voleva apparire al meglio per Jack. Sarebbe stato il suo matrimonio per sempre, se il destino avesse voluto. Si morse il labbro.

"Sarete entrambe delle spose bellissime". Abbracciando Marina e Kai, Ginger le baciò sulla guancia. "Vostra madre vi starà sicuramente sorridendo ora".

E Ginger aveva perso la sua unica figlia, ricordò Marina a se stessa, sentendosi piccola per aver invidiato a Kai l'opportunità di sentirsi vicino alla madre che aveva a malapena conosciuto. Una nuova possibilità, quella di sposare un uomo che amava veramente, era qualcosa che Marina non aveva quasi osato immaginare.

A lei, ciò sicuramente bastava.

Kai si tolse il vestito. "Sono contenta che sia tutto risolto. Axe e io abbiamo ancora molto lavoro da fare per il nuovo spettacolo. Se non ti dispiace, lo porto con me. Ci vediamo dopo".

Non appena Kai se ne andò, Ginger cercò in un'altra borsa degli indumenti. "Visto che Kai indossa l'abito da sposa, ho pensato che questo potesse piacerti". Tirò fuori una lunga striscia di pizzo vintage.

"È la stola trasparente che ho indossato sopra il vestito. In una mite serata estiva era più che sufficiente. Ed è facile da orlare. Anche tua madre lo indossava". Fece un cenno a una foto più piccola.

"È così bello", disse Marina, con animo controllato. "Ma se si abbina al vestito, Kai non dovrebbe indossare anche questo?"

"Probabilmente è troppo classico per i gusti di Kai, non credi?". Un sorriso aleggiò sul volto di Ginger. Posò l'indumento sulle spalle di Marina. "Questo coprispalle di pizzo trasparente sarà spettacolare, sopra un semplice tubino. Il mio caro Bertrand lo definì l'epitomo dell'eleganza. Anni dopo, lo indossai di nuovo a un ballo a Parigi con tutti i diplomatici più importanti. È un pezzo davvero speciale".

Marina abbracciò la nonna. "Trovi sempre le parole giuste".

"Bè, era meglio che dividere il vestito". Ginger fece una risata sommessa. "Ma sei stata ammirevolmente magnanima. È certamente un segno di carattere".

Le guance di Marina si infiammarono per l'imbarazzo. "In realtà, avevo una lotta interna in corso".

"Era chiaro. Bè, almeno per me, cara. Non per Kai, ovviamente". Ginger accarezzò la mano di Marina. "A Jack piacerà vederti così". Rivolgendo lo sguardo a Marina, chiese: "È ancora determinato?".

Marina annuì, con certezza. "Vorrebbe un'altra possibilità da *Beaches*".

"Forse vedere quel bell'uomo, il nuovo pediatra, lo ha spronato ad agire".

Dopo l'affollato pranzo al locale, Marina lasciò Cruise, il suo nuovo cuoco, a occuparsi della cucina. Era il giorno della consegna del camioncino. Quando vide Judith accostare il veicolo sul ciglio della strada di fronte al bar, Marina uscì a salutarla.

"Eccoci qua", chiamò Judith dalla finestra. Uscì con un mazzo di fogli. "Ho fatto pulire Bessie per te e, se sei soddisfatta, possiamo firmare tutti i documenti. Dai pure un'occhiata all'interno".

Marina entrò nel furgone. Si accorse subito che Judith aveva prestato molta attenzione alla pulizia. Notò che gli armadietti erano colmi di tovaglioli di carta e altre provviste. "Le vuoi?".

"Non mi servono, quindi sono tue, se desideri".

"Certo, grazie. Ho intenzione di portare questo mezzo a fare un giro, nel fine settimana. Mia sorella terrà uno spettacolo al Seashell".

"Ho sentito dire che lo spettacolo natalizio dell'anno scorso era piuttosto divertente. Mi sarebbe piaciuto vederlo". Judith si appoggiò al veicolo. "Io l'avevo chiamato Bessie, ma puoi dargli un nuovo nome".

Marina fece una pausa. "Ho pensato a Coralina. Si abbinerà bene alla sua nuova livrea".

"Sono molto contenta che sia tu a sostituirmi. Non vedo l'ora di partire e iniziare la mia nuova vita in Nuova Zelanda, ma mi rende felice sapere che Bessie… cioè Coralina, sarà in buone mani con te. Mi ci è voluto molto tempo per farlo diventare come volevo".

"Ho visto tutti i piccoli dettagli che hai aggiunto. E i fiori sono bellissimi. Che pensiero gentile". Attaccato a una parete c'era un piccolo vaso pieno di rose. Judith aveva pensato a tutto.

L'altra donna le spiegò come funzionava. "È su un braccio oscillante, in modo da poterlo spingere fuori dalla finestra di servizio quando il furgone è fermo e aperto per l'attività. I fiori trasmettono buone vibrazioni. La gente lo diceva sempre".

"Scommetto di sì". Marina aveva già immaginato come sistemarci le rose corallo del giardino di Ginger, che avrebbero fatto un'elegante pubblicità al suo marchio. Spesso sono i piccoli accorgimenti ad accogliere le persone e a farle sentire a casa.

Heather attraversò di corsa il patio. "Ehi, mamma. È questo il nuovo arrivato?".

Marina presentò la figlia a Judith. "Vi presento Coralina. Il suo viaggio inaugurale sarà la serata di apertura del nuovo spettacolo".

Uno sguardo sognante si palesò sul volto di Heather. "Wow, mi sa che ci divertiremo. Conosco un sacco di concerti dove io e Cruise potremmo portarla. O, semplicemente, su e giù per la spiaggia nei fine settimana". Cominciò a esplorare l'interno.

"Sembra che siamo d'accordo". Marina consegnò a Judith l'assegno circolare della sua banca, poi le due donne firmarono i documenti e si strinsero la mano.

Quando scesero dal veicolo, Judith consegnò a Marina le chiavi. "Spero che vivrete molte avventure con questo food truck".

"E ti faccio i miei migliori auguri per il tuo matrimonio e per il nuovo ristorante". Marina la abbracciò.

"I nuovi, inattesi capitoli della vita possono essere molto divertenti", disse Judith.

Marina fece tintinnare le chiavi con felicità. "Anche mia nonna dice così".

Aveva cercato di fare di tutto per prepararsi ai prossimi. Il food truck era lì e pronto a partire. Per quanto riguardava il capitolo che riguardava Jack, avrebbe voluto esserne altrettanto sicura. Il gatto scottato teme l'acqua fredda.

14

"*B*envenuti all'addio al nubilato di Kai, in puro stile Broadway!". Marina fece cenno a un gruppo di donne di entrare nel Coral Café.

Billie, Jen e Leilani avevano fatto un lavoro meraviglioso per decorarlo in così poco tempo, ma avevano anche saccheggiato il magazzino dei costumi e degli oggetti di scena del teatro. Molti erano arrivati già in costume.

"Da questa parte", disse Heather. Portava uno sbarazzino berretto da usciere sui suoi capelli lunghi.

"Il cappello sta meglio a te", disse Marina. Il suo continuava a scivolare.

"Ho delle forcine che lo tengono su. Puoi prenderne un paio". Heather mise il cappello di sua madre di lato e lo appuntò. "E sta meglio di sbieco".

Marina guardò il suo riflesso in una finestra. Il costume da usciere del teatro consisteva in una giacca rossa con pantaloni neri. Travestirsi era divertente e metteva tutti di buon umore. "Molto meglio, grazie. Kai ti farà diventare maestra di guardaroba in men che non si dica".

Heather si stiracchiò la giacca e scoppiò a ridere. "No, grazie. Ho già abbastanza lavoro".

"Ethan mi ha detto che hai iniziato un nuovo tirocinio".

"Non doveva ancora rivelare nulla". Con uno sguardo felice e riservato, Heather aggiunse: "Non è nemmeno una cosa definitiva, ma ti spiegherò più tardi. Tieni, prendi qualche programma".

Marina iniziò a distribuire dei programmi in stile *Playbill*, la rivista che veniva spesso distribuita nei teatri. Sulla copertina, c'era stampato: *Addio al nubilato di Kai – in stile Broadway!* All'interno c'era il menu e l'elenco degli artisti. Heather aveva usato le sue abilità grafiche per creare e stampare il programma, proprio quella mattina.

Marina aveva pensato di servire quel pranzo piuttosto sul tardi, come un buffet a base di cocktail di gamberi freddi, triangoli di toast all'avocado e tacos di strada con salsa di mango. Un gazpacho freddo di avocado e un'insalata completavano quel pasto, leggero e semplice.

Pur con così poco preavviso, Ginger e Brooke si erano date da fare per aiutare a preparare il pranzo e Marina aveva portato il suo nuovo personale aggiuntivo. Avevano fatto gran parte del lavoro di preparazione nella cucina di Ginger durante il pranzo al locale. Il cibo era risultato pronto appena in tempo, ma giusto per un pelo. Eppure, metà del divertimento stava proprio lì, insisteva Ginger.

Ivy e Shelly furono tra le prime ad arrivare, insieme a diversi amici di teatro di Kai – uomini e donne – provenienti da Los Angeles.

"Wow, che lusso", disse Shelly, guardandosi intorno.

Nel patio erano stati sistemati vari oggetti di scena e ricordi del teatro. Pezzi di scenografia dipinti come vetrine, enormi scatole regalo e una palma finta decorata con ornamenti da spiaggia componevano quel gruppo di eclettiche decorazioni.

"E guardate i tavoli", aggiunse Ivy.

Su ogni tavolo c'erano i fiori di *Blossoms*, il chiosco. Imani, la proprietaria, era arrivata in anticipo per sistemarli. Ginger aveva contribuito con le sue stoviglie d'epoca in cristallo, argento e porcellana. Avevano mescolato i vari modelli per ottenere un aspetto festoso, da cottage. Leilani aveva sistemato dei vasi di piante fiorite nel patio, creando un'oasi lussureggiante.

Su un altro tavolo, gli ospiti avevano radunato i regali. Kai non aveva molto altro che dei vestiti da portare al bungalow di Axe, perché da anni viveva con le valigie in mano. Tuttavia, Ginger aveva messo da parte alcune cose per lei.

La piccola casa di Axe vicino al villaggio era ben tenuta, anche se aveva investito i suoi soldi nella costruzione della sua impresa edile e dell'altro suo sogno, l'anfiteatro.

Con indosso un abito corto hawaiano a stampa floreale e un *lei* di fiori, Kai si precipitò verso il gruppo, spalancando le braccia. "Sono così contenta che ce l'abbiate fatta", esclamò in mezzo a un turbinio di baci e abbracci. Strinse la mano a una nuova arrivata, una versione ventenne di se stessa, snella e con una criniera di capelli biondi simile alla sua. "Soprattutto tu, Madison. Sei stata la migliore sostituta che abbia mai avuto".

La donna più giovane sorrise. "Quando te ne sei andata così all'improvviso, ho avuto la possibilità di avere la tua parte, e te ne sarò sempre grata".

"Era ora di ritirarsi e iniziare un nuovo capitolo", disse felicemente Kai.

Marina sapeva che per sua sorella, dal punto di vista

professionale, non era stato il miglior modo di uscire di scena, ma non era il momento di parlare di Dmitri, il suo ex. Madison era stata molto premurosa al riguardo. E Kai sembrava non esserne infastidita.

"Ora puoi conoscere tutti gli altri". Kai fece un cenno verso il locale, che Marina aveva chiuso per la festa dopo l'affollato pranzo. "Billie, guarda chi è appena arrivato".

Le sue amiche si scambiarono abbracci e le risate si diffusero tra la folla di persone. Madison aveva guidato insieme a molti altri del cast di cui Kai aveva fatto parte. Si erano esibiti e avevano viaggiato insieme per anni.

"Vogliamo conoscere Axe", disse Madison impaziente. "Solo tu potevi incontrare un cowboy canterino del Montana sulla spiaggia".

Billie inarcò un sopracciglio. "Pure sexy, tra l'altro".

"Avrete modo anche voi". Kai sorrise, mentre stringeva le braccia ai suoi amici. "Ci incontreremo tutti da *Spirits & Vine* dopo la festa. Axe potrebbe anche portare un paio di amici".

"…Single?"

"Molti di loro lo sono". Kai strizzò l'occhio. "E dovete rimanere tutti per la nostra serata di apertura al Seashell. È la prima mondiale del nostro *Belles on the Beach*".

"Non ce lo perderemmo mai", disse Madison. "Ci accamperemo tutti nelle camere del Seabreeze Inn".

Continuarono a parlare di altri amici comuni. Quasi tutti i presenti conoscevano Dmitri, l'uomo con cui Kai era stata fidanzata in passato. Marina era contenta che nessuno avesse menzionato quel produttore di New York. Non riusciva a immaginare come Kai avrebbe potuto essere felice con lui.

Axe, d'altra parte, era un uomo generoso e caloroso che

condivideva con Kai l'amore per lo spettacolo. Sentirli cantare in duetto in una notte stellata al Seashell era stato magico. Avevano davvero trovato la loro vocazione, e si erano trovati l'uno per l'altra.

Marina si divertiva a chiacchierare con gli amici di Kai che avevano interpretato successi di Broadway in tutto il Paese. Erano tutti molto diversi tra loro, ma erano attori di talento che lavoravano sodo. Presto si ritrovarono tutti a parlare e a ridere.

Qualche minuto dopo, Marina batté su di un bicchiere con un cucchiaio per attirare l'attenzione di tutti. "Abbiamo stuzzichini e bevande a disposizione di chiunque abbia fame e sete".

"Io", disse Madison. "Ma Kai, devi andare per prima tu".

Mentre le donne si mettevano in fila al tavolo del buffet, Ginger fece il suo ingresso dal cottage. Indossava un lungo abito a fiori, con collane turchesi a strati, da padrona di casa.

Kai infilò con orgoglio il braccio in quello di Ginger. "Mi avete sentito tutti parlare di mia nonna. Lei è la favolosa Ginger Delavie, a cui io e le mie sorelle dobbiamo tutto".

Ginger baciò la guancia di Kai. "Mia cara, ce l'avreste fatta da soli, con o senza di me. Siete un trio indomabile".

"Da dove pensi che abbiamo preso?", chiese Brooke.

Marina rise con lei. Le tre sorelle avevano seguito strade diverse e avevano stili altrettanto diversi, ma finalmente erano lì riunite.

Ben presto tutti gli ospiti riempirono i loro piatti e si sedettero a mangiare sotto gli ombrelloni color corallo.

Marina era contenta che gli ospiti di Kai avessero apprezzato il cibo.

Quando ebbero finito, Billie batté il bicchiere per attirare l'attenzione. "Per l'addio al nubilato di Kai, Broadway
è arrivata a Summer Beach. Visto che siamo tutte sorelle,
iniziamo con un numero di *Hamilton*!".

Si levarono degli applausi e, in quel momento, tre
donne vestite in abiti d'epoca uscirono dal retro del cottage,
dove Marina aveva allestito dei camerini nella stanza di
Ginger e nella vecchia biblioteca di Bertrand, che conser-
vava ancora il lieve aroma del suo tabacco da pipa alla
vaniglia.

Uno degli amici di Kai aveva preparato la musica e
alzato il volume. Il trio iniziò a cantare, intonando la loro
versione di *Helpless*.

La folla applaudì e presto tanti altri iniziarono a cantare
insieme a loro. Poi, una delle coppie di Los Angeles prese
posto e cantò *Somewhere*, la canzone d'amore di *West Side
Story*.

Poi, altri amici si riversarono con altre canzoni finché
tutti erano in piedi, applaudendo Kai fino a quando lei si
unì a loro nell'ultima canzone, *Can You Feel the Love Tonight?*.
Era tratta dal *Re Leone*, e presto tutti si unirono al coro.

Marina amava vedere Kai nel suo elemento. "Ha un
talento incredibile", disse a Ginger e Brooke. Era anche
ansiosa di vedere la nuova produzione a cui Kai e Axe
stavano lavorando. "Si sta davvero affermando con la scrittura e la regia".

Ginger sorrise e giunse le mani. "Kai è un tesoro, ma
ognuno di voi ha lo stesso livello di talento, nella specialità
che ciascuna ha scelto". Le guardò con un sorriso. "Le mie
tre meravigliose nipoti".

"Non dimenticare la prossima generazione", disse Brooke. "Sembra che Oakley abbia la stessa attitudine della sua bisnonna per la matematica".

"In effetti, è così", disse Ginger, con una evidente nota d'orgoglio nella voce. "Hai fatto un ottimo lavoro nell'incoraggiarlo. Scommetto che sarebbe affascinato da codici e cifrari. Dovrei insegnare a tutti loro, compreso l'imminente prossimo arrivo in famiglia, il giovane Leo". Sorrise a Marina. "Che maturità che ha".

Marina sapeva il perché. Vanessa era una madre meravigliosa, ma l'aver dovuto sopportare la sua malattia e l'incontro con un padre che non aveva mai conosciuto aveva dato a Leo un livello di maturità superiore ai suoi anni. Forse è per quello che aveva avuto la lungimiranza di leggere la mente di suo padre, e chiederle di sposarlo. Quella proposta probabilmente non era stata così impetuosa come sembrava.

Più di ogni altra cosa, Marina voleva che Leo si godesse la spensieratezza dell'essere bambino. La maggior parte dei giorni, correre sulla spiaggia con Scout era tutto ciò che gli serviva per fargli tornare il sorriso, ma Marina si era ripromessa di essere la migliore matrigna possibile per lui.

Quando l'intrattenimento terminò, Marina si scusò per andare a controllare il cibo. Kai prese sottobraccio Marina e la accompagnò. "Questa festa è meravigliosa e significa molto per me. Grazie per aver organizzato tutto con così poco preavviso".

"Mi hanno aiutato in molti, ma per te, qualsiasi cosa", disse Marina, sul serio. Voleva che Kai affrontasse il suo matrimonio nello stato d'animo più felice possibile.

Kai la seguì in cucina. "Cosa faremo per il tuo addio al nubilato?".

Marina tirò fuori un vassoio di mousse al cioccolato già pronta nei bicchierini e una ciotola di panna montata che aveva preparato in precedenza. "Ora che sono ufficialmente fidanzata con Jack e Leo?".

"Leo è adorabile", disse Kai. "Oh, mio Dio, se me lo avesse chiesto, credo che anch'io avrei detto di sì. Axe ne sarebbe stato deluso, certo, ma come si poteva dire di no a quell'ometto?".

Marina scosse la testa, ancora meravigliata dal gesto di quel ragazzo. "In realtà, quello che ho detto è stato *un po'* alla *Louisey*, ma per Leo è stato sufficiente".

"Anche per Jack, evidentemente", aggiunse Kai, sorridendo. "Allora, dobbiamo organizzare una festa anche per te, a breve?".

"Non ne ho bisogno, ma è carino da parte tua pensarci. Jack e io abbiamo tutto ciò che ci serve". Mentre parlavano, Marina versò della panna montata sulle coppe di mousse al cioccolato.

Kai si appollaiò su uno sgabello accanto al bancone della cucina. "Non si è ancora parlato di un anello?"

"Una semplice fascia andrà bene. Ho le mani nella pasta tutto il giorno, vedi?". Era quello che aveva indossato con Stan, e ne era stata felice.

Il volto di Kai si abbassò. "Sono sicura che farà qualcos'altro per te".

"Siamo in una situazione diversa da te e Axe. Abbiamo dei figli a cui pensare, prima di tutto".

A quel punto, gli occhi di Kai si allargarono. "Stai pensando di averne altri?".

Marina le diede una gomitata. "Morditi la lingua".

"Cosa? Dico solo che è ancora possibile, no?"

"Tecnicamente, suppongo. Ma non credo proprio. Abbiamo finito".

Gli occhi di Kai scintillarono e lei prese un dolce. "Vedremo".

Marina era ansiosa di cambiare argomento. "E tu e Axe?"

"Sarà una sorpresa". Kai prese un cucchiaio e scavò nel cioccolato cremoso. "Oh, è favoloso".

Marina versò un po' di panna montata sul bicchierino. "Come la data del vostro matrimonio? La gente ha bisogno di sapere quando sarà per potersi organizzare. Non c'è più molto tempo a disposizione, quest'estate".

Kai sorrise in modo impudente, ignorandola mentre prendeva il cioccolato e la panna. "Mmm, è delizioso".

"La data, Kai. Sei stata tu a voler anticipare tutto". Marina si accigliò, mentre la sorella continuava a evitare la domanda. "È successo qualcosa?".

Kai finì il dolce con un'abbondante cucchiaiata e posò il bicchiere. "Non sono preoccupata. Sono sicura che ci saranno tutti".

Per Marina tutto ciò non aveva senso. "Stai organizzando una sorta di flash mob nuziale sulla Main Street? O sulla spiaggia?".

Kai schioccò le dita. "Non è una cattiva idea…". Con un sorriso misterioso, si girò e tornò verso i suoi ospiti.

Quando la festa si spostò allo *Spirits & Vine* di Main Street, tutti si stavano divertendo un mondo. Marina entrò nell'affollata enoteca e seguì Kai fino a dove Axe aveva già preparato un posto per loro.

Si era già cambiata dal costume da usciere che aveva indossato alla festa. Era stato divertente indossarlo, anche se era un po' caldo sotto il sole estivo. L'abito giallo brillante che aveva abbinato a delle zeppe multicolori la slanciava ancora di più. Dalla cucina per i suoi cari, alle chiacchiere con amici e parenti, era stata una giornata quasi perfetta.

"Marina, da questa parte". Jack fece un cenno dall'estremità lunga di un tavolo, dove era seduto con un bicchiere di vino rosso e un tagliere di salumi davanti a sé.

"Non sapevo che saresti stato qui". Era felice di vederlo.

Le diede un bacio dolce. "Ho pensato di sorprenderti. In senso positivo, questa volta. Credo che mi scuserò a lungo per averti dato buca a cena".

Lei intrecciò le dita con le sue. "Il barbecue dell'altra sera è stato un buon inizio".

"Ah, Leo, che tipo. Ti assicuro che non gliel'ho fatto fare io. Non sono così intelligente". Aggrottò le sopracciglia, preoccupato. "Sei sicura di non volerci ripensare? So di non essere il miglior partito, e ho sentito che quel nuovo dottore ti ha dato un passaggio a casa".

Lei sentì un brivido lungo il collo e sospirò. Stava tornando la sua vecchia abitudine di evitare le situazioni? "E se decidessi di non farti sciogliere la promessa?".

Il sollievo gli inondò il viso. "Dici davvero?"

"Non avrei detto di *sì* se non lo pensassi davvero".

"Bè, ora che mi ci fai pensare, chi è Louise?".

Al tavolo accanto, la proprietaria di *Laundry Basket* alzò lo sguardo, e Jack sollevò le mani. "Scusa, non mi riferivo a te, Louise".

"Sei impossibile". Marina lo colpì scherzosamente alle costole. "Ti do trenta secondi per mettermi davanti un bicchiere di vino, o me ne vado. Anche se sei il ragazzo più bello, qui". Marina piegò le braccia e lasciò che il suo sguardo si posasse su di lui. Il suo corpo in quella camicia bianca era quasi illegale. Jack non stava solo andando a correre sulla spiaggia; sembrava che si fosse dedicato a fare esercizio con qualcosa di molto più pesante di una matita da disegno o una tastiera.

Jack spinse rapidamente il suo bicchiere verso di lei e fece segno al cameriere. "L'addio al nubilato deve essere stato una bella faticaccia, come turno di lavoro".

Marina ridacchiò e si chinò verso di lui. Se ce l'avessero fatta a farsi una risata nonostante tutte le loro disavventure, avrebbero avuto una possibilità. La vita non è mai semplice.

Jack le passò un braccio intorno alle spalle, dandole un delicato, leggero bacio. "Farò del mio meglio per non deluderti. Non posso garantirti che ci riuscirò, perché la vita a volte si mette in mezzo, ma ci proverò ogni giorno". Continuò, accarezzandole il collo. "Ti amo, Marina. Più di quanto abbia mai pensato fosse possibile. Sono l'uomo più fortunato del mondo".

Erano le parole che amava sentire. Ma prima che potesse rispondere, Kai e i suoi amici li raggiunsero a tavola e la festa continuò.

Poco più tardi, dopo aver finito il vino e il tagliere di salumi, Jack le prese la mano. "Volevo aspettare, ma ho qualcosa che vorrei condividere con te al più presto. Vuoi venire a casa con me?".

Marina acconsentì, curiosa di sapere cosa potesse essere. Tornarono al cottage di Jack in riva al mare. Quando si avvicinarono al portico, da dietro la casa risuonò della musica heavy metal.

"Qualcuno sta dando una festa". Marina fece un cenno verso una volante della polizia che aveva appena svoltato nella strada. "Sembra quasi che provenga da casa tua".

Jack si strofinò il mento. "Probabilmente sono i miei

ospiti, nello studio. Se ne andranno presto, ma sono un problema".

"Dovevi proprio affittare quella stanza?"

"Aiuta. È meglio che dica loro di abbassare la musica. Probabilmente uno dei vicini ha chiamato di nuovo la polizia".

"Scommetto che tutto ciò ti rende molto popolare".

Marina sentiva vibrare il pavimento. Anche i vicini, immaginava. La volante si fermò davanti alla casa e l'imponente figura dell'ispettore Clarkson scese dal veicolo.

"Posso immaginare il motivo della tua visita". Jack aveva un'aria imbarazzata. "Sono stato via, ma dirò ai ragazzi di abbassare la musica".

"Non possiamo farlo diventare un'abitudine", disse l'ispettore. "I tuoi vicini meritano di meglio".

"Sono solo un gruppo di ragazzi che sono qui per fare surf e divertirsi. Non pensavo che sarebbe stato un problema, ma glielo dirò subito".

"Questa volta verrò con te". L'ispettore si tirò su la cintura piena di attrezzatura.

Jack aprì la porta e attraversarono il bungalow. Scout piagnucolava in un angolo della cucina e Marina si inginocchiò per consolarlo.

"Povero piccolo, quella musica è troppo alta per te, vero?". Aveva convinto Jack a installare una porticina per cani in cucina per Scout. Anche lui aveva bisogno di un po' di pace e tranquillità.

Si chiese per quanto tempo Jack avrebbe affittato lo studio sul retro. Pur apprezzando una fonte di guadagno extra, Marina avrebbe preferito godere di una maggior privacy. Soprattutto se gli ospiti erano tutti di quel tipo.

Mentre Jack e l'ispettore proseguivano verso il cortile posteriore, Marina si voltò per cercare un dolcetto in cucina per Scout. Spostò le scatole di cereali vuote e i piatti sporchi.

"Guarda che casino", mormorò.

Oltre al disastro, sembrava che Jack si fosse messo a lavorare lì in cucina, per qualche motivo. Il suo computer portatile e il materiale da disegno erano ancora lì sparsi sul tavolo. Le tende erano tirate.

Scout mugolò come se fosse in colpevole accordo con tutto ciò.

"Tu non c'entri, bello". Con delicatezza, scostò una pila di vecchie scatole di pizza. Ora sapeva cosa mangiava Jack quando non veniva al locale.

Anche i piatti sporchi riempivano il lavandino. A quanto pare, aveva cucinato delle uova. E dei pancakes. Si stropicciò il naso. Il piano cottura, il forno, il frigorifero: tutto aveva bisogno di una bella pulita. Compreso il pavimento.

Era passato un po' di tempo dall'ultima volta che era stata lì. Una scatola di biscotti per cani si trovava accanto a una confezione di preparato per i maccheroni al formaggio. Tirò fuori un osso croccante e lo diede a Scout, che lo divorò in un sol boccone.

Con Jack ancora là fuori, Marina attraversò la casa, chiedendosi se anche il resto fosse in disordine.

Il soggiorno non era messo così male. C'erano solo pile di libri e posta, anche se la maggior parte non era stata aperta, persino le bollette, cosa che le sembrò un segno di sciatteria. Nella stanza di Jack i panni sporchi erano dappertutto, e le piccole piastrelle esagonali bianche e nere dei bagni avevano bisogno di una bella lavata. Una pigna di asciugamani umidi giaceva in un angolo. Si stropicciò il naso per l'odore acre.

Sbirciò nella stanza di Leo, che non avrebbe vinto nessun premio per la pulizia, ma era ancora un bambino. C'era un percorso che portava al suo letto attraverso i giocattoli e i vestiti sporchi.

Con un certo sgomento, si rese conto che Jack viveva davvero così. Non che lei fosse una maniaca dell'ordine, e di certo non pensava che lui lo fosse, ma le sue abitudini erano ben peggiori di quanto avesse pensato.

È chiaro che Jack non aveva compreso le basi del vivere in modo decoroso, né insegnava a suo figlio a fare altrettanto. Doveva aver dato una sistemata quando lei era venuta a trovarlo, ma la maggior parte delle volte era stato lui ad andare al locale, o l'aveva incontrata a casa sua.

Quando Marina tornò in salotto, il suo sguardo cadde su una scatola per spedizioni aperta, che si trovava sul tavolo vicino alla pila di posta. Accanto ad essa c'era un contenitore di gioielli in velluto rosso sbiadito. Incuriosita, si avvicinò e appoggiò leggermente le dita su quella che sembrava una scatola di anelli d'epoca. Moriva dalla voglia di aprirla.

Forse era per quello che l'aveva portata lì.

La musica forte e martellante cessò all'improvviso. Guardandosi intorno per assicurarsi di essere ancora sola, Marina osservò lo stato generale della casa e le si sbriciolò il cuore.

Un allarme le risuonò nella mente.

Ritrasse la mano con la stessa decisione con cui l'aveva strappata dal fuoco qualche sera prima. Si era resa conto di quanto fosse grande la responsabilità che sarebbe ricaduta sulle sue spalle.

Le tornò subito alla mente il ricordo di tutti gli anni passati a sistemare ciò che combinavano i suoi figli. Aveva insegnato a Heather e Ethan a prendersi cura della casa, anche se il loro appartamento con vista sulla baia di San Francisco era più piccolo di quel cottage. Non era stato facile, ma ci era riuscita.

Quando i gemelli erano partiti per l'università, il suo carico di lavoro era diminuito considerevolmente. L'appartamento era fin troppo silenzioso, ma andare a letto a mezzanotte dopo aver fatto il bucato per la scuola del giorno dopo non le mancava di certo. Specialmente quando doveva alzarsi alle quattro, e andare in studio in tempo per la trasmissione del mattino. I trucchi, il correttore e il caffè avevano occupato per anni un posto di rilievo nel suo arsenale quotidiano.

Il solo pensare a quelle difficoltà le fece accelerare il respiro. Era un capitolo che voleva riaprire? Certo, c'erano state anche delle gioie, ma aveva lavorato così duramente per così tanti anni che, al confronto, gestire un locale le era sembrata una cosa facile e divertente.

E quella situazione era peggiore. Jack era un uomo adulto che sembrava non avere alcuna intenzione di muovere un dito. Si rese conto che non era mai rimasto in un posto abbastanza a lungo da poterlo chiamare casa o prendersene cura. Senza dubbio, sarebbe toccato a lei supervisionare tutto. Era così che voleva passare il resto della sua vita?

Scout trotterellò verso di lei e si sedette ai suoi piedi, guardando in alto aspettandosi qualcosa.

Marina si abbassò per accarezzargli il muso. "E scommetto che hai fame".

Sfiorò la testa contro le sue gambe, come se lei avesse

capito il suo bisogno. Strofinò il collo di Scout, sentendosi in colpa per quel povero cucciolo. Le tornò in mente anche la storia dei tacos inzuppati di salsa piccante.

Forse era stata abbagliata dai risultati professionali di Jack e dalle sue parole gentili. Al confronto, Stan era stato nell'esercito; ed era più bravo di lei a rifare il letto.

Marina si allontanò dal tavolo proprio quando Jack e Clark entrarono dalla porta della cucina.

"Arrivo subito", disse l'ispettore, dirigendosi verso la porta d'ingresso. "È un piacere vederti, Marina".

"Anche per me, Clark".

Jack si chiuse la porta alle spalle. "Non credo che avremo altri problemi con quei ragazzi, stasera". Il suo sguardo andò alla scatola degli anelli sul tavolo. "Possiamo sederci sul divano e aprire le finestre per goderci un po' la vista sull'oceano. Vuoi un altro bicchiere di vino?".

Marina strinse le labbra. Essere innamorata di Jack e vivere con lui potevano essere due cose molto diverse. Aveva fatto tanta strada per crearsi la vita che voleva a Summer Beach. Era pronta ad andarsene, e a passare il resto della sua vita a raccogliere i calzini sporchi di uno sbadato?

Per quanto Jack potesse essere brillante, Marina aveva i suoi standard. Le venne in mente il consiglio di Ginger.

"Devo andare". Lasciando Jack a bocca aperta, si voltò verso la porta e scese in fretta i gradini del portico. Si rese conto di essere molto simile a sua nonna, dopo tutto.

Per quanto riguardava gli standard, e su tutto il resto.

Mentre Marina fuggiva nella notte verso casa sua, sentì il volume della musica alzarsi di nuovo.

15

*M*entre il sole stava tramontando, Marina condusse il suo camioncino giallo brillante all'interno del Seashell, l'anfiteatro che da un lato si affacciava sulla scogliera e dall'altro si apriva sulla vista dell'oceano. Heather e Brooke erano sedute davanti con lei, mentre sul retro c'erano i cestini da picnic che gli spettatori avevano ordinato.

Era la serata inaugurale di *Belles on the Beach*. Kai aveva persino stabilito un *dress code* per l'occasione, chiedendo a tutte di vestirsi a loro piacimento, ma con abiti rosa o bianchi. Marina e Heather indossavano dei prendisole rosa, mentre Brooke aveva abbinato una camicia rosa ai jeans bianchi e ai sandali Birkenstock.

Anche il cielo sembrava aver orchestrato il tramonto assecondando i desideri di Kai, con dei nastri color malva che attraversano tutta la volta celeste.

"Sono molto emozionata per Kai e Axe", disse Heather. "Spero che ricevano buone recensioni per questo spettacolo. Mi sa che ci tengono molto, a far meglio di quello natalizio".

"Capisco come si sentono". Anche Marina aveva i nervi tesi. "Questa è la serata inaugurale di Coralina".

"Ci senti?" Heather accarezzò il cruscotto del veicolo. "Contiamo su di te, Coralina".

"Chi darebbe mai il nome a un camioncino?", chiese Brooke. "O ci parla insieme?"

"Non posso credere che tu stia dicendo così", rispose Marina ridendo. "Sai che la famiglia Delavie-Moore non fa nulla di ordinario, te compresa".

"Lo faccio io". Brooke rise e tamburellò sul cruscotto. "Andiamo, Coralina. È giunta l'ora di andare in scena".

"Quanti cestini da pic-nic abbiamo preparato per stasera?", chiese Marina.

Heather disse un numero e aggiunse: "Ogni volta c'è sempre qualche ordinazione in più".

Marina annuì pensierosa. "Per quanto ci sforziamo di promuovere i cestini, sono relativamente pochi gli spettatori che li prenotano in anticipo".

"Soprattutto i turisti che comprano i biglietti il giorno dello spettacolo", disse Brooke. "Hai puntato molto su questo food truck. È destinato a far lievitare i tuoi affari".

"L'idea è questa". Marina fece rallentare il camioncino. "E spero che *Belles on the Beach* sia un altro successo per Kai e Axe. Ci hanno messo così tanto impegno".

Heather scrutò davanti a sé. "Lì sembra un buon posto per parcheggiare, mamma. La gente non potrà fare a meno di notare questo camioncino giallo banana".

"Che presto diventerà corallo brillante".

La settimana successiva il suo furgoncino sarebbe stato riverniciato, ma Marina non voleva perdere quell'occasione per fargli fare un giro di prova, davanti a un pubblico amichevole. Poiché si trattava della serata di apertura, Kai e Axe avevano regalato biglietti a tutti i loro familiari e amici intimi di Summer Beach. Gli amici di Kai erano rimasti tutti per lo spettacolo.

Marina si sporse dal finestrino e salutò la sorella, che stava parlando con il direttore di scena e gli uscieri volontari. Indossava dei leggings neri e una maglietta. Tra le mani teneva una pila di programmi e li stava distribuendo.

"Dove devo parcheggiare?". Marina esclamò.

Kai si scusò e si diresse verso di loro, indicando un posto accanto alla platea. "Lì sarà perfetto. Quando la gente si metterà in fila, non si troverà in mezzo al passaggio. E abbiamo riservato i posti davanti per tutti voi. È lì che si ritroverà la famiglia, quindi assicuratevi di accomodarvi là".

"Ci uniremo prima del sipario", disse Marina. Quella serata era stata un vero e proprio lavoro per tutta la famiglia. Heather e Brooke avevano dedicato molto tempo alla preparazione delle cene, comprese le ordinazioni speciali senza glutine, per i diabetici e per i vegetariani, e a mettere a punto il furgoncino.

Ginger aveva avuto l'idea di far stampare un grande striscione del Coral Café da sovrapporre al logo dei *submarines* già presente sul veicolo. L'aveva ritirato in tipografia e l'avevano attaccato al furgone prima di partire. Per quella prima prova, andava bene così.

Marina parcheggiò, e scesero. Fu allora che notò i mazzi di rose e gigli che ornavano le prime file. "Sembra che tu abbia fatto le cose in grande, stasera".

"È la sera della prima e si tratta di uno spettacolo sui matrimoni, quindi ho pensato: perché no?". Kai rise, e la sua voce suonò un po' acuta. Aveva una matita che spuntava dallo chignon disordinato.

Marina riconobbe immediatamente quella risata nervosa, ma pensò che fosse solo per via della prima. Si chiese perché lei e Axe avessero scelto il sabato invece di una serata più tranquilla, ma non erano affari suoi.

Brooke indicò i programmi. "Mi piacerebbe vederne uno".

"Certo". Kai li distribuì, con la mano che le tremava leggermente.

Doveva essere abituata alle serate di apertura, pensò Marina. Dopotutto, era una vera professionista.

Brooke aprì il programma. "Guardate qui. Scritto e diretto da Kai Moore. Sono così orgogliosa di te". Abbracciò la sorella.

Ciò spiega tutto, pensò Marina. Quella volta Kai era stata anche sceneggiatrice e regista. In passato, anche se uno spettacolo non otteneva complessivamente grandi recensioni, ne riceveva comunque per l'interpretazione di Kai. Ora, invece, la responsabilità era tutta sulle sue spalle. "In bocca al lupo, Kai".

Era il modo per augurare buona fortuna a qualcuno in gergo teatrale, ma nessuno osava dirlo davvero, perché si pensava che attirasse le peggiori sfortune.

Heather lesse l'introduzione: "Tre sorelle in cerca di matrimonio portano scompiglio in una città di mare".

Brooke si portò un dito alla tempia. "Tre sorelle? Mi chiedo come ti sia venuto in mente".

"Così, semplicemente pensandoci", disse Kai, infilandosi un'altra matita nello chignon. "Si tratta di una serie di scenette matrimoniali, un po' come *Il mio grosso grasso matrimonio greco*.

Ricordate quando ho avuto una parte in quello spettacolo? Il pubblico dal vivo ama sempre i disastri matrimoniali". Fece una pausa e guardò Marina. "Non che il tuo sarà così".

Se mai ci sarà. Marina aveva scambiato qualche messaggio frettoloso con Jack quella mattina. Non sapeva come parlargli delle disastrose condizioni della sua dimora senza risultare sgarbata. O peggio, senza sembrare sua madre. Ma il modo in cui viveva era un insulto. Per Leo e Scout, e certamente anche per Jack.

Dopo aver visto lo stato della sua casa, il suo lato razionale aveva preso il sopravvento. Si rifiutava di fare da madre a un uomo adulto. Ma quella sera non era il caso di pensarci. Aveva un lavoro importante da fare.

Come tutto il resto dei presenti.

"Devo truccarmi e mettermi in costume, ma so che sarai favolosa". Il viso di Kai era arrossato e il suo sorriso vacillava. "Sarà spettacolare, vero?"

"Certo", rispose Marina. "Te ne stai occupando tu".

Mentre guardava Kai allontanarsi, si chiese se la sorella avesse qualche motivo particolare per essere così nervosa. Forse il copione non era solido come avrebbe voluto. O forse aveva problemi con il cast.

In tal caso, era ancora più importante che fossero tutti lì, decise Marina. Avrebbero sostenuto Kai in ogni caso.

Marina aprì la porta posteriore del furgoncino. "È ora di preparare".

"Dicci di cosa hai bisogno", esclamò Brooke.

"Potresti aprire la finestra di servizio e mettere a disposizione snack, tovaglioli, cannucce, posate di plastica, tutte le cose che la gente chiede? Heather, puoi mettere su dell'altro caffè, per ogni evenienza, e scrivere il menu sulla lavagna?

Io organizzerò la mia linea di produzione di cibo. Offriremo anche degli assaggi".

"Preparerò un vassoio di brownies e di biscotti con gocce di cioccolato". Brooke prese un piatto. "Sono molto richiesti al mercato agricolo".

A Marina l'idea piacque. "Allora mettiamoli in bella mostra, vicino alla cassa".

"Collego le luci prima di iniziare". Heather accese una serie di luci che aveva portato per attirare l'attenzione sul veicolo.

"Wow". Marina fece un passo indietro. Le luci erano una buona idea. "Non possiamo farne a meno. Ma dovremo spegnerle durante lo spettacolo".

In breve tempo cominciarono ad arrivare gli spettatori. Heather e Brooke si erano divise i compiti: una fila per il ritiro dei cestini e un'altra per i nuovi ordini. Brownies e biscotti andavano a ruba.

Marina aveva indossato una giacca da chef sopra il suo prendisole e si concentrò nell'assemblare le ordinazioni dal semplice menu che aveva creato. I taglieri di formaggi e salumi, l'insalata sminuzzata e le noci tostate erano già stati preparati nella cucina del suo locale. Lì, nel food truck, aveva fritto le patatine dolci con aioli all'aglio e farcito degli enormi panini gourmet. Dato che avevano una licenza per la vendita ambulante di alcolici, offrivano anche piccole degustazioni di vino e champagne, facili da servire.

Anche Ginger si unì a loro, chiacchierando con la gente in fila, dando suggerimenti e offrendo assaggi. Era la loro ambasciatrice e ne avevano bisogno. In molti conoscevano Ginger, e se la fila si muoveva un po' più lentamente del dovuto, erano contenti di parlare con lei.

Marina sorrise alla nonna. Un'arma diplomatica segreta, davvero.

Mentre Marina lavorava, Heather si chinò all'indietro. "Stiamo prendendo ordini anche per l'intervallo. La gente ce li chiede perché è abituata a farlo in altri teatri. Potremmo renderli disponibili anche tramite il nostro sito web, più avanti. Magari con un'apposita app".

"Che idee brillanti", disse Marina, destreggiandosi tra panini e patatine.

Quando suonò la campanella che segnalava l'apertura del sipario nel giro di pochi minuti, la fila si esaurì rapidamente e servirono le ultime ordinazioni. Marina, Heather e Brooke si scambiarono un'esuberante serie di cinque.

Ginger applaudì i loro sforzi. "Ben fatto, signore. Direi che il debutto di Coralina è stato un successo strepitoso".

Marina vide Kai sbirciare tra la folla e la salutò. "Sono sicura che anche lo spettacolo lo sarà".

Chiuse la vetrina del food truck e spense le luci. Presero posto con il resto del gruppo nei posti che Kai aveva riservato. Marina si sedette all'estremità.

Il marito di Brooke, Chip, era lì con i loro tre figli, ed Ethan era seduto con loro. Stava divorando uno dei panini al pastrami di Marina con patatine dolci e insalata di cavolo.

Ethan finì l'ultimo boccone. "Era davvero buono, mamma".

"Sono contenta che ti sia piaciuto". Marina provò un profondo senso di soddisfazione. Non aveva ancora fatto il conto dei ricavi, ma in base a quanto cibo avevano venduto, l'idea del food truck stava dando i suoi frutti.

Marina si guardò intorno. Tutti gli amici di Kai erano seduti insieme. Jen e George, Leilani e Roy, Shelly e Ivy con

Bennett e Mitch. Anche i suoi amici del teatro, tra cui Billie e Madison.

Marina sentì una vocina accanto a lei e si voltò.

"Possiamo sederci con te?", chiese Leo. Prese la mano di suo padre.

"Naturalmente". Si spostò. Come poteva dirgli di no? Quanto a Jack, ovviamente, era tutto da vedere.

Non c'è niente di male nel godersi la compagnia reciproca, diceva spesso Ginger. *Ho vissuto molti inverni per giungere a questa saggezza*, aveva aggiunto Marina, parafrasando *Beowulf*. Questo è ciò che avrebbe fatto per il momento. In quella fase della vita, non tutti avevano bisogno del matrimonio.

Dopo tutto, Ginger aveva avuto il suo Bertrand e Marina il suo Stan, anche se solo per un breve periodo.

I protagonisti erano saliti sul palcoscenico non appena si erano accese le luci. Nella prima scena, Kai fece il suo ingresso con gli altri membri del cast, tra gli applausi.

Mentre lo spettacolo iniziava, Marina si meravigliava di quanto stesse crescendo il talento di sua sorella. Da pura interprete, si era trasformata in autrice e regista con una visione unica. Se fosse rimasta con quella compagnia teatrale itinerante, non avrebbe mai avuto l'opportunità di migliorare così tanto nella sua professione.

I tempi comici di Kai erano eccellenti, e il pubblico rideva a crepapelle di fronte alle storie di quelle tre donne chiamate *belles* e ai loro isterici dilemmi matrimoniali.

Poco prima dell'intervallo, Marina si scusò e si affrettò a tornare al furgoncino con Brooke e Heather. Gli affari andavano bene, e si sentiva sollevata e felice. L'acquisto di quel camioncino era stata una buona decisione.

L'intervallo vide gli spettatori precipitarsi lì per ritirare le ordinazioni e acquistare altri prodotti. Marina non aveva avuto il tempo di cucinare molto, ma di spuntini ce n'erano in abbondanza. Quando le luci del palco si riaccesero, tutti si affrettarono a raggiungere i loro posti. Marina si fece strada tra la folla con Brooke e Heather.

Billie la fermò lungo la strada. "Mi manda Kai. Ha bisogno che voi tre la raggiungiate dietro le quinte. E anche Ginger ed Ethan". Indicò un'ora precisa.

"Kai ha bisogno di alcune comparse?"

"Qualcosa del genere", rispose Billie. "Mi raccomando, incontriamoci alla porta del palcoscenico, sul lato. E non fate tardi".

Recitare sul palcoscenico non era il passatempo preferito di Marina, ma poteva starci, in una scena con molte persone. E sapeva che Heather e Ginger si sarebbero divertite. Guardò Brooke e Heather, che annuirono entrambe. "Ci saremo".

Quando Marina si sedette, notò che il resto degli amici di Kai era scomparso. Pensò che si trattasse di una situazione che richiedeva molte comparse. Si sedette e lo disse a Ginger, che accettò di unirsi a Kai.

La seconda parte fu ancora più divertente della prima, con Kai e Axe nei panni di una coppia di fidanzati afflitti da una catastrofe dopo l'altra. La domanda era: ce la faranno ad arrivare all'altare?

Poco dopo, il telefono di Marina vibrò in modalità silenziosa. Era il momento. Guidò il piccolo gruppo verso la porta del palco e bussò.

"Lieta di vedervi", disse Billie, aprendo loro la porta.

La direttrice di scena si precipitò da loro. "Kai vi vuole nella scena finale". Parlò nell'auricolare che indossava. "Sono qui. Li mando al trucco".

Marina era già stata lì. "Conosciamo la strada".

Attraversarono la piccola area dietro le quinte ed entrarono nel camerino, dove una truccatrice era all'opera. Mentre ognuna di loro si sedeva nella poltrona, lei dava un tocco di colore più intenso a guance e labbra, con una certa abilità. "Non abbiamo altro tempo, ma siete bellissime".

La responsabile dell'allestimento si affacciò alla porta con le braccia cariche di bouquet floreali. "Sono per Marina, Brooke e Heather. E, signora Delavie, per lei c'è un *corsage*". Appuntò un'orchidea sul bavero della giacca rosa di Ginger e fece un passo indietro. "Siete tutte così belle e coordinate, stasera".

"Kai ha chiesto di vestirci di rosa e bianco", disse Ginger. "Il pubblico sicuramente apprezzerà".

Ora Marina capiva perché aveva chiesto loro di indossare quei colori, ma avrebbe potuto spiegare che le sarebbero servite come comparse. Probabilmente pensava che tutti avrebbero capito, ma forse qualcuno si era opposto.

Compresa lei stessa, Marina pensò, sentendosi un po' in imbarazzo. Bè, ora era lì.

Si lisciò il vestito. Fortunatamente, la sua giacca da chef aveva protetto il suo prendisole. Le era caduto un po' di aioli vicino all'orlo, ma difficilmente sarebbe stato visibile sul palco in una scena molto affollata. Aveva anche indossato un filo di perle rosa che Ginger le aveva regalato anni prima.

Ognuno raccolse un bouquet di rose rosa e gigli bianchi. Marina annusò il suo. "Hanno un profumo meraviglioso. Immagino che siamo le damigelle d'onore".

Il responsabile degli oggetti di scena annuì. "E la signora Delavie farà la madre della sposa".

"Sto ringiovanendo", disse Ginger. "Non è divertente?" Anche lei era nel suo elemento.

"È abbastanza emozionante", aggiunse Heather. "Di solito sono troppo timida per stare in piedi davanti al pubblico".

"Andrà tutto bene", le assicurò Ginger. "Gli occhi saranno tutti puntati su Kai e Axe".

"Lo spero proprio", disse Brooke, facendo roteare il suo bouquet.

Proprio in quel momento entrò Kai. Era splendida, con un abito da sposa color avorio che le stava benissimo. "Wow, siete tutti favolosi. Chi è pronto per la migliore scena finale di sempre?".

Marina era scioccata. Non era solo un vestito, era *il* vestito. "Stai indossando l'abito da sposa di Ginger come costume?". Da come la nonna aveva stretto la bocca, Marina capì che non era divertita dal fatto che il suo prezioso abito da sposa venisse usato come costume.

Il volto di Kai si colorì. "Solo per stasera. Visto che è la prima, e tutto il resto".

Le sopracciglia di Ginger si stavano dirigendo verso l'attaccatura dei capelli. "Spero che ne avrai cura".

"Non permetterò che gli succeda nulla", promise Kai, giocherellando con un'unghia. "Vedrai".

Non era stata una buona decisione da parte di sua sorella. Marina poteva solo immaginare cosa le avrebbe detto Ginger al riguardo, più tardi. Forse era solo un vestito, ma la scelta era stata poco rispettosa nei suoi confronti, e della memoria di sua madre. Cose del genere, nella loro famiglia, erano importanti.

Tuttavia, Kai si riprese subito e continuò. "Ora, nella prossima scena, interpreterete damigelle e familiari, quindi sarete seduti dall'altra parte di Billie e Madison. Loro sono la famiglia di Axe. Faremo un rapido cambio di scena, e poi vi guideremo sul palco ai vostri posti. Pronte a partire?"".

"Facci strada". Sollevando il mento, Marina sistemò la sua espressione. Era una serata importante per Kai, e il vestito solo un vestito, dopo tutto. Forse l'aveva indossato perché portava fortuna, o per rassicurarsi. Marina poteva capirlo e non era il momento di discutere. Abbracciò rapidamente Kai per rassicurarla. "Il pubblico sta apprezzando lo spettacolo".

Ginger fece un cenno di approvazione. "L'abito ti sta benissimo, Kai. Ora, in bocca al lupo a tutti noi".

La direttrice di scena fece un cenno con la mano, perché si affrettassero. Con Kai in testa, si diressero verso le quinte. Dietro di sé, la direttrice dava altre indicazioni. "Comportatevi in modo naturale e sentitevi liberi di reagire al momento opportuno".

"Come facciamo a sapere quand'è?", chiese Heather.

Kai rise. "Lo capirai da sola".

Le luci si abbassarono e gli addetti li guidarono sul palco. Marina era in piedi dove le avevano indicato di stare, con Brooke e Heather accanto. Erano vestite da damigelle e Ginger era seduta di fronte a loro. Era una bella scenografia nuziale, tutti circondati da rose vere dello stesso colore. Il profumo era paradisiaco, ma Marina si stupì che non fossero fiori finti.

Cercando di rilassarsi, lanciò un'occhiata furtiva al pubblico, anche se era difficile vedere qualcosa, a parte le stelle che brillavano sopra di lei. Era un luogo così speciale quello che Kai e Axe avevano portato in vita lì, a Summer Beach.

Quando le luci si accesero, Ginger le fece l'occhiolino.

È divertente, ammise Marina a se stessa. Potevano sempre

contare su Kai per quanto riguardava brillantini e lustrini. Strinse il suo bouquet e rivolse la sua attenzione alla sorella.

Kai si trovava in scena, completamente calata nel suo personaggio, preoccupata che il suo amato non riuscisse ad arrivare in tempo al matrimonio. Dopo aver pronunciato alcune battute, Axe salì sul palco e la prese tra le braccia.

Marina era così presa dalla storia che quasi dimenticava di avere una parte da recitare, per quanto piccola.

La voce di Axe echeggiò nell'aria della sera. "Ma dov'è il prete? Dovrebbe essere già qui".

In quel momento, Padre Rip uscì da dietro le quinte. Era un uomo gigante e gentile, che tutti conoscevano come Riptide, il suo vecchio soprannome da surfista. In quei giorni, si occupava del suo gregge sulla spiaggia, ovvero quello dei giovani surfisti intenti a cavalcare le onde, che a volte si trovavano lontano da casa.

Brooke sussurrò: "È perfetto nel ruolo del pastore".

"Una scelta intelligente", rispose Marina con il suo sorriso da palcoscenico.

Con le treccine lunghe fino alle spalle e le infradito, Padre Rip allargò le braccia. La sua voce profonda, dal melodioso accento giamaicano, risuonò: "Carissimi, siamo qui riuniti stasera…".

Facendo una pausa, si girò verso il pubblico, rompendo l'immaginaria quarta parete del teatro. Strinse insieme le mani e aggiunse: "Per assistere al matrimonio di Kai Moore e Axe Woodson".

Un sussulto collettivo attraversò i presenti sul palco e tra il pubblico. Da un lato, Marina vide un fotografo che iniziava a scattare.

La bocca di Heather si spalancò per la sorpresa. "Che cosa sta facendo zia Kai?".

"Credo che sia appena diventato un vero matrimonio". Marina non sapeva se ridere o gridare. Ma Kai, la loro adorata, pazza sorella, era fatta così, quindi levò in alto il suo bouquet. "Brava!"

Kai le fece l'occhiolino e annuì. I suoi amici del teatro seguirono l'esempio di Marina, applaudendo a ruota libera. Heather, Ethan e Brooke fecero lo stesso. Tutti improvvisarono ciò che veniva loro in mente.

Il pubblico si lanciò in varie ondate di risate e acclamazioni.

Padre Rip si inchinò, per poi voltarsi verso Kai e Axe, che erano raggianti, sotto i riflettori. La musica si alzò e i due iniziarono a cantare un duetto di straordinaria bellezza, che a Marina ricordava *All I Ask of You*, dal *Fantasma dell'Opera*.

Il pubblico era ipnotizzato, e Marina altrettanto impressionata dal loro talento. Dopo poche battute, capì che quella canzone non parlava solo d'amore: Kai e Axe stavano cantando le loro promesse sacre l'uno all'altra.

A Marina si formò un nodo in gola e soffocò l'emozione, senza che fosse necessario recitare.

Kai e Axe avevano un'espressione di amore così pura, e Marina sapeva che non stavano più recitando. Mentre si guardavano, sembrava che i loro sentimenti più intimi si librassero dalle loro anime.

A Marina spuntarono lacrime di gioia e guardò Ginger, che si stava tamponando le guance con un fazzoletto che aveva estratto dalla tasca della giacca. Allungando la mano, Marina la strinse a sé.

"Questo è il loro momento più bello", sussurrò Ginger.

Da quello che Marina riuscì a vedere del pubblico, sembrava che fossero tutti stupefatti, aggrappati a ogni parola, a ogni nota, a ogni movimento sul palco. Alla fine della canzone, Axe fece scivolare una stretta fede di diamanti sul dito di Kai, e lei fece altrettanto con una d'oro.

Padre Rip alzò le mani. "E ora, con il potere conferitomi dal meraviglioso Stato della California, dalle onde che ci portano verso le rive di casa e dai cieli che ci sovrastano, vi dichiaro ufficialmente marito e moglie".

Kai e Axe si abbracciarono con un bacio, mentre sul palco e tra la folla scrosciarono gli applausi. Tutti saltarono in piedi, condividendo la gioia di quel momento.

Marina era lì con il resto della famiglia e degli amici. Tutti erano ugualmente sorpresi e ridevano per l'inatteso corso degli eventi.

Al centro del palco, Kai salutò e mandò baci alla folla. Prima di voltarsi, chiese: "A chi tocca, ora?". E poi, con un movimento rapido, gettò il bouquet alle sue spalle. Secondo la tradizione, chi lo avesse preso sarebbe stato il prossimo a sposarsi.

Il bouquet di rose e gigli spiccò il volo in un lungo arco. Marina era ansiosa di vedere chi lo avrebbe preso.

La voce di un bambino risuonò. "Prendilo, papà!"

Il mazzo di fiori volò proprio verso Jack, colpendolo al petto. In una frazione di secondo lo afferrò come un pallone da football, nella sorpresa generale. Ridendo, alzò il bouquet sopra la testa come un trofeo.

Tutti i presenti si misero a ridere, e Jack tolse una rosa bianca e la lanciò verso Marina sul palco, soffiandole un bacio. Jack si caricò Leo sulle spalle, e lui salutò Marina sbracciandosi.

"Hai visto? Tra poco ci sposiamo", le disse Leo.

Chi poteva resistere a un bambino così?

Nella gioia e nella magia di quel momento, circondata

dalla sua sorprendente e affettuosa famiglia e dai suoi amici, Marina guardò Jack e Leo con rinnovato amore. Sebbene la sua risolutezza si stesse affievolendo, lottò per mantenerla intatta. Eppure, in quel momento, sapeva che tra loro ci sarebbe sempre stato amore.

Lo spettacolo proseguì con l'intero cast impegnato nel coro finale. Alla fine, il pubblico scoppiò in un applauso. Insieme al resto del cast, Marina e la sua famiglia si inchinarono.

Infine, Kai e Axe tornarono sul palco tenendosi per mano, inchinandosi e baciandosi di nuovo per il pubblico entusiasta.

Ginger sorrise, mentre li guardava. "Tutto il mondo adora le persone innamorate".

Quando Kai e Axe scesero dal palco, i loro amici si congratularono con loro, e Ginger spalancò le braccia. "Semplicemente fantastico! Tutto il divertimento di un matrimonio, senza lo stress". Abbracciò entrambi.

"Ce n'è stato comunque parecchio", confidò Kai. "Immaginate di organizzare la prima dello spettacolo *e* il nostro matrimonio. Ma cosa ci è venuto in mente?".

Axe rise e abbracciò la sua sposa. "Il merito è tutto di Kai, la mia fantastica moglie".

"Non ce l'avrei fatta senza di te". Kai baciò di nuovo suo marito. "E non è una canzone magnifica, quella che ha scritto?".

"*Abbiamo* scritto", aggiunse Axe, sorridendole.

Continuarono a parlare, mentre le luci del palco si abbassavano, e il pubblico cominciava a disperdersi. Marina avrebbe dovuto riportare il furgoncino a casa, ma non era ancora giunto il momento.

Heather si voltò verso di lei, stupita. "Stento a credere

che zia Kai e Axe siano davvero sposati. E Jack ha preso il bouquet. Significa che tu sei la prossima, mamma?".

Marina rise. "L'ha preso Jack, non io. Dovresti chiederlo a lui".

Sarebbe stata una questione complicata per i suoi figli e, dopo aver considerato il modo in cui viveva Jack, forse era meglio così. Non si può cambiare un uomo. Tuttavia, il suo cuore sussultò, quando lo vide tra le quinte.

"Ed eccolo qui". Marina andò loro incontro.

Accanto a lui, Leo portava il bouquet, così grande da strisciare per terra. Jack sorrise, con gli occhi lucidi di felicità. "Immagino che ora la scelta spetti a me".

Marina rise, ma prima che potesse replicare, lui le sfiorò le labbra con un bacio che le fece vibrare l'anima. La morbidezza del suo tocco e il dolce profumo dei fiori che la circondava sciolsero un altro strato della sua esitazione.

"Hai già detto *sì*", mormorò Jack, avvolgendola tra le braccia. "A modo tuo, s'intende".

Marina si staccò e gli sorrise. "Ma chi potrebbe mai fare meglio di questo splendido matrimonio estivo?".

*A*nche se Jack era già vestito, prese l'enorme pila di scatole della pizza che aveva dimenticato di gettare via durante la settimana, e infilò tutto nel bidone della spazzatura. Era il minimo che potesse fare, nel caso in cui Marina fosse venuta lì dopo cena.

Era un'occasione importante. Dopo il matrimonio di Kai della settimana precedente, aveva prenotato di nuovo da *Beaches*.

Jack si voltò, scivolò su un po' di fango e per poco non finì a terra. Si aggrappò al bidone e sperò che non fosse qualcosa che Scout aveva lasciato dietro di sé. Trascinando la suola del suo mocassino italiano lucido su una striscia d'erba per pulirla, pensò alla serata che lo attendeva.

Dire che era nervoso sarebbe stato un eufemismo. Aveva molto da farsi perdonare e il suo futuro dipendeva dalla sua capacità di convincere Marina. Anche se erano ufficialmente fidanzati, aveva percepito chiaramente la sensazione che si stesse allontanando da lui.

Lo sapeva. Quel linguaggio, quei gesti... li conosceva

bene. Solo che di solito era lui a usarli.

"È abbastanza pulito", mormorò, controllando la scarpa. Sentiva solo il dolce profumo dell'erba e della terra. Aveva evitato il disastro, ma non aveva ancora molto tempo prima di andare al ristorante. Questa volta non poteva arrivare in ritardo. Per tutto il giorno aveva pensato a come avrebbe reagito Marina, sperando che vedesse tutto l'amore che provava per lei.

Dall'angolo più lontano del cortile, Scout alzò lo sguardo dal suo posto preferito per sonnecchiare.

Scout. Jack si ricordò di qualcosa. Aveva cibo e acqua? Doveva controllare.

Un'ora prima, i surfisti avevano finalmente lasciato lo studio sopra il garage. Jack aveva paura di andare a vedere in quale razza di condizioni lo avessero lasciato, ma non poteva preoccuparsene in quel momento.

Le pulizie dei suoi ospiti di passaggio gli lasciavano poco tempo per occuparsi di casa sua. Era stato imbarazzato dallo stato in cui si trovava quando era arrivata Marina, anche se il soggiorno non era messo poi così male. Era grato che lei non se ne fosse accorta.

Quella sera doveva rimettere in piedi il loro rapporto. Si diresse verso il soggiorno e prese la scatola degli anelli, ricoperta di velluto rosso sbiadito, per vedere bene la fede che era stata di sua nonna. Era l'unica cosa che non poteva dimenticare.

L'avrebbe sorpresa anche per quanto riguardava la casa.

Cercò l'interruttore, e accese la luce per vedere meglio l'anello, ma la lampadina scoppiò e si spense.

Fece un respiro per calmare i nervi. Prese la scatola e si precipitò in cucina. All'interno della scatola di velluto originale c'era una fede di platino con una doppia fila di diamanti. Né troppo piccoli, né troppo grandi.

Tirò fuori l'anello e lo tenne alla luce del lavello della cucina. Era bello, esattamente come lo ricordava. Il marito di sua sorella le aveva regalato una splendida fede nuziale e anche lei, di tanto in tanto, portava quella di sua madre. Era stata felice di inviarla a Jack.

Sperava che quella fede andasse bene a Marina, ma sarebbe stato anche possibile farla regolare.

Sempre che le fosse piaciuta.

Girando l'anello da una parte all'altra sotto la luce, pensò: *Dovrei dargli una pulita.* Una sciacquata veloce avrebbe richiesto solo un secondo e le avrebbe dato una bella lucentezza.

Aprì l'acqua.

Proprio in quel momento, Scout irruppe dalla porticina e si lanciò verso Jack. Quel cane volava veloce e basso, e la pista di atterraggio era molto breve.

"Ehi, bello", urlò Jack in segno di avvertimento, ma era troppo tardi. Scout sbandò e gli andò addosso, facendo sbattere Jack contro il profondo lavello in stile casalingo.

Come al rallentatore, l'anello catapultò fuori dalle sue dita al momento dell'impatto e rimbalzò nel lavandino. Jack si lanciò, cercando di afferrarlo, ma l'anello schizzò in alto e poi giù, dritto al centro dello scarico aperto, come un tiro che va perfettamente a canestro.

"No! No, no, no!". Jack affondò le dita nello scarico, maledicendosi per non averlo coperto con uno di quei coperchi di acciaio inossidabile che aveva intenzione di comprare. Ma era inutile. Rapidamente, chiuse l'acqua e sbatté i pugni sul piano di lavoro.

"Perché? Perché adesso?", urlò. Il suo livello di frustrazione salì alle stelle.

Piagnucolando, Scout zampettò sui pantaloni di Jack freschi di tintoria.

"Cosa?" Poi si ricordò. Le ciotole del cane erano vuote.

Jack strinse i denti. "Dopo questo scherzetto, aspetterai la cena a lungo".

Come se si stesse scusando, Scout abbassò la testa e piagnucolò, dando una zampata ai mocassini lucidi di Jack, graffiandoli.

"Smettila. Aspetta e basta. Avrai da mangiare non appena avrò preso quell'anello".

Jack aprì di scatto le ante del mobile sotto il lavandino, dove c'erano un barattolo di detersivo in polvere e un altro di salviette disinfettanti. Spingendoli da parte, lanciò un'occhiata ai tubi incriminati, chiedendosi se l'anello fosse rimasto incastrato nel sifone ricurvo o se l'acqua corrente lo avesse portato giù per lo scarico.

Tirò i tubi per cercare di allentarli, ma erano vecchi e bloccati, e non aveva gli strumenti giusti. Aveva fatto molti lavori idraulici alla fattoria quando era più giovane, quindi sapeva cosa occorreva. Una chiave inglese, tanto per cominciare. Forse poteva andare da un vicino e farsi prestare qualche attrezzo. Sempre che ne avessero.

Scout si lamentò di nuovo, dietro di lui.

"Ok, ma una cosa alla volta", scattò. Indietreggiando in quel piccolo spazio, Jack sbatté la testa contro il mobile. "Ahi", gridò, sbattendo le palpebre contro un lampo stellato che gli offuscò la vista. Si strofinò un bozzo che si stava rapidamente gonfiando.

Aveva quasi perso i sensi. Stordito, si sedette sul pavimento e aspettò che la sensazione di nausea passasse. L'orologio della cucina ticchettava forte, in quel silenzio.

Vedendo l'ora, trasalì. Era in ritardo. Si tastò le tasche e cercò il telefono per chiamare Marina, ma non lo trovò. Probabilmente l'aveva lasciato in camera da letto.

Scout si avvicinò a lui. Avvertendo la ferita, leccò il viso di Jack.

"So che hai buone intenzioni, ma non è il momento". Spingendosi in piedi, Jack barcollò verso il mobile dove teneva il cibo per cani. Afferrò il sacchetto e versò un mucchio di croccantini nella ciotola di Scout, poi riempì l'altra con l'acqua.

"Ecco, sei contento adesso?". Arruffò il pelo intorno al collo del cane. "Non volevo sgridarti".

Jack pensò a cosa poteva fare. Qualunque cosa fosse, doveva essere veloce. Si diresse verso la camera da letto e prese il telefono.

"Tieni d'occhio la casa per me, Scout", urlò mentre usciva di corsa dalla porta d'ingresso, assicurandosi di lasciarla aperta.

Ogni minuto contava. Mentre si affrettava verso la macchina, digitò il numero di Axe. "Per favore, rispondi". Per fortuna quella sera non c'era nulla in programma all'anfiteatro, ma non era contento di disturbarlo a quell'ora. Tuttavia, Jack non conosceva nessun altro in grado di sapere cosa fare.

"Pronto?"

"Grazie al cielo hai risposto. Sono Jack, e odio chiedertelo, ma avrei davvero bisogno di un favore. Farò in modo che ne valga la pena".

Rapidamente, spiegò il problema. "E avevo intenzione di dare l'anello a Marina stasera a cena. Cinque minuti fa, in realtà".

"Caspita, amico, hai fatto un bel casino".

"Lo so. Puoi darmi una mano?"

"Visto che sei quasi di famiglia, arrivo subito"

Jack lo ringraziò, mentre girava la chiave nel quadro del suo vecchio furgone Volkswagen. "E... Axe? C'è un altro favore che devo chiederti".

A parte l'occasione in cui Jack aveva trascinato Scout fuori da *Beaches*, non era mai stato a quel ristorante e non l'aveva mai visto bene. Jack si precipitò all'interno e salutò il maître, che spesso si recava al locale di Marina.

"Ciao, Russell. Marina è già qui?".

Il maître lo guardò con un certo disgusto per il suo ritardo. Jack ripensò alla sera in cui aveva dato buca a Marina e si sentì subito di nuovo un pidocchio. Stava creando scompiglio nella sua lista delle prenotazioni.

"Sei in ritardo. Ma almeno sei qui. Marina sta aspettando a un tavolo nel patio, ma tu...". Si stropicciò il naso. "Puzzi di cane".

Jack si annusò la mano. "Oh, scusami. Ho dovuto dare da mangiare a Scout".

"Ancora lui?" Russell scosse la testa e fece un gesto verso un corridoio. "Il bagno degli uomini è da quella parte".

"Grazie".

"E... Jack?"

"Sì?"

"Buona fortuna per stasera".

"Credo che ne avrò bisogno. Grazie per averci trovato un posto". Jack schioccò le dita. "Se un tizio robusto viene a cercarmi, puoi farmelo sapere?".

"Senz'altro, puoi contarci", rispose Russell, lisciandosi una mano sui capelli perfettamente pettinati.

Dopo essersi lavato via quel terribile odore di cane, pizza e tubi arrugginiti, Jack si infilò la camicia e si raddrizzò il colletto prima di dirigersi verso Marina. Con così poco preavviso, Russell non era riuscito ad dargli il tavolo migliore, ma gliene aveva promesso uno altrettanto bello nel piccolo patio ornato di bouganville che si affacciava sulla spiaggia.

Sebbene Jack fosse stato in molti locali di alto livello in tutto il mondo, quello era il più raffinato di Summer Beach. Le ampie vetrate offrivano una vista spettacolare sull'oceano e un pianista suonava su un pianoforte nero a coda. Ovunque guardasse, le persone erano vestite per le loro occasioni speciali.

Jack entrò nell'intimo giardino della sala da pranzo principale. L'atmosfera romantica era perfetta.

Anche Marina lo era. Si fermò, fissando il suo profilo. Indossava un elegante prendisole nero che lui non aveva mai visto e un filo di perle dei mari del Sud che brillavano della stessa luminosità della sua pelle. All'improvviso, senza averlo visto, si alzò e prese la borsa.

Se ne stava andando.

Il cuore di Jack quasi si fermò. Si precipitò al suo fianco. "Marina, ti prego, siediti. Mi dispiace di essere in ritardo".

Lei si girò verso di lui. "Non sono sicura del motivo per cui io sia ancora qui, a parte il fatto che tu ti senti in debito con me per quella cena. Lascia che ti renda le cose più facili". Si diresse verso la porta.

Jack le toccò il braccio. "Non possiamo parlare? Ti devo molte spiegazioni". Tirò fuori una sedia per lei. Dopo aver esitato, Marina si sedette di nuovo, anche se con una certa riluttanza. Lui prese posto accanto a lei, da dove poteva osservare l'ingresso.

Le candele risplendevano su ogni tavolo, e le luci scintillanti fiancheggiavano le pareti ad arco del giardino in pietra. Al di là, il sole che stava tramontando irradiava nel cielo una serie di stelle filanti color corallo. Sperava che quell'atmosfera potesse aiutare la sua causa.

"È un posto bellissimo", esordì.

Lei strinse le labbra. "È tutto ciò che hai intenzione di dire?".

Che cosa da sfigati, ammise, passandosi una mano sui capelli. "La mia vita è… complicata".

"È sempre così, Jack. Spero che Leo stia bene".

"Sta bene. Il mio ritardo di stasera non ha niente a che fare con lui. È solo colpa delle mie scelte sbagliate".

Marina lo studiò, pensierosa. "Ultimamente ne hai combinate parecchie. Che cosa ti succede?".

Non aveva idea da dove cominciare. Proprio in quel momento gli squillò il telefono in tasca. Lo tirò fuori, armeggiando con la suoneria. Era Axe.

Marina lanciò un'occhiata all'apparecchio. "Non mi dirai che hai intenzione di rispondere, vero? A meno che non si tratti di Leo, cosa potrebbe mai essere più importante in questo preciso istante?".

Jack lo silenziò. Tanto, Axe avrebbe comunque trovato l'anello o meno, e rispondere alla sua chiamata non avrebbe fatto alcuna differenza. "Possiamo riprendere da dove ci eravamo lasciati al Seashell? Sembravi così felice per Kai e Axe".

Ci vollero alcuni istanti, ma alla fine Marina sorrise. "È stata una serata meravigliosa per loro e per tutti noi. Bisogna riconoscere a Kai il merito di aver organizzato un matrimonio straordinario".

Jack voleva dire qualcosa sul loro, e su come avrebbe potuto essere altrettanto speciale, ma pensò che prima era il caso di sondare il terreno. Marina era diventata evasiva e, a parte la sua apparente propensione per i passi falsi al momento meno opportuno, non era sicuro del motivo per cui lei avesse cambiato idea. Sembrava che più lui si avvicinava, più lei si allontanava.

O era solo la sua immaginazione?

In ogni caso, ora stava sorridendo. Lanciò un'occhiata verso l'ingresso, chiedendosi quanto Axe ci potesse mettere a liberare un tubo. Forse avrebbe dovuto spiegare cosa era successo quella sera.

Ma prima che ebbe modo di dire qualcosa, un cameriere si avvicinò al loro tavolo e illustrò le specialità.

"Sembrano deliziose", disse Jack. "Ci può dare qualche minuto?".

"Naturalmente". Il cameriere versò due bicchieri di champagne, omaggio dello chef, e se ne andò ad un altro tavolo.

Tuttavia, né Jack né Marina toccarono i bicchieri.

Jack mantenne piacevolmente la conversazione su Kai e Axe il più a lungo possibile, finché Marina non cambiò argomento.

"Jack, dobbiamo parlare".

"Lo so". Guardò di nuovo verso l'ingresso.

Marina se ne accorse. "Aspetti qualcuno?"

"Non lo so". Axe non sarebbe già dovuto arrivare, se avesse trovato l'anello? "Volevo dire, no. Certo che no".

Jack era così imbarazzato per la sua gaffe. Marina non ci avrebbe creduto comunque. Dire *ho fatto cadere il tuo anello nel lavandino* era molto simile a *il cane mi ha mangiato i compiti*. Le prese la mano e la accarezzò.

Lei gli lanciò una strana occhiata e scosse la testa. "Volevo sapere qualcosa riguardo il nostro ultimo appuntamento qui – e uso questo termine in senso lato perché è stato solo un mezzo appuntamento – il mio". Strinse gli occhi. "Avevi davvero intenzione di chiedermi la mano quella sera?".

Le sue parole furono un pugno nello stomaco. "Sì. E ammetto di essere stato un idiota. Un imbecille totale. Uno sbadato, maleducato e sconsiderato idiota".

Lei incrociò le braccia. "Idiota lo hai già detto".

"Bè, volevo che fosse chiaro, no?".

Jack si spostò per vedere meglio la porta. Se solo Axe fosse entrato con il premio, quel talismano che avrebbe ritrasformato Jack in un eroe agli occhi di Marina, senza che se lo meritasse.

Toccandole la spalla, continuò, desideroso di riconquistare la sua fiducia. "Se non fosse stato per la proposta di Leo, forse ora non saremmo qui".

Marina si concesse un piccolo sorriso. "A proposito… Leo è un piccolo tesoro e la sua proposta mi ha davvero commosso, ma non voglio che tu ti senta obbligato".

"Obbligato?". Si mise una mano sul petto. "Mi vengono in mente un'infinità di parole che potrei usare al posto – onorato, privilegiato, grato, stupito, entusiasta – ma obbligato non è una di queste".

"Sei proprio un dizionario ambulante, eh?".

Afferrando la sua mano, la baciò e se la portò al cuore. "Non ho mai chiesto a una donna di sposarmi. Non ho mai detto a una donna che l'amavo. Perché non ho mai provato vero amore per una donna fino a quando non ho incontrato te. Ed è per questo che sono così imbranato".

Al tavolo accanto, un'elegante signora dai capelli grigi sorrise alle parole di Jack e prese la mano del marito.

Perlomeno, era riuscito a scaldare il cuore di qualcuno.

Abbassando lo sguardo, Marina fissò la candela tremolante sul tavolo. Sembrava che anche lei fosse alle prese con i suoi sentimenti per lui.

Jack sentiva l'amore che provava, ma qualcosa la tratteneva. Guardò di nuovo verso la porta. Ancora un attimo, pensò, desiderando che Axe facesse irruzione.

Eppure, non avrebbe dovuto metterci così tanto. Non con gli strumenti adatti.

Jack si rese conto che non sarebbe venuto, e il suo spirito si affievolì. L'anello poteva essere anche andato perso, ma Marina era lì con lui, in quel momento. E non poteva perderla.

Disperato, Jack iniziò la sua arringa. "Questa è la parte del mio discorso in cui dovrei mettere la mano in tasca, e...".

"Non farlo", gridò Marina, alzando le mani.

Jack si accigliò. "Non potrei nemmeno se volessi. Ma non è questo che desideri?".

"Aspetta, cosa vuol dire che *non puoi*? Ho visto una scatola di anelli d'epoca, a casa tua".

L'aveva vista, quindi. Jack si premette una mano sulla fronte. "Faccio molti pasticci, come ben sai. Non so cucinare, tranne fare il barbecue. Sono una specie di sciattone...".

"Una specie?"

"Posso lavorarci su. Ma sono anche un imbranato. Specialmente con le dita". Le agitò. Ora stava divagando.

Marina strinse gli occhi. "Non ti seguo".

Con un profondo sospiro, si passò una mano tra i capelli. "Devo confessarti una cosa. Ho, o probabilmente avevo, un anello davvero speciale per te. Significa molto per me, era di mia nonna, e speravo che fosse così anche per te. Ma stasera, proprio prima di uscire, l'ho fatto cadere".

"Hai fatto… cosa?"

"L'ho fatto cadere". Agitò le mani davanti a sé in una pantomima imbarazzante.

"Cosa significa esattamente?"

Abbassò la voce per la vergogna. "Mi è caduto nel lavandino della cucina".

La donna al tavolo accanto lo guardò con compassione.

"Oh… ". Marina abbassò lo sguardo, studiandosi le mani. "Senti, Jack. Stavo pensando… non dobbiamo sposarci per forza. Non subito. O in qualsiasi momento, in realtà. Non ti voglio vincolare alla proposta fatta da tuo figlio".

Jack sentì il cuore implodere. "Stasera non si tratta dell'anello. Bè, sì, c'entrava anche quello, ma ne troverò un altro, come lo preferisci. Diciamo che questa serata riguarda noi e la nostra vita insieme".

Marina tacque. Jack non sapeva cos'altro dire. Stava implorando per il loro futuro, per la vita che sapeva erano destinati ad avere insieme. Come poteva riconquistarla?

E poi, realizzò. Non era un premio da rivendicare. Tra tutte le donne che aveva conosciuto, Marina era diversa. Non aveva bisogno di lui, e la rispettava per questo. Amava la sua indipendenza, la sua volontà, la sua determinazione. E il modo in cui lei lo guardava, piena di ammirazione per i suoi successi: per essersi preso cura di Leo, per aver portato alla ribalta le storie di Ginger.

Lo avrebbe mai più guardato in quel modo?

Lentamente, Marina scosse la testa.

Jack si allontanò dal tavolo. "Hai ragione. Per quanto ti ami, capisco che non ti merito".

17

*N*el soggiorno del Coral Cottage, Marina raccolse una bella foto incorniciata dei suoi genitori e si rivolse a Kai. "È stato molto gentile da parte di Ginger cercare le sue fotografie per la vostra nuova casa".

Kai ne scelse un'altra. "Posso farne delle copie per te e Brooke".

"Brooke ne ha già molte, di foto di famiglia".

"Bene, allora per la *tua* nuova casa, sciocca". Il viso di Kai era rubizzo per l'ottimismo di una nuova vita davanti a sé.

"Ho ancora alcune foto negli scatoloni della mia casa a San Francisco. E poi... una tutta mia non è nei piani al momento". *Se mai ci sarà*, pensò Marina.

"Potresti prendere un posticino carino qui vicino. Sicuramente ce la farai, con il nuovo food truck".

La vivacità di Kai così presto al mattino la stava stancando. Sua sorella era un sole radioso. Indossava un nuovo vestito di cotone tempestato di margherite che Axe le aveva comprato, e parlava dei loro progetti di trasformare la casa di lui in una dimora per loro.

Eppure, Marina non poteva rimproverarla. Era davvero felice per lei. Il problema era che non riusciva a smettere di pensare a cosa sarebbe potuto accadere con Jack.

Ora che sua sorella stava per andarsene, la casa era stranamente silenziosa e Marina si chiedeva se era il caso di lasciare Ginger da sola. Soprattutto con il progetto di Heather di partire per il suo tirocinio, in autunno. Sua figlia aveva finalmente ricevuto la conferma e si era confidata con lei. Avrebbe fatto uno stage in un'importante azienda di San Francisco. Si trattava di un programma speciale di studio-lavoro ed era stata fortunata ad essere stata accettata. Le aveva praticamente assicurato un posto di lavoro a lungo termine, dopo la laurea dell'anno prossimo.

Kai si guardò intorno. "Mi servono altre borse per queste foto. Torno subito". Si allontanò, canticchiando la canzone del suo matrimonio.

Marina tolse la polvere da un'altra immagine dei suoi genitori. Non era formale, ma scattata in spiaggia. Suo padre teneva in braccio sua madre, e ridevano.

È così che Marina li aveva sempre ricordati. Un buon matrimonio. Anime gemelle, si potrebbe dire.

Poteva dire lo stesso di Jack? Non gli aveva parlato da quando l'aveva lasciata da *Beaches* la settimana prima, e più di una volta si era chiesta se avesse fatto bene. Peggio ancora, Summer Beach era una piccola città. Anche se lei lo evitava accuratamente, lui sembrava essere ovunque.

Era da *Laundry Basket* quando lei era andata a ritirare i suoi vestiti, compreso l'abito che aveva indossato da *Beaches*.

Era al Seabreeze Inn quando c'era la riunione del club del libro di Marina.

Era a Java Beach quando lei si era fermata a prendere un caffè.

Nell'ultima settimana, Jack era stato ovunque, tranne che nel suo locale.

Si era sorpresa ad alzare lo sguardo dal suo lavoro in cucina quando aveva sentito quelli che pensava fossero i suoi passi o la dolce voce di Leo, ma quando si voltava, il tavolo che teneva sempre riservato per loro era vuoto. Non riusciva a togliere quel cartello.

Anche Heather non aveva osato toccarlo.

Pensò a quanto doveva essere ferito Leo. Ogni volta che Jack la vedeva, allontanava il ragazzo. Leo sembrava confuso.

Premendosi le dita sulla tempia, si chiese come una relazione che un tempo le era sembrata così giusta fosse andata così male. In cuor suo, aveva voluto fidarsi di Jack, ma tutti i segnali sembravano condurre verso una vita di delusioni, con quell'uomo-bambino impetuoso e irresponsabile.

Il suo stile di vita era un disastro, nonostante quello che diceva. Lo aveva visto. Si trattava di un uomo che si era guadagnato da vivere con le parole: non si sarebbe lasciata influenzare dalle sue vuote promesse.

Allora perché il suo cuore si stava spezzando?

"Sono tornata", disse Kai, brandendo una borsa della spesa riutilizzabile. "Per oggi, basta. Il baule è pieno e devo lasciare spazio per quei bei cuscini che ho visto in un negozio del villaggio. Saranno perfetti per il nuovo divano che abbiamo ordinato. Devo tornare a prenderli appena aprono. Penso che comprerò anche dei fiori da piantare lungo il vialetto d'ingresso. Che ne dici di alcune margherite?".

"Sono in tinta con il tuo vestito".

"Oh, giusto. Che divertente!" Gli occhi di Kai brilla-rono di felicità. "Non vedo l'ora che tu veda la casa. Io e Axe abbiamo sistemato la casa, e abbiamo intenzione di iniziare subito a dipingerla".

"Sono felice per te". Marina la abbracciò. Lo pensava davvero, ma vedere la sorella più giovane mettere su una casa tutta sua faceva riflettere.

"E ti ho detto le ultime novità sui nostri piani per la luna di miele?". Senza aspettare una risposta, Kai continuò. "Ho sempre desiderato vedere Londra a Natale, con tutte le decorazioni a Covent Garden e in giro per la città. Ci sono così tante produzioni teatrali nel West End che ci piace-rebbe vedere".

"Non volete passare il Natale qui? Che ne dite di uno spettacolo natalizio?".

"I piani possono anche cambiare". Kai pulì le foto incorniciate mentre parlava. "Potremmo affittare il teatro a una compagnia itinerante che metta in scena uno spetta-colo natalizio. Abbiamo promesso di andare a trovare la famiglia di Axe, quindi ora dovremo alternare le vacanze. O, forse, verranno loro a Summer Beach, per prendersi una pausa dal clima invernale. Questo mi ricorda che devo siste-mare la camera degli ospiti". Si mise a ridere. "Non pensavo che mi sarei divertita così tanto a decorare. E per la nostra prossima casa, Axe dice che può costruire quella dei nostri sogni. Perché presto avremo bisogno di più spazio".

"Intendi la stanza di un bambino?"

Kai arrossì. "Dovrò scegliere una valida sostituta".

"Stai già pensando di mettere su famiglia?"

"Non sto ringiovanendo, e vogliamo davvero una famiglia di piccoli teatranti. Non sarà divertente?".

"Forse puoi prenderli in prestito, prima di impegnarti". Marina faceva fatica a vedere Kai nei panni di madre. "Vediamo se ti piacerà essere madre 24 ore su 24, 7 giorni su 7".

Kai le lanciò uno sguardo sorpreso. "Che fine ha fatto il tuo senso dell'umorismo?".

"È a posto", rispose bruscamente. "Sono solo impegnata con il locale".

"No, c'è di più". Puntò il dito verso Marina. "C'è qualcosa che non va in te. Si tratta di Jack, non è vero?".

Sua sorella se n'era finalmente accorta, ma ciò non significava che Marina volesse parlarne. "Perché devi sempre pensare che il problema sia Jack?"

"Perché di solito è così. Oppure sei tu, ma preferisci pensare che sia lui".

Marina le rivolse un'occhiata corrucciata. "Non ha alcun senso".

"Certo che sì. Pensaci". Kai allargò le mani, come per spiegarsi. "Tu proietti le tue paure su di lui. Hai paura di essere ferita. Così, lo incolpi. Semplice, no?".

"Troppo semplice". Marina si passò una mano sul viso. Kai le dava sui nervi con la sua pseudoscienza. E aveva bisogno di una seconda tazza di caffè. Quella mattina, sua sorella era entrata in casa come Tigro di *Winnie Pooh*. E Marina si sentiva come Winnie.

Letteralmente.

Kai la guardò con un'espressione carica di compassione. "Alla tua età, meriti di essere felice".

"Alla *mia* età?". Marina emise un suono strozzato. "E tu pensi che Jack possa esserne in grado?"

"Vediamo." Kai si mise una mano sul fianco. "Sappiamo che non avere Jack ti rende infelice, quindi… sì, dovresti rivederlo. Il caso è chiuso".

Marina infilò le foto nella borsa. "Ne ho abbastanza di questa conversazione troppo semplicistica".

"Era solo per dire: non pensarci troppo, tesoro".

"Ma quando ci sono dei segnali d'allarme…".

"Oh, andiamo, Marina. Segnali deboli, al massimo. È disordinato? Assumete una domestica. Dividetevi i lavori di casa. Non si sa organizzare? Procuragli un calendario da parete o un'applicazione per il telefono. Quanto può essere difficile?".

"Parla quella che è sposata da cinque minuti".

"Non sei stata sposata con quel sant'uomo di Stan per molto di più".

Marina spalancò la bocca per lo stupore, poi la richiuse. Quel vecchio, familiare dolore tornò a galla. Come aveva osato Kai punzecchiarla proprio lì?

Intuendo il suo errore, Kai posò una mano sulla spalla di Marina. "Mi dispiace molto. Non avrei dovuto dire così. So quanto Stan fosse importante per te, ed era un uomo meraviglioso. Ma, tesoro, non siete stati sposati a lungo, e sono passati più di vent'anni. Non avrebbe voluto vederti sola per sempre".

"Kai, basta così…".

"Perché non dare una possibilità a Jack?", supplicò la sorella, incalzando nel discorso. "Ti voglio bene, e non voglio che tu perda un uomo che ti ama davvero per ciò che sei. Più si invecchia, più sono difficili da trovare. Dovrei saperlo. E tu sei molto più avanti di me".

"Scusa, ma hai davvero detto *più avanti*?". Il discorso poteva chiudersi lì.

Marina scostò la mano di Kai e le rinfacciò ciò che aveva appena detto. "Smettila di essere così presuntuosa. Solo perché ora sei sposata, pensi di avere tutte le risposte. Vattene e basta. Ora".

"Ho pensato che avessi bisogno di un discorso franco, tutto qui. Se tu non l'avessi fatto con me, forse sarei sposata con Dmitri. O sarei lì a chiedere il divorzio". Con un sospiro, Kai prese la borsa e se ne andò.

Marina si voltò, e quando lo fece vide Ginger in piedi nel corridoio. Stava guardando delle altre foto in biblioteca, quindi doveva aver sentito tutto. Marina alzò una mano. "Non sono in vena di lezioni".

Ginger sembrava stanca. "Nemmeno io, ma è utile sentire dire le cose ad alta voce".

Immediatamente lo stomaco di Marina si strinse. Alcune delle parole di Kai avevano senso. Si morse il labbro. Stava forse imponendo a Jack degli standard troppo elevati?

Forse.

Ma poteva accontentarsi di qualcosa meno della perfezione?

Sbattendo le palpebre, Ginger si appoggiò al muro e si portò una mano tremolante alla fronte. "Mi sento un po' calda. Mi porteresti un bicchiere d'acqua?".

La voce di Ginger non aveva la solita forza. Allarmata, Marina si precipitò verso di lei e la guidò verso la sedia più vicina. "Ti senti bene?".

La nonna scosse la testa. "No… affatto".

Marina corse in cucina, aprì il rubinetto e mise un bicchiere sotto l'acqua corrente. Quando si riempì, aprì di scatto la porta. Kai stava uscendo dal vialetto. "Kai!" urlò. "Si tratta di Ginger. Torna indietro!".

Ma Kai non si fermò. I finestrini erano su, e probabilmente stava ascoltando qualche canzone a tutto volume. Marina afferrò il bicchiere. Con l'acqua che colava dai bordi, tornò da Ginger e si inginocchiò accanto a lei. "Riesci a bere?"

Ginger lo portò alle labbra e ne bevve un piccolissimo sorso. "Potrei aver bisogno di un po' di aiuto per raggiungere il divano. Forse se mi sdraio, mi passerà".

Marina la aiutò ad alzarsi, ma non appena Ginger fece un passo, inciampò e crollò. Presa dal panico, Marina la cullò tra le braccia. Ginger aveva bisogno di aiuto; il suo viso stava perdendo il suo solito colorito sano.

Dov'era il suo telefono?

Quasi all'istante, Jack irruppe in casa e si inginocchiò accanto a lei. Indossava dei pantaloncini da corsa e il suo viso era imperlato di sudore. "Che cosa è successo?"

"È collassata". Il cuore di Marina batteva forte. "Non so se sta avendo un ictus o un infarto".

"Bisogna chiamare aiuto. *Ora*". Senza un attimo di esitazione, Jack sollevò Ginger tra le braccia e la portò sul divano, mettendola su un fianco e controllando come stava.

Con dita tremanti, Marina compose il numero di emergenza e comunicò il loro indirizzo. Lacrime di panico le salirono agli occhi.

I minuti successivi furono confusi. Mentre Marina era al telefono, Jack si occupò di Ginger, controllandole il polso e la respirazione. Ricordò che aveva seguito un corso di rianimazione cardiopolmonare. In quella che sembrò un'eternità e, allo stesso tempo, una frazione di secondo, il personale di emergenza accorse e prese il controllo della situazione.

Marina strinse la mano di Ginger, che ora sembrava

così fredda e piccola nella sua. Mormorando una preghiera, cercò di non risultare d'impiccio, senza però lasciarla.

"Mi dispiace, signora, ma abbiamo bisogno di spazio per occuparci di sua nonna", le disse uno dei soccorritori. Le fecero una serie di domande a cui Marina cercò di rispondere.

E poi: "Cosa è successo prima che perdesse conoscenza?".

Con le labbra secche, rispose: "Io e mia sorella stavamo discutendo".

Nessuno disse nulla, e Marina desiderò con tutta se stessa di poter fare cambio con Ginger. Sentendosi persa, si rivolse a Jack. La paura la avvolse come una coltre di tenebre. Appoggiò la testa sulla sua spalla e lui le strinse le braccia intorno.

"È una donna forte", sussurrò.

Con la gola chiusa, Marina poté solo annuire. Era colpa sua. Le venne voglia di rimangiarsi tutto quanto aveva detto a Kai e che aveva fatto arrabbiare Ginger. Vedere lei e le sue sorelle litigare aveva sempre turbato la nonna. Se solo lei e Kai non lo avessero fatto. Ma non era stata Kai a cominciare.

È colpa mia.

Le ginocchia di Marina si piegarono di fronte a quella dolorosa consapevolezza, e la stanza iniziò a girare vorticosamente, fuori controllo.

Tuttavia, Jack la sorresse.

In pochi minuti, Ginger giaceva su una barella che venne caricata sull'ambulanza. Sbattendo le palpebre, Marina strinse di nuovo le mani della nonna. "Ti voglio bene. Ti voglio tanto bene e mi dispiace davvero tanto di aver iniziato quella discussione con Kai. Ti prego, perdonami e sii forte per noi. Resterò con te, te lo prometto".

Attraverso la nebbia di emozioni che le affollava la mente, Marina riuscì a malapena a elaborare ciò che accadde dopo. In qualche modo, Jack la portò in ospedale. In qualche altro modo, Kai e Axe accorsero al suo fianco. E qualcuno le disse che Brooke, Heather ed Ethan stavano arrivando.

In una gelida sala d'attesa, impregnata dell'acre odore di disinfettante, Marina aspettava, insensibile a quasi tutto ciò che la circondava, tranne che alle braccia protettive di Jack, che la tenevano teneramente a sé.

Non poteva affrontare la perdita della nonna senza di lui.

18

*N*el tardo pomeriggio, Marina lisciò i capelli di Ginger sulla fronte. Per fortuna, la nonna era completamente sveglia nel suo letto d'ospedale e il suo viso era tornato luminoso. "Sono così sollevata", disse Marina con dolcezza. "Sembra che tu stia meglio".

Ginger le sorrise. "Sto meglio. Ma non capisco perché vogliano tenermi in osservazione".

"Dovresti esserne felice", disse Kai, sorridendo a forza. Si sedette sull'altro lato del letto d'ospedale, come aveva fatto nell'ultima ora. "Tengono qui solo le persone di loro gradimento". Si avvicinò e strinse la mano di Marina.

Ginger appoggiò la mano sulla loro. "Siete di nuovo sorelle?"

"Per sempre", disse Marina, con gli occhi lucidi. "Mi perdoni?"

Gli occhi di Ginger sembravano accendersi di nuova forza. "Naturalmente".

Quando Ginger sorrise loro, fu come se le crepe nel cuore di Marina si stessero riparando. Chinò il capo e si asciugò le lacrime di sollievo dagli occhi. Mentre lo faceva, notò che Kai stava facendo lo stesso.

L'intera famiglia Delavie-Moore si era riunita in quella piccola stanza per fare compagnia a Ginger e attendere i risultati degli esami. Il medico aveva assicurato a Marina che sua nonna sembrava sana; i controlli dovevano semplicemente escludere altre patologie.

Finora erano risultati tutti normali. Marina alzò lo sguardo verso Brooke e la sua famiglia, anch'esse sedute con Ginger. Heather ed Ethan erano in piedi con Jack sulla porta.

Gli occhi di Ginger si illuminarono, quando li vide. "Dì ai gemelli di venire qui".

Jack sussurrò qualcosa a Heather ed Ethan, che si avvicinarono al letto. "Ecco, prendi il mio posto", disse Marina alla figlia.

Ethan si appollaiò sul lato del letto e i due iniziarono a parlare con Ginger.

Mentre lo facevano, Marina si allontanò. Non c'erano molti posti in piedi, se non vicino a Jack. Si sistemò accanto a lui, grata per essere rimasto con lei. Infilò la mano nella sua.

Nel giro di poche ore di tensione, il loro rapporto sembrava essersi resettato.

"È un tale sollievo vederla in forma", disse Jack, stringendole la mano. Indossava ancora i suoi vestiti da corsa.

"Se non fossi uscito a correre sulla spiaggia, non so cosa avrei fatto".

"Non ho dubbi che saresti riuscita a gestire la situazione. Ma sono felice di averti aiutato".

Marina gli sorrise con ritrovata ammirazione. Jack era stato presente per lei e, soprattutto, per Ginger. Aveva lasciato tutto per occuparsi di loro e aveva chiamato tutta la sua famiglia. Quando si erano incontrati in ospedale, aveva portato da mangiare per tutti e fatto divertire i bambini più piccoli. Nonostante la situazione, si era assicurato che Leo potesse stare con la sua amica Samantha e i suoi genitori, in modo da poter rimanere in ospedale.

Arrivò la dottoressa, che sorrise. "Sembra che sia giunto il momento di lasciare questo albergo di lusso, signora Delavie".

Ginger era raggiante. "Non posso dire di essermi goduta appieno il soggiorno, ma lei e il suo team siete stati dei padroni di casa impeccabili. Grazie per tutto quello che avete fatto".

Mentre la dottoressa se ne andava, Marina la seguì nel corridoio per parlarle. "C'è qualcos'altro che dovremmo sapere?"

"Sua nonna sembra sapersi prendere cura di sé. Comunque, tenetela d'occhio e assicuratevi che sia proattiva nel suo regime di salute, alimentazione ed esercizio fisico".

"Posso assicurarle che lo è", disse Marina. "Prende anche un assortimento di erbe e pozioni che ha scoperto nei suoi viaggi intorno al mondo per mantenere forte il suo sistema immunitario".

Il medico annuì. "Me ne ha parlato e l'ho annotato nella sua cartella clinica. Vorrei che anche altri pazienti avessero la sua resistenza e la sua arguzia".

Marina doveva fare quella domanda. "Pensa che sia stato lo stress a causare questo episodio?". Avevano escluso quasi tutto. Per fortuna non si era trattato di un ictus o di un attacco cardiaco, ma aveva comunque perso conoscenza.

Il medico spiegò: "Lo stress ha certamente un effetto negativo sul nostro sistema. Cerchi di non turbarla eccessivamente. Sembra una donna così gentile".

La dottoressa si congedò e Marina fu sollevata dal fatto che non si fosse trattato di qualcosa di più grave.

Kai entrò nel corridoio per raggiungerli. "Mi dispiace molto per quelle cose che ho detto". Fece un cenno con la mano verso la stanza di Ginger. "È stata colpa mia se l'ho fatta arrabbiare".

"Non è stata solo colpa tua. O mia". Quando Marina abbracciò Kai, tutto le fu chiaro. "Si è mischiato tutto insieme, una tempesta perfetta. Stamattina Ginger mi ha detto che non aveva dormito bene e non aveva mangiato nulla a colazione. Rivedere le foto della mamma doveva averle fatto effetto, anche se ha accettato la morte di sua figlia con una grazia che non potrò mai comprendere".

"Si è presa cura di noi", disse Kai. "Me lo ricordo".

"Anch'io". Marina deglutì. "Ma il trauma di quell'incidente rimane. E poi, quando stamattina abbiamo iniziato a discutere, lo stress accumulato deve aver preso il sopravvento. Il suo corpo si è semplicemente spento".

Kai strinse le mani di Marina. "Grazie per avermi fatto vedere le cose da questo punto di vista. Comunque, siamo sorelle. Dovremmo comportarci meglio. E prometto che sarà così". Lanciò uno sguardo a Jack. "Apprezzo tutto quello che hai fatto per nostra nonna".

"Ci mancherebbe". Annuì con modestia.

Dopo che Kai li ebbe lasciati, Marina si rivolse a lui. "Devi essere preoccupato per Leo".

"Sta bene con Denise e John, ma gli farò sapere che anche Ginger sta bene. Le è terribilmente affezionato".

"Chi non lo è? Il mio obiettivo è essere come lei un giorno".

"Hai i suoi geni, che sono di qualità superiore, questo è certo". Jack le sistemò una ciocca di capelli dietro l'orecchio e le baciò la guancia. "Ti inviterei di nuovo da *Beaches*, ma credo che quel posto ci porti sfortuna. Se Ginger si sente meglio, ti piacerebbe venire a casa mia questa settimana? Sto pulendo e facendo vari cambiamenti. Mi piacerebbe molto che tu la vedessi. E ti prometto un pasto commestibile".

"Mi piacerebbe", disse dolcemente.

Il giorno successivo, dopo aver dormito fino a tardi e mangiato bene, Ginger si muoveva con la solita energia. E quando arrivò la fine della settimana, con la maggior parte dei turisti della domenica che se ne erano andati, Marina chiuse il caffè in anticipo. Non vedeva l'ora di passare la serata con Jack.

Anche dopo averlo visto in ospedale, non si era più fermato al suo locale con Leo. Ma aveva chiamato ogni giorno per sapere come stava Ginger.

Per prepararsi alla cena di quella sera con Jack a casa sua, si fece la doccia e curò molto la sua nuova acconciatura, anche se non voleva dare l'impressione di sforzarsi troppo. Indossò un paio di jeans bianchi e un top turchese svolazzante con degli orecchini in tinta. Tuttavia, non riuscì a resistere ai tacchi a spillo che aveva comprato per il loro appuntamento da *Beaches*.

Allontanandosi dallo specchio della sua stanza, decise che il suo look era abbastanza gradevole. Non sciatto, né troppo elegante, ma giusto.

Stranamente, non era così nervosa. Eppure, quando

girò i tacchi, per poco non cadde. Si aggrappò alla cassettiera.

Bè, forse lo era, ma solo un po'. Inspirò e sorrise alla sua immagine riflessa prima di scendere al piano di sotto.

Heather e Ginger stavano giocando a domino nello studio. "Wow. Come sei sexy, mamma".

"Mi sa che stai per uscire", disse Ginger.

"Troppo vistoso?"

"No, adoro quelle scarpe", rispose Heather. "Posso prenderle in prestito, qualche volta?".

Se anche sua figlia voleva indossarle, forse erano d'aspetto troppo giovanile e alte per lei. "Hai ragione. È tutto troppo vistoso". Si voltò per tornare al piano di sopra.

"Aspetta". Ginger batté un dito sul tavolo. "Si è giovani solo una volta. Vai a divertirti". Fece l'occhiolino, mentre raccoglieva un'altra tessera del domino. "A proposito, hai dei capelli favolosi".

Marina non poteva camminare a lungo con quelle scarpe, quindi salì sulla sua Mini-Cooper. Lungo la strada si fermò da *Blossoms*. Al chiosco, comprò un bouquet tropicale con fiori di zenzero rosso, uccelli del paradiso e felci lucenti. Quando si fermò davanti alla casa di Jack, fece un doppio salto per la sorpresa.

Tutto sembrava… diverso.

L'erba era stata tagliata, l'edera potata e i fiori erano sbocciati nei vasi smaltati del portico.

Era davvero nel posto giusto? Marina si guardò intorno. Il vecchio furgone Volkswagen di Jack non si vedeva da nessuna parte. Forse aveva dato una ripulita al garage. Ma quella era proprio la casa che aveva affittato, ne era sicura. Scese dall'auto.

Con cautela, salì i gradini d'ingresso. Prima che arrivasse alla porta, questa si aprì di scatto.

"Benvenuta da *Jacques*". Jack indossava pantaloni chino di cotone beige e una camicia bianca con le maniche arrotolate sugli avambracci tesi, e i piedi erano nudi. "Wow", disse, guardandola a lungo e con ammirazione.

Alla sua vista, il cuore di Marina ebbe un sussulto. Superò la soglia. "Il giardino è così ordinato che non ero sicura di essere nel posto giusto. Il tuo padrone di casa ha ricevuto lamentele dai vicini?".

Jack alzò le spalle. "Ho fatto qualche cambiamento".

Le finestre erano aperte, e lasciavano entrare la leggera brezza dell'oceano. Un tappeto nuovo, soffice e dai colori tenui, si trovava davanti al caminetto, dove delle candele tremolavano all'interno di alcune lanterne sul focolare, addolcendo la brezza marina. *Gelsomino*, notò, ricordando i suoi oli essenziali. *Un noto afrodisiaco.*

"Ho pensato che ti sarebbero piaciuti", disse porgendogli i fiori che portava con sé.

I suoi occhi scintillarono e lui chinò la testa per ammirarli. "Mi hai portato dei fiori?".

"Non emozionarti troppo. Ginger mi ha insegnato a non arrivare mai a mani vuote, per cena". Si guardò intorno. "C'è Leo?"

"Passerà la notte con Denise e John. Portano i bambini al bowling. Metto questi fiori nell'acqua".

Lo seguì in cucina e lo guardò mentre tirava fuori un vecchio vaso di vetro che probabilmente era stato del precedente proprietario, ma lo sciacquò con cura e sistemò i fiori. La cucina era pulita come non l'aveva mai vista.

"Gradiresti del vino? Ho una buona bottiglia da parte".

"Mi piacerebbe", rispose lei.

Mentre lui ne versava due bicchieri, lei osservò l'ambiente. Il pavimento era stato pulito, sulle sedie di legno della cucina c'erano cuscini nuovi e brillanti e persino le finestre sembravano linde. Cosa gli era preso?

"Quanto lavoro hai fatto". Lei accettò un bicchiere da lui.

"Era tempo di cambiare stile di vita".

"Dev'essere passata una buona impresa di pulizie".

"Io e Leo siamo una bella squadra".

"Siete stati voi due a fare tutto?"

"In questo caso, devo prendermi la maggior parte del merito. Le leggi sul lavoro minorile sono quelle che sono". Sollevò il bicchiere verso il suo e lo fece tintinnare. "A te", disse, incontrando dolcemente le sue labbra.

Il bacio fu delicato e le trasmise una sensazione di calore. Se aveva qualche riserva su quella serata, era svanita.

Quando si staccò, i suoi occhi si soffermarono su quelli di lei. "Primo piatto, gazpacho".

"L'hai fatto tu?"

"Ho guardato un paio di video. Con un frullatore, è stato incredibilmente facile. Basta aggiungere le verdure, e… tac! È anche abbastanza salutare".

"Adesso hai pure un frullatore?".

Ne indicò uno nuovo, che si trovava sul piano di lavoro. "Ho imparato molto, in queste due settimane".

"Anch'io". Lo spavento per la salute di Ginger e le parole di Kai avevano spostato i suoi pensieri da un'altra parte.

Decisero di cenare al tavolino del salotto, dove potevano sedersi su dei nuovi cuscini davanti alle candele, con vista sull'oceano. Jack mise la musica jazz che piaceva a

Marina e lei lo aiutò a portare piatti e posate in salotto, insieme alla zuppa fredda e al pane croccante con olio d'oliva spagnolo.

"E questa cos'è?", chiese.

"Una nuova insalata. C'è avocado a fette, formaggio feta, salsina al balsamico e delle cose che si chiamano cuori di lattuga, che ho affettato e grigliato. Bellini, vero?"

"Sei andato al mercato contadino". E aveva riconosciuto la ricetta. Era una di quelle di Ginger. Stava forse tentando di imbrogliarla?

Lo sguardo di Jack si abbassò. "Dici che sto barando?"

"Certo che no", rispose lei, toccandogli il petto. "È lì che si trovano i migliori prodotti locali". Vedendo la speranza sul volto di Jack, decise che se Ginger l'avesse aiutato, più tardi l'avrebbe ringraziata.

Marina si voltò verso il piano cottura. "C'è un profumo favoloso. Cos'è?" Sbirciò in una padella di ghisa coperta.

"Scampi alla griglia. Li sto tenendo al caldo lì dentro". Afferrò una presina. "Sono anche facili da fare. Se so grigliare su un falò, posso farlo praticamente ovunque. Chi l'avrebbe mai detto?".

Era una versione di Jack che non aveva mai visto prima. Scosse la testa per lo stupore mentre lo seguiva in salotto. "Gli alieni ti hanno rapito e sostituito con una creatura di un'altra specie?".

Jack portò i piatti sul tavolo. "Ho iniziato ad ascoltare ciò che tu, e altre persone, avevate da dire".

"L'altra persona sarebbe Ginger?"

"È una donna saggia. Mi sono occupato di lei mentre tu lavoravi al tuo locale".

"Lo apprezzo molto", disse Marina, adagiandosi su un cuscino di seta.

Jack osservò i suoi tacchi alti. "Ti sentiresti più a tuo agio senza? Sono bellissimi, ma posso aiutarti a toglierli".

Le piaceva l'idea. "Lo faresti?" Allungò una gamba.

Sfiorandole la caviglia con le mani calde, le sorrise.

Marina guardava Jack mentre slacciava la piccola fibbia, prima di una scarpa e poi dell'altra. Il suo cuore batteva forte mentre lui si prendeva il suo tempo e sistemava con cura le scarpe da una parte.

Piegò le gambe sotto di sé e sorseggiò il vino. "Credo che da *Jacques* mi piaccia molto di più che da *Beaches*".

"A proposito… quella sera avevi ragione su molte cose".

Lei rabbrividì. "Non mi interessa più avere ragione".

"Ascoltami", disse Jack, lisciando la mano sulla sua. "Col senno di poi, avevo bisogno di un segnale. Quando uno dice di non saper cucinare o di non saper fare il bucato, in realtà sta dicendo che non vuole farlo. Non riesco a pensare a molte persone che amano svolgere le faccende domestiche, ma di sicuro, quando vengono fatte, è una bella sensazione. Nella fattoria, se non si piantavano i semi, non si raccoglieva nulla. Ho capito che devo essere un esempio per Leo. E per te".

Marina trovò a malapena le parole. "Non molto tempo fa, mi hai detto che non sapevi cucinare, a meno che non ci fosse di mezzo un falò".

"Volevo solo dire una cosa da *macho*". Scrollò le spalle. "Ho guardato alcuni video di cucina e parlato con tua nonna. Mi ha dato alcuni semplici consigli. Sei in piedi al locale tutto il giorno. Solo perché sei un'ottima cuoca non significa che debba occupartene sempre tu. Posso sicuramente imparare a fare la mia parte. E devo prendermi più cura di Leo".

Marina fu piacevolmente sorpresa. "Ti seguo".

Tra un cucchiaio e l'altro di zuppa, Jack continuò. "Ho dei progetti anche per la cucina. Per cominciare, ho preso un buon coperchio per lo scarico".

Marina quasi si strozzò con il vino. Era un peccato per l'anello, però.

"Di sicuro ho imparato la lezione", disse Jack ridacchiando. "Installerò anche una lavastoviglie. E poi un nuovo frigorifero, e una di quelle isole centrali per avere più spazio di lavoro. Axe mi ha promesso di occuparsi dell'impianto elettrico e idraulico".

Marina inarcò un sopracciglio. "Sembra che ci vorranno un sacco di soldi da investire, per una casa in affitto".

"Sono sicuramente d'accordo". Prendendole la mano, Jack sorrise. "Ma non è più in affitto. Hai di fronte il nuovo proprietario. E ciò significa niente più surfisti nello studio sul retro".

"L'hai comprato?"

"Quando mi è stato rifiutato il prestito, Bennett ha parlato con il proprietario. Garrett è una persona eccezionale – è cresciuto in questa casa – e ha accettato di accollarsi il mutuo per me. La rata non è di molto superiore a quella dell'affitto".

"Pensi di farcela?"

"Diciamo che è stata una settimana intensa". Jack sorrise.

La curiosità si fece strada in lei. "Cos'altro è successo?"

Jack strappò un pezzo di pane e lo intinse nell'olio d'oliva. Mentre gustavano gli scampi e l'insalata, le raccontò la storia del ragazzo che aveva sentito parlare al suo caffè.

Marina era scioccata. "Hai avuto paura?"

"All'inizio, finché non l'ho incontrato al *Fisherman's Wharf.* Ho riconosciuto la sua voce. È venuto fuori che è uno stagista di un importante produttore. Ma non molto onesto".

Jack continuò. "Ho pensato che se questa storia, ora come ora, è così scottante, potrebbe essere il momento giusto per proporla di nuovo. Ho contattato il mio agente, e stasera festeggeremo. Stamattina ho firmato un'opzione per una nuova serie e gli avvocati stanno lavorando al contratto completo proprio ora. I produttori sono interessati a quella che chiamano fase successiva, ovvero la ricerca che avevo svolto, e che non è mai stata presa in considerazione al processo. Per questo motivo, in sostanza, sarò libero di scrivere il mio destino".

"Oh, Jack, sono entusiasta per te".

"E la parte migliore è che posso stare proprio qui a Summer Beach". Si schiarì la gola e mise una mano in tasca. "Con te, se mi vorrai".

Estrasse la scatola di anelli di velluto rosso sbiadito che lei riconobbe.

Marina lo guardò stupita, mentre lui apriva il porta-gioie, e una vera con diamanti scintillò alla luce delle candele.

"Oh, è così bello", disse lei. Ma soprattutto, Jack la amava, e si era impegnato a rimanere a Summer Beach.

"Era di mia nonna".

Era sorpresa. "Ma pensavo che fosse andato perso".

"Quasi. È stato un lavoraccio, ma Axe è riuscito a recuperarlo. Questo anello, però, ne ha passate molto di più. La donna che lo ha indossato per prima era una bellissima persona, determinata e creativa. Tu me la ricordi nel migliore dei modi. Puoi scegliere l'anello che vuoi, ma se ti piace questo, e il significato che ha per noi...". Jack lo sollevò dalla scatola. "Non hai bisogno di me, Marina Moore, ma mi faresti il più grande onore e mi renderesti il più felice...".

Marina troncò le sue parole con un bacio. In cuor suo, era lì per quello. Per entrare nel loro futuro insieme. Mentre un fiume di felicità le scorreva dentro, gli cullava il viso tra le mani. "Sì", sussurrò.

Jack la avvolse tra le sue braccia e, per la prima volta dopo anni, Marina sentì di aver trovato un posto che il suo cuore poteva chiamare casa. Lacrime di gioia le riempirono gli occhi.

Sorridendo, Jack le cosparse il viso di baci. "Allora le uniche domande che rimangono sono: quando e dove?".

19

*V*erso le quattro di un sabato pomeriggio, gli avventori che avevano pranzato con tutta calma stavano finalmente uscendo dal bar. In cucina, Marina diede un'occhiata a un'ordinazione, controllandola due volte mentre preparava un'insalata di spinaci con fragole e formaggio feta. *Condimento balsamico a parte, niente cipolle.*

Di fronte a lei, Heather fece scivolare un biglietto sul bancone della cucina.

"Che cos'è?"

"Un biglietto dal tuo più grande fan". Heather fece un cenno verso l'insalata. "È per il tavolo quattro?".

Marina scambiò l'insalata con il biglietto. "Portala via. Altri ordini?"

"No. Finalmente il flusso di clienti è calato. È incredibile quanti affari stiamo facendo con il food truck".

"È il potere della pubblicità in movimento".

Cruise apparve dal retro, con indosso una maglietta color corallo.

Heather lo guardò e sorrise. "Bella maglietta".

"Sono appena arrivate". Cruise sorrise amichevolmente e si girò verso la friggitrice.

Marina fece caso a quello scambio di parole. Sua figlia e Cruise erano diventati amici. "Le nuove magliette sono nel retro. Prendine qualcuna per te". Marina era soddisfatta di come il nuovo logo del Coral Café appariva sulle magliette. Si appoggiò al bancone e aprì il biglietto.

Che ne dici di un matrimonio sott'acqua?

Scuotendo la testa a quell'assurdità, Marina andò sul patio esterno. Vide Jack al suo solito tavolo e Kai seduta con lui. Sembrava che i due stessero tramando qualcosa e lei si chiese chi dei due avesse avuto quell'idea.

Jack aveva spesso con sé il suo portatile per scrivere al bar. Il suo ultimo progetto stava andando bene e lei era felice per lui. Finalmente entrambi facevano ciò che amavano.

Si fece strada attraverso il patio, spingendo le sedie e raccogliendo man mano pezzi di tovaglioli e patatine fritte, per gettarli nella spazzatura.

Un matrimonio sott'acqua, appunto. Eppure, Marina aveva voglia di riderci su, anche se nelle ultime settimane non avevano fatto molti progressi con i preparativi.

Non si era resa conto della rapidità con cui la sua attività sarebbe cresciuta nel corso dell'estate. Jack era stato paziente, ma lei voleva portare avanti i preparativi. Destreggiarsi tra le due cose era una vera sfida, ma ce la stava facendo. Anche se alcuni giorni ci riusciva con più fatica. Il food truck aveva fatto qualcosa più che garantire delle nuove entrate: era una macchina pubblicitaria ambulante che attirava gente al Coral Café, e dando un incredibile impulso all'attività. I clienti ora aspettavano in fila per sedersi ai tavoli. Si trattava di un tipo diverso di avventori:

non solo turisti stagionali, ma anche persone provenienti dalle comunità circostanti che avevano visto il furgoncino da qualche parte.

Marina aveva dotato Coralina di un apposito equipaggio, con cui visitavano spiagge, festival d'arte, concerti all'aperto e matrimoni. Cruise aveva dimostrato di essere un cuoco eccellente, e al team piaceva la varietà di servire in luoghi diversi. Heather e Cruise lavoravano particolarmente bene insieme. Marina continuava ad alternarsi con lui sul camion, in modo da poter acquisire conoscenze di prima mano per perfezionare il menu itinerante.

Come aveva accennato Judith, i food truck per i matrimoni stavano diventando sempre più popolari. Mentre la maggior parte delle feste di nozze la contattavano per la fresca cucina casual californiana grazie a cui il locale stava diventando famoso, si era anche occupata di servire una varietà di eventi nuziali a tema, di tutti i tipi, da uno in stile rinascimentale con roast beef e birra a un evento vegano con verdure grigliate e ingredienti di origine sostenibile. Avendo visto tante cerimonie così diverse tra loro praticamente dalla prima fila, Marina stava prendendo appunti per il suo matrimonio.

Anche Jack ci provava, ma nel tentativo di trovare un luogo interessante e semplice da gestire, non erano riusciti a mettersi d'accordo su nulla.

Marina prese una sedia accanto a Jack, che stava scarabocchiando su un piccolo quaderno a spirale. Lanciò uno sguardo tra lui e la sorella. "Sott'acqua, davvero? Chi di voi se n'è uscito con questa perla?".

Jack e Kai scoppiarono a ridere. "Ascoltami", disse Jack. "Sarebbe come Jacques Cousteau, solo che io sarei *Jack* Cousteau, che cattura la bella sirena Marina".

Lei gli diede uno schiaffetto scherzoso sulla mano. "Sii serio. Jacques Cousteau era un famoso oceanografo. Tu fai immersioni, almeno?"

"Ho imparato a muovermi in cucina. Sono sicuro di potermela cavare anche sul fondo dell'oceano".

Kai sgranò gli occhi. "Sai quanti subacquei si sposano sott'acqua?". Agitò una mano in aria come se stesse dipingendo un quadro. "Sposarsi in mezzo ai pesci e ai coralli: pensa a quanto sarebbe bello per il tuo brand. Scommetto che i redattori di lifestyle e i social media adorerebbero il titolo: La proprietaria del Coral Café si sposa tra i coralli". Sarebbe un pezzo di grande effetto".

Marina lanciò un'occhiata a Kai. "Il nostro matrimonio non è un'occasione per fare pubbliche relazioni. Inoltre, pensa a Ginger". La nonna stava bene, ma non voleva rischiare la sua salute.

"Ginger probabilmente sarebbe ben lieta di lanciarsi all'avventura", disse Kai, sorridendo. "Era solita fare immersioni".

Jack si strofinò il mento pensando. Aveva proposto ogni sorta di idea per la loro cerimonia, da un matrimonio in qualche località in Italia – idea bocciata a causa dei costi e della distanza per gli ospiti – alla fattoria di sua sorella in Texas: un altro luogo impossibile, a causa del caldo di agosto e della mancanza di alloggi nelle vicinanze.

Schioccando le dita, si chinò in avanti. "Che ne dite di un matrimonio sull'acqua? Mitch ha la sua barca a noleggio, su cui potrebbe ospitare tutti. Potremmo navigare lungo la costa al tramonto".

Marina scosse la testa. "Alcuni ospiti soffrono di mal di mare. Heather, per esempio".

"Idem", disse Kai, sollevando la mano con un certo

imbarazzo. "Non sempre, ma di sicuro potrei rovinare il vestito".

"Non posso permettere che accada". Jack cancellò la voce da un elenco sul suo taccuino.

Marina scrutò la lista. Ogni riga era stata cancellata. "Certo che ne abbiamo cestinate parecchie".

"E se volete sposarvi prima dell'autunno, il tempo sta per scadere", disse Kai.

Jack strinse la mano di Marina. "Preferisco non aspettare".

"D'accordo". Ora che avevano preso quella decisione, ogni giorno passato separati sembrava sprecato. Marina desiderava trasferirsi da lui e da Leo.

Jack armeggiò con un piccolo barattolo e mise in bocca una delle sue mentine extraforti. Tese il barattolo. "Ne vuoi una?"

Lei scosse la testa, ma riconobbe quel suo genere di conforto. "Ti senti nervoso?"

Fece una smorfia al lato della bocca. "Per quanto fosse fuori dagli schemi, vedo che Kai e Axe hanno avuto l'idea giusta per il loro matrimonio. Non pensare, fare e basta".

Kai scoppiò in una risata. "Certo, è stato proprio un gioco da ragazzi. Cioè, dopo che ho scritto il copione. E poi abbiamo dovuto far giurare al fotografo e a Padre Rip di mantenere il segreto, organizzare i fiori e le prove, e così via. Solo che non l'abbiamo detto agli ospiti e alla famiglia".

Jack schioccò le dita. "Ecco. Potremmo fuggire. Che ne dici di una cappella drive-in a Las Vegas? Elvis potrebbe officiare la cerimonia. Forse potremmo trovare una stanza con una vasca da bagno a forma di cuore".

Pensando allo stravagante matrimonio sul palco di Kai,

Marina non era sicura di cosa volere, se non avere la famiglia e gli amici lì con loro. "Las Vegas è divertente, ma non sento l'atmosfera".

"Nemmeno io". Jack sgranocchiò un'altra mentina. "Ma a questo punto, io ci starei, tanto per chiudere il discorso".

Marina si sedette. "Non puoi dire sul serio. Non vuoi qualcosa di romantico e significativo?"

"Quando ci sei già tu, il resto mi sembra superfluo". Fece un sorriso. "Giudice di pace, tribunale della contea?".

"No", gridò Kai, allarmata. "Non in un palazzo di uffici governativi".

Marina picchiettò sul tavolo di fronte a Jack. "Non te la caverai così facilmente. Indosserò un bellissimo vestito in un posto altrettanto memorabile. Non chiedo altro. Continueremo a cercare, a meno che non ti piaccia una delle mie idee".

Jack alzò le sopracciglia. "Una mongolfiera? Un campo di zucche? Un centro benessere per signore?"

"Anche gli uomini ci vanno", rispose Marina, piegando le braccia. "Sono posti bellissimi".

"Ma la gente va in giro in accappatoio". Jack strappò la pagina, la accartocciò e la gettò sul tavolo. "È impossibile".

Marina gli prese la mano e la accarezzò. Più di ogni altra cosa, voleva che fosse una celebrazione del loro impegno. "Perché non qualcosa di più vicino a casa?".

Non appena la sorella di Jack uscì dal terminal dell'aeroporto di San Diego, Marina la riconobbe. Liz assomigliava molto al fratello, con folti capelli castani lunghi fino alle spalle e un'andatura disinvolta. Solo l'accento era un po' diverso. Jack aveva vissuto a lungo lontano dal Texas.

Marina era contenta che fossero riusciti a venire con

solo una settimana di preavviso. Allungò le mani verso Liz. "Dovrai raccontarmi tutto di tuo fratello, mentre sono ancora in tempo per tirarmi indietro".

Liz rise. "Ha promesso che mi avrebbe pagato bene, se avessi tenuto la bocca chiusa. Ma per tua fortuna sono una donna indipendente. Parliamo".

Come Jack, Liz aveva la battuta pronta e un buon senso dell'umorismo. Era chiaramente una donna forte, capace di tenere a bada bambini e bestiame chiassosi. Marina la apprezzò immediatamente.

Jack si strinse a Liz, a suo marito Ryder e ai loro figli. Chiamò Leo: "Vieni a conoscere i tuoi nuovi cugini".

Mary Beth, la più grande, aveva quindici anni. Mack aveva un anno in più di Leo e Joey uno in meno.

Leo sembrava a corto di parole, cosa che sorprese Marina. Considerato tutto ciò che aveva affrontato nella sua giovane vita, spesso lo considerava più maturo, ma sotto sotto poteva ancora essere un bambino timido, soprattutto quando si trovava di fronte a tante persone nuove.

Jack gli diede un colpetto col gomito. "Ricordi cosa ci siamo detti?".

Con un timido sorriso, Leo disse: "Qualcuno vuole andare in spiaggia? Possiamo portare il mio cane, Scout".

"Mamma, papà, possiamo?" Chiese Joey, saltando su e giù.

"Ci puoi scommettere", disse Ryder. "È proprio per questo che siamo venuti: per portare al mare questi ragazzi che vivono circondati dalla terra. Del resto, chi se ne frega del vecchio zio Jack?".

I due uomini si diedero un pugno sulle braccia, ridendo.

Con un caldo sorriso, Liz prese la mano di Marina. "L'anello di nostra nonna ti sta benissimo".

"Jack mi ha detto che lo tenevi per un'occasione speciale. Non so dirle quanto apprezzi che abbia deciso di separartene".

"È l'occasione giusta. Solo che non lo sapevo prima che Jack mi chiamasse".

"Non volevi tenere l'anello per Mary Beth?"

"Mia figlia può avere la fede di mia madre, se vuole, ma probabilmente vorrà scegliere la sua. I ragazzi di oggi sono fatti così. E mi piace l'idea che la indossi tu. Jack ha ragione: mi ricordi nostra nonna Josephine".

Marina era sollevata dal fatto che a Liz non fosse dispiaciuto separarsi da un cimelio di famiglia. Amava quell'anello, e la storia di famiglia che rappresentava.

Sotto un cielo soleggiato, si diressero verso il parcheggio. Avevano portato il vecchio furgone Volkswagen di Jack, che aveva molto spazio per tutti loro, insieme ai bagagli. Salirono e si allacciarono le cinture.

"Che furgone affascinante", disse Liz, ammirando gli interni restaurati in stile retrò. Si chinò in avanti per parlare con Marina. "Sapevi che Jack aveva progettato di attraversare il Texas con questo furgone per tornare a New York?"

"Poi, da quel che sappiamo, non è mai uscito dalla California del Sud". Ryder ridacchiò. "Ha preso un cane, un figlio e presto avrà una moglie. Sono molte le cose che lo tengono ancorato a questa costa".

"Felicemente", disse Jack, battendo il pugno di Ryder.

"È il mio uomo", rispose Ryder.

Marina e Liz risero delle loro battute.

"Entrambi abbiamo avuto molti cambiamenti", aggiunse Marina, appoggiando la mano sulla spalla di Jack mentre guidava.

"Sembra che tutto sia andato per il meglio", replicò Liz. "Siamo felici di darti il benvenuto in famiglia".

Quando arrivarono a Summer Beach, a Marina sembrò di conoscere i parenti di Jack da molto tempo. Era facile fare amicizia con loro, e tutti si divertivano a stuzzicare Jack.

Una volta giunti a casa sua e scesi dal furgone, Jack gettò un braccio intorno alla sorella. "Non avrei dovuto presentarti alla mia sposa fino a dopo il matrimonio. Avresti potuto spaventarla".

"Abbiamo appena iniziato", disse Liz. "Dov'è il tuo senso dell'umorismo?"

Marina li guardò mentre ridevano e camminavano insieme, ritrovandosi. Era felice di vedere che Jack sopportava le prese in giro della sorella in modo bonario. Vedere come si trattavano con rispetto e amore era rassicurante per Marina.

Per quanto riguarda la sistemazione, Jack fece accomodare i ragazzi nel suo furgone, che aveva una zona notte, mentre Marina mostrò a Mary Beth la stanza pulita di Leo. Liz e Ryder furono felici di avere a disposizione la suite sopra il garage. Mentre paragonavano gli schizzi a un quadro di Jackson Pollock, Marina e Jack decisero di dare allo studio il nome del padre di Garrett, Garrett Rivers, Sr., e di farli diventare un'opera d'arte.

Jack aveva pulito a fondo dopo gli ultimi ospiti, e Marina aveva comprato lenzuola, asciugamani e una tovaglia nuovi. In quell'ambiente, aveva creato un rifugio arioso con alcuni elementi decorativi e dei tappeti intrecciati.

Mentre tornavano al cottage, Jack le prese la mano. "Sei stata di grande aiuto. Non avrei potuto fare tutto senza di te".

"Non sei così incapace come pensi", disse Marina. Nelle ultime settimane, lei e Jack avevano discusso a fondo sulle reciproche aspettative. "Tu hai organizzato la casa e io ho fatto la spesa. È la parte più divertente".

"È questo che temo. Non minimizzare il tuo contributo".

"Ora parli come Ginger. Ne avete discusso, per caso?".

Jack sorrise e le strinse la mano. "Sono un buon ascoltatore, quando mi ci metto".

Più tardi, quella sera, arrivarono tutti al Coral Cottage, dove Ginger li aveva invitati a cena. Jack ebbe finalmente occasione di presentarle la sua famiglia.

Brooke arrivò con suo marito Chip e i loro figli, che si unirono a Leo e ai suoi nuovi cugini texani, come li chiamava lui, sulla spiaggia. Dopo averci riflettuto, Leo si rese conto che anche i ragazzi di Brooke sarebbero stati cugini per matrimonio.

Marina pensò che fosse commovente come Leo, che aveva desiderato una famiglia allargata, avesse ora sei nuovi cugini. E probabilmente altri in arrivo da Kai e Axe.

Sua sorella e il suo nuovo marito non c'erano, perché impegnati in uno spettacolo al Seashell, dove il nuovo staff di Marina, guidato da Cruise, gestiva il food truck. *Belles on the Beach* era molto popolare, e Kai e Axe scherzavano sul fatto che si risposavano a ogni spettacolo, anche se un altro attore aveva preso il posto di Padre Rip.

Una volta riuniti intorno al tavolo della sala da pranzo, Ginger diede il benvenuto alla famiglia di Jack. "È un piacere conoscervi tutti. Jack è fortunato ad avere una famiglia così affettuosa. E credo che avremo molti bei momenti insieme".

"Qui, qui", annuirono tutti.

Marina e Jack si divertirono a vedere le loro famiglie fare conoscenza davanti a una cena a base di lasagne e insalata portate da Brooke, e al tiramisù che Marina aveva preparato il giorno prima. Non si trattava di una cena di prova perché il matrimonio che avevano organizzato era informale e Marina e Jack non ne vedevano la necessità. Si sarebbero incontrati tutti l'indomani al cottage.

Dopo cena, mentre Marina e Jack lavavano i piatti e Brooke e Chip sparecchiavano, Ethan e Heather irruppero in cucina. Ethan aveva le mani sui fianchi e Heather gesticolava freneticamente dietro di lui.

"No, ti prego, non dirglielo adesso", supplicò Heather.

"Cosa mai…?" Marina si voltò allarmata.

Ethan esordì: "Volevo parlarti di quel tipo lì, mamma".

"Di cosa?", chiese Marina, sorpresa dal tono della sua voce. Il petto le si strinse per la preoccupazione. La notte prima del loro matrimonio? Avrebbe potuto essere un problema.

Agitando un dito verso Jack, il figlio continuò. "Voglio che tu sappia che non mi fido di quel tizio dal primo giorno in cui l'ho conosciuto".

"Aspetta un attimo", disse Jack, mentre le bolle di sapone gli colavano dalle mani. "Pensavo che ne avessimo già parlato".

Marina guardò Jack e Ethan. "Non abbastanza, ovviamente. Che succede?"

Proprio in quel momento, Heather e Ethan scoppiarono a ridere. "Ti ho fregato", disse Heather.

Ethan ridacchiò. "Me l'ha chiesto lei".

"Oh, voi due. Siete cattivi quanto lui". Marina fece un cenno a Jack.

"Vogliamo solo che tu sappia che siamo molto felici per te", disse Heather.

Marina era sollevata. In precedenza, i suoi figli avevano appoggiato con entusiasmo il suo matrimonio con Jack, dicendo che lo adoravano e che non volevano vederla sola.

Jack lanciò loro un paio di strofinacci. "Solo per questo, consideratevi in servizio".

Pur brontolando bonariamente, i gemelli raccolsero i piatti appena lavati e cominciarono ad asciugarli.

"Vedervi tutti insieme è il miglior regalo di nozze che avrei potuto chiedere", disse Marina. Sperava solo che l'indomani sorgesse con felicità e cielo sereno.

20

"*O*ra puoi guardare", disse Brooke, togliendo le mani dagli occhi di Marina.

"Wow, è bellissimo". Marina guardò stupita il patio privato dietro il cottage di Ginger. L'intera area era avvolta da bouganville rosa e circondata da arbusti di ibisco giallo, ma le sue sorelle l'avevano trasformata con luci, fiori e vivaci tovaglie color corallo.

"Le luci da fiaba sono state una mia idea", disse Kai, aggirandosi sotto il baldacchino di palme ricoperte di luci scintillanti. "Ethan e Ryder hanno portato tavoli e sedie dal patio del locale".

"Sono stati di grande aiuto", aggiunse Brooke, infilandosi un pollice nella tuta. "Temevo che non avremmo finito in tempo. E noi abbiamo bisogno di un bel po' di tempo per cambiarci. Soprattutto la nostra sposa".

"Quello che avete fatto qui significa molto per me. A volte è difficile occuparsi di tutti i piccoli dettagli". Il cuore di Marina accelerò per l'emozione dell'attesa. Era il giorno in cui la sua vita sarebbe cambiata. Non aveva mai osato immaginare di avere di nuovo un compagno. Eppure, fortunatamente, eccola lì.

"È il tuo giorno", disse Brooke, sorridendo. "Tu fai così tante cose. Lascia che gli altri si occupino del lavoro mentre tu ti rilassi e ti godi tutto. Ricorderai questo giorno per il resto della tua vita".

"Onestamente, è più di quanto potessi immaginare".

Quando Marina aveva pensato di sposarsi sulla spiaggia, non aveva preso in considerazione l'idea perché non voleva che Ginger si sentisse obbligata a fare qualcosa. Marina era ancora cauta nei confronti di sua nonna. Tra il caffè, il camioncino e la famiglia di Jack in città, Marina sapeva che non avrebbe avuto tempo di fare molto. Ma Kai e Brooke erano intervenute per aiutare.

"Non è tutto". Kai sorrise. "Continua a guardarti intorno".

Sul caminetto in pietra ad un'estremità del patio, le sue sorelle avevano sistemato una foto dei loro genitori in un posto d'onore. Marina si diresse lì. "Ora vedo mamma e papà". Sentendo ancora il loro amore dentro di sé, si baciò la punta delle dita e toccò la foto. "Grazie per averlo fatto".

Tutto ciò che c'era in quel cottage era colmo di ricordi. Marina fece scorrere la mano sulle pietre lisce che circondavano il camino.

Ginger e Bertrand l'avevano costruito insieme da giovani. Piastrelle a mosaico nei toni del corallo e lucidate a specchio coprivano il focolare. Anche in estate, se si insinuava un fronte di aria fredda fuori stagione, potevano accendere il fuoco contro il freddo della sera.

Le sue sorelle si erano occupate di tutti i dettagli, ma in verità tenersi impegnata la aiutava a calmare la mente. Non che Marina fosse nervosa – anzi, per la verità, forse un po' lo era. *E se si fosse scatenato un temporale improvviso?* Più che altro, era entusiasta della vita che l'aspettava.

Lei e Jack avevano già trasferito a casa di lui la maggior parte dei suoi vestiti e delle sue cose. Dopo la partenza della sua famiglia, lei si sarebbe fatta portare lì il resto degli oggetti.

Kai controllò l'ora. "Ginger vuole che ci vestiamo nella sua suite".

Prima di lasciare il patio, Marina diede un'ultima occhiata. Mancavano poche ore alla cerimonia. Con le sorelle si diresse al piano superiore, nella suite di Ginger.

La nonna era già vestita con un fluente e morbido caftano corallo con fili di corallo ai polsi e al collo. Salutò Marina con un abbraccio. "Kai e Brooke ti aiuteranno a vestirti e Brandy di *Beach Waves* verrà a controllare che i tuoi capelli siano perfetti".

"Mi sembra che ci siano un bel po' di cose impegnative da fare". Marina si morse il labbro. Non era abituata a ricevere attenzioni. "Jack mi vede quando sono messa al mio peggio e mi ama comunque, così come sono". Dopo le lunghe giornate di lavoro al locale, i suoi capelli e i vestiti spesso erano impregnati degli aromi della cucina. Aveva imparato che un lungo bagno alla fine della giornata era più di un trattamento ristoratore, era una necessità.

"In realtà, è un regalo di Jack, cara. Ha fatto in modo che Brandy ti acconciasse i capelli. Vuole che tu ti senta coccolata oggi". Ginger la abbracciò di nuovo. "Fidati, quando avrai la mia età, sarai contenta di avere le foto di questo giorno e ti meraviglierai di quanto eri bella e giovane. Perché lo sei, mia cara. Ora vai a fare il bagno. Ci aspettiamo che da lì emerga una vera e propria Venere".

Marina sorrise. "Vedrò di trovarla nella vasca".

Quando entrò nel bagno, rimase estasiata dalla scena che la nonna aveva preparato per lei. Soffici asciugamani bianchi erano impilati accanto alla grande vasca, insieme a un assortimento di gel da bagno profumati e ai suoi scrub e maschere per il viso preferiti. Nella penombra, le candele tremolavano sul mobiletto e accanto alla vasca. Un flute di champagne ghiacciato era appoggiato su un piatto d'argento e un mix di canzoni d'amore risuonava dolcemente in sottofondo.

Marina non ricordava l'ultima volta in cui era stata così coccolata.

Dopo un bagno piacevole, uscì, sentendosi davvero una dea. Indossò la vestaglia di seta che Ginger le aveva lasciato e si avvolse i capelli in un asciugamano. Si chiese cosa stesse facendo Jack.

Quando entrò nella suite di Ginger, vide che Heather si era unita a Kai, Brooke e Ginger. Stavano chiacchierando con Brandy sulle ultime acconciature. Marina salutò la stilista, le cui lucide ciocche color cognac erano raccolte in una coda di cavallo alta che le cadeva vistosamente sulle spalle.

"Ecco la nostra star". Kai accarezzò una poltroncina davanti allo specchio di Ginger, e Marina si sedette.

Brandy passò un mantello sulle spalle di Marina. "Cosa preferisci? Raccolti in alto o che cadano morbidamente sulle spalle?".

"Vorrei che fossero lontani dal viso e protetti dalla brezza, ma anche che mettessero in mostra la magia della colorazione che hai fatto".

"Assolutamente sì. Possiamo farlo". Brandy tolse l'asciugamano dai capelli di Marina e prese l'asciugacapelli e la spazzola.

Kai e Brooke chiacchieravano mentre Brandy era al

lavoro. Heather e Ginger sparirono nell'armadio dove Ginger teneva la sua cassaforte di gioielli. Aveva detto a Marina che le avrebbe fatto scegliere ciò che avrebbe dato il giusto risalto al suo vestito.

"Ho portato anche la mia borsa dei segreti", disse Kai, aprendo il suo kit per il trucco di scena.

Marina guardò con scetticismo quel vivace assortimento di trucchi. "Per favore, non conciarmi come se dovessi esibirmi su un palco".

"Fidati di me", disse Kai. "Sono una professionista".

"È di questo che ho paura. Vorrei che Jack mi riconoscesse".

Brandendo un pennello da trucco, Kai si mise a ridere.

Quando Brandy e Kai ebbero terminato il loro lavoro, Marina aprì gli occhi. Brandy le aveva intrecciato una parte dei capelli vicino al viso, fissandoli con uno degli antichi ornamenti per capelli di Ginger. Morbide onde le ricadevano sulle spalle. Il trucco di Kai era sublime.

Marina stentava a riconoscere il suo riflesso nel grande specchio ovale. Era uguale a se stessa, naturalmente, ma meglio di quanto avesse pensato senza esagerare col trucco.

Era come se avesse riposato bene, fatto una vacanza favolosa e l'orologio fosse girato all'indietro.

"Wow, mamma". Heather fischiò. "Sei bellissima. Zia Kai, puoi fare qualcosa anche per il mio, di trucco?"

"Certo, tesoro. Fatti avanti".

Brooke la aiutò con il vestito di Ginger, che Kai aveva pulito e insistito per far modificare affinché fosse adatto a Marina. E, sorprendentemente, le stava bene. Il lungo bordo esterno di pizzo trasparente aggiungeva il giusto tocco di eleganza femminile.

Marina si rivolse alla nonna. "Cosa ne pensi?"

Ginger si strinse le mani al petto. "È meraviglioso. Mi fa venire in mente tanti bei ricordi".

"È solo il suo quarto viaggio verso l'altare, o attraverso il palcoscenico". Marina si rivolse a Heather. "Forse Heather vorrà indossarlo, la prossima volta".

Gli occhi della figlia si illuminarono. "Potrebbe volerci un po', mamma".

"Non si sa mai cosa può portare il domani". Marina pensò al giorno in cui aveva incontrato Jack. Quello che aveva pensato fosse uno dei peggiori della sua vita si era rivelato il migliore. Lo avrebbe saputo solo molto tempo dopo, però.

Il cuore di Marina tornò a battere forte, e si premette una mano sul petto. Non mancava molto.

Marina aveva chiesto a Heather, Kai e Brooke di scegliere dei prendisole color corallo che mettessero in risalto le loro migliori caratteristiche. Mentre si cambiavano, Ginger srotolò un rotolo di gioielli in feltro sul bancone.

"Perle e diamanti stanno sempre bene, mia cara. O, forse, preferisci il corallo". Sollevò una delicata collana con intagliata una rosa di corallo dello stesso colore. "Apparteneva a Sandi".

Marina ammirò quel delicato ciondolo. "Ricordo che mamma la indossava".

"Era mia e gliel'ho regalata per il suo sedicesimo compleanno".

Marina strinse la collana e toccò la rosa con riverenza, desiderando che i suoi genitori fossero lì. Aggiunse una delle raffinate collane di perle di Ginger per incorniciare il ciondolo di corallo, e dei discreti orecchini di perle tempestati di diamanti.

"Perfetto", disse Ginger, toccando la spalla di Marina. "Che bella sposa. Guardati allo specchio".

Marina guardò il suo riflesso nello specchio a figura intera di Ginger. Sopraffatta dall'emozione, si tamponò gli occhi. Era un giorno che pensava non sarebbe mai più arrivato.

Ginger le tese una mano. "È ora, mia cara".

Marina prese la mano della nonna. Non vedeva l'ora di vedere Jack.

Con il Coral Cottage alle spalle, Marina stringeva un bouquet di rose, peonie e ranuncoli, tutti nelle tonalità del corallo. Lo aveva realizzato, così come le altre decorazioni floreali, la sua amica Imani di *Blossoms*.

Facendo un passo sulla sabbia, Marina si avvicinò al punto in cui sua madre si era sposata anni prima e dove lei, Kai e Brooke avevano giocato da bambine. Un alto arco decorato con rose di corallo era fissato ai lati della roccia piatta che sporgeva verso il mare.

Avevano tutte lasciato i sandali e le scarpe vicino alla porta posteriore, e si erano cambiate con le infradito con la zeppa e tempestate di strass che Kai aveva comprato per loro. I tacchi non avrebbero fatto altro che affondare nella sabbia.

Ethan accompagnò Ginger per primo. La famiglia e gli amici erano già riuniti vicino alla roccia, e si voltarono a sorriderle.

"Oggi sei la regina delle sirene", disse Kai. "Non c'è proprio gara".

Marina ammirava le donne che camminavano con lei, e che aveva la fortuna di poter chiamare sorelle. Nonostante le loro piccole discussioni, era orgogliosa e onorata di averle accanto quel giorno.

Insieme alla famiglia di Jack, c'erano molti amici di Summer Beach. Ivy e Bennett, Shelly e Mitch e Leilani e Roy stavano da una parte. Jen e George erano in piedi con Vanessa e il dottor Noah, appena tornati dalla luna di miele.

Dalla cima della roccia, Jack la guardava raggiante. Indossava una *guayabera* di lino bianco fittamente ricamata, una camicia tradizionale indossata su pantaloni larghi. Il vento gli scompigliava i folti capelli e lui appariva fiducioso e sicuro del passo che avrebbero compiuto quel giorno.

Accanto a Jack c'era Padre Rip, rivolto verso il mare come se volesse attingere tutta la sua energia per benedire quel matrimonio. Da un lato, appollaiato su uno sgabello, Bennett strimpellava dolcemente una chitarra.

Marina pensò che tutto fosse perfetto.

Dopo essersi sfilata le infradito con la zeppa, sollevò l'orlo dell'abito da sposa della nonna e posò i piedi sulla pietra lunga e piatta della spiaggia dove i suoi genitori si erano promessi l'uno all'altra, tanti anni prima. Sotto il ricco tessuto di raso, Marina posò i piedi nudi sulla roccia riscaldata dal sole, sentendo la sabbia proprio come aveva fatto sua madre.

La brezza le scompigliava i capelli, che le cadevano oltre le spalle. Il vestito di raso e il lungo pizzo trasparente si increspavano al vento.

La loro famiglia si era riunita intorno a loro. Accanto a Ginger c'erano Chip, i suoi tre figli e Axe, il suo nuovo nipote. Ryder faceva da guida a Scout, che portava al collo una bella bandana color corallo e sembrava capire l'importanza della celebrazione. Liz si riunì con i loro figli.

Padre Rip si voltò verso di loro con un'espressione serena sul volto. La sua voce profonda e cadenzata risuonava insieme all'ipnotico ritmo dell'oceano. "Sento che i vostri angeli sono con noi, oggi. Stavano aspettando questo momento".

Alle sue parole, Marina sentì la presenza rassicurante dei suoi genitori, come se il tempo che li separava si fosse in qualche modo dissolto, e si fossero riuniti in quel luogo in riva al mare. Il calore irradiava le piante dei piedi di Marina.

Guardò Ginger, che aveva gli occhi chiusi. La nonna aveva un sorriso sereno, come se stesse in qualche modo comunicando con la sua amata figlia. Quando aprì gli occhi, erano limpidi come Marina non li aveva mai visti.

"Ti vogliamo bene", sussurrò Ginger, mettendosi una mano sul cuore.

"E voglio bene a te, a mamma e papà, per sempre". Marina abbracciò Ginger, stringendola forte e sentendo il suo amore.

Accanto a lei, Kai e Brooke avevano le lacrime agli occhi, come se avessero provato qualcosa anche loro.

Dopo un attimo, Jack si schiarì la gola e le offrì la mano. Forse anche lui sentiva la presenza dei suoi angeli.

Marina infilò la mano nella sua. In quel momento, sapeva nel suo cuore che lei e Jack erano destinati a unirsi lì.

Accanto a Marina c'erano Heather ed Ethan, e accanto a Jack c'era Leo, che la guardava sorridente. Se non fosse stato per lui, forse oggi non sarebbero lì. Marina fece l'occhiolino e gli diede un bacio.

Stringendo saldamente la mano di Jack nella sua, affrontò con lui l'orizzonte lontano, con la sensazione che il futuro si stesse schiudendo davanti a loro. Tutto ciò che dovevano fare era entrarci.

Ginger era in piedi insieme a loro, con il volto coperto da un sorriso e la gioia negli occhi. L'approvazione della nonna per quel matrimonio significava tutto per Marina, perché si fidava del suo giudizio. Anche se, come Ginger amava dire, *sarete voi a dover vivere insieme e a far funzionare le cose.*

Mentre Marina stringeva la mano di Jack, quest'ultima emanava un calore che non aveva mai conosciuto. Non era solo quello del suo palmo, ma sentiva un'intensa energia crescere tra loro.

In quel momento, Jack la fissò con stupore e ammirazione. "Lo senti anche tu?"

"È incredibile". Mentre l'emozione le saliva agli occhi, Marina passò il bouquet a Kai e unì entrambe le mani a quelle di Jack.

Era il loro momento. Dopo essersi promessi l'uno all'altra, Marina incontrò le labbra di Jack in un magico bacio che sembrò sospendere il tempo.

Un attimo dopo, la famiglia e gli amici scoppiarono in un applauso. Marina e Jack si fermarono a scattare foto con tutti. In seguito, quando Marina avrebbe guardato le foto di quel giorno, avrebbe sentito tutta la gioia e la felicità di quel momento.

Ginger aveva ragione. Si assicurarono anche di fare una foto con Scout.

Jack schioccò le dita. "Forza, bello. È il tuo turno".

Mentre Marina e Jack posavano insieme a lui, un gabbiano scese in picchiata e si posò accanto all'arco ricoperto di rose. Scout guardò l'uccello con aria diffidente. Come se fosse stato sfidato, il gabbiano beccò i fiori, provocandolo.

Jack tenne il collare del suo cane. "Va tutto bene, bello. Sorridi per la foto".

Ma Scout aveva altre idee. Improvvisamente, si liberò e balzò verso l'intruso, facendo perdere l'equilibrio a Jack.

Rapidamente, il gabbiano si alzò in volo, con le sue grandi ali che si libravano nella brezza.

"Scout, torna indietro", chiamò Marina.

Tuttavia, Scout non riuscì a fermarsi. Scivolando sulla sabbia, si diresse verso l'arco fiorito. E poi, come al rallentatore, la struttura cadde dalla parte opposta alla folla. Nessuno avrebbe potuto fare niente.

"Occhio", urlò Jack, e tutti si voltarono a guardare.

La struttura ruzzolò verso la sabbia e si schiantò, facendo vorticare, grazie a una folata di vento, una spettacolare pioggia di petali di rosa che scesero sulla folla come dolci coriandoli.

Leo abbracciò Scout, mentre Marina e Jack si abbracciarono in un turbine di petali profumati, ridendo e baciandosi.

"È perfetto", disse felice il fotografo.

"Tutto è perfetto con te nella mia vita", rispose Jack, fissando gli occhi di Marina. "Anche quando non lo è".

"Non potrei essere più d'accordo". Marina si sentiva la donna più fortunata del mondo.

Kai batté le mani per attirare l'attenzione di tutti. "Andiamo a brindare a questa felice unione".

Leo e gli altri ragazzi raccolsero i pezzi dell'arco rotto e si diressero verso il patio.

La festa successiva fu tutto ciò che Marina desiderava, circondata dalla famiglia e dagli amici di Summer Beach.

"È stato bello come il matrimonio di tua madre", disse Ginger, toccando delicatamente la scollatura dell'abito da sposa che aveva indossato decenni prima. "Ora siamo tutti parte di questo tessuto".

Marina accarezzò la mano della nonna. "Penso alla nostra famiglia come a un arazzo tessuto con un filo robusto".

"Che bel pensiero". Gli occhi di Ginger si appannarono. "E ogni generazione abbellisce la storia". Fece un cenno a Heather. "Tua figlia potrebbe essere la prossima. Avrai cura di questo vestito per lei?".

Non osando pensare così avanti, Marina abbracciò la nonna. "Lo faremo entrambe".

Lei e Jack trascorsero la serata ridendo con amici e parenti, che brindarono innumerevoli volte con i bicchieri d'epoca di Ginger. Per una volta, Marina non aveva cucinato, e nemmeno Ginger o Brooke. Seguendo le ricette di Ginger, Mitch aveva preparato la cena a buffet a base di pesce fresco dell'oceano e di verdure freschissime del mercato contadino. Cookie O'Toole, un'amica di lunga data di Ginger, aveva preparato la torta con una deliziosa ricetta a base di mango e limone.

Con l'avanzare della notte, una leggera nebbia rinfrescò la spiaggia, e le storie scorrevano intorno al caminetto all'aperto. Era difficile per Marina immaginare un modo migliore di concludere quella giornata.

O quasi.

Allungò una mano verso Jack. "Sei pronto a tornare dove ci siamo incontrati la prima volta?".

Le piegò la mano nella sua e la baciò. "Sai che lo sono".

Dopo avere salutato e lasciato il Coral Cottage, Marina e Jack percorsero la breve distanza che li separava dal Seabreeze Inn.

Ivy aveva dato loro una chiave e detto loro di parcheggiare nel cortile riservato alle auto, in qualunque momento fossero arrivati. Aveva riservato per loro la stanza migliore in quella vecchia casa sulla spiaggia, una suite che era stata del vecchio proprietario e che aveva una magnifica vista sull'oceano che si estendeva fino all'orizzonte.

Marina e Jack parcheggiarono la Mini-Cooper nel cortile riservato alle auto. Con le braccia avvinghiate l'uno all'altra, attraversarono l'ampio patio e passarono davanti alla piscina ispirata a Nettuno che brillava al chiaro di luna. Al di là, c'era un sentiero adornato con fiori tropicali che conduceva agli alloggi trasformati in camere per gli ospiti.

Si fermarono entrambi, fissando un luogo appena fuori dalla porta di una stanza.

"Proprio lì", disse Jack, facendo un cenno verso un punto preciso del sentiero. "È lì che ci siamo incontrati".

Marina ricordò. "E ho pensato: *ecco un uomo con gli occhi troppo blu per potersi fidare*".

"Sono felice che tu sia riuscita a vedere oltre e a entrare nel mio cuore". Jack le baciò la fronte e la condusse sulla rampa che portava al retro della casa.

Mentre girava la chiave nella porta, Marina sorrise a un altro ricordo. Il giorno in cui si erano conosciuti, era uscita zoppicando con le stampelle dopo essersi slogata la caviglia. Ginger non c'era, e Marina era fuggita dal disastro in cui era piombata la sua vita a San Francisco così in fretta da essersi dimenticata le chiavi del cottage. Non poteva immaginare che tutto ciò avrebbe portato a quella bellissima notte, con la loro nuova vita che si estendeva davanti a loro.

"Ricordo di averti chiesto di aprirmi questa porta", disse, facendo scorrere la mano sul petto del nuovo marito.

Gli occhi di Jack brillavano più delle stelle. "Finalmente posso fare ciò che volevo quel giorno".

"Cosa?", chiese lei, stuzzicandolo.

Sfiorando le sue labbra, Jack la prese in braccio e la portò oltre la soglia. Un sorriso gli illuminò il volto. "Pensa al tempo che avremmo risparmiato, se l'avessi fatto allora".

Marina gettò la testa all'indietro e rise. "Ma è stato un viaggio meraviglioso".

Fine

NOTE DELL'AUTRICE

Grazie per aver letto *Matrimoni a Coral Cottage* e spero che vi siano piaciuti questi teneri matrimoni di famiglia. Se volete sapere cosa succederà a Summer Beach, unitevi a me per una festa del centenario vecchio stile in *Grande Festa a Summer Beach* per un divertimento che scalda il cuore. Quando Marina si offre volontaria per organizzare i festeggiamenti della comunità sulla spiaggia, vengono a galla vecchie rivalità e storie.

Incontrate nuovi personaggi in *Seabreeze Inn*, il primo libro della serie Summer Beach.

Tenetevi aggiornati sulle mie nuove uscite sul mio sito web JanMoran.com. Iscrivetevi al mio VIP Reader's Club per ricevere notizie su offerte speciali e altre novità. Inoltre, trovate altre occasioni di divertimento e unitevi ad altri lettori che la pensano come voi nel mio gruppo di lettori su Facebook.

Altre delizie da gustare

Se questo è il primo libro della serie *Coral Cottage*, assicuratevi di conoscere Marina quando arriva a Summer Beach in *Ritorno a Coral Cottage*. Se non avete letto la serie *Seabreeze Inn*, vi invito a conoscere l'insegnante d'arte Ivy Bay e sua sorella Shelly mentre ristrutturano una casa storica sulla spiaggia in *Seabreeze Inn*, il primo della serie originale *Summer Beach*.

Godetevi ancora un'atmosfera soleggiata e dei viaggi internazionali insieme un gruppo di amici nella serie *Love, California*, che inizia con un emozionante viaggio a Parigi in *Flawless*.

Infine, vi invito a leggere i miei romanzi storici in volume unico autoconclusivo, come *Hepburn's Necklace, Il giardino dei profumi perduti, La casa dei profumi dimenticati*, e *La piccola bottega del cioccolato*, due storie ambientate nella splendida Italia degli anni Cinquanta.

La maggior parte dei miei libri è disponibile in ebook, in brossura o in copertina rigida, in audiolibro e in versione large print. E come sempre, vi auguro buona lettura.

RICETTE DEI MATRIMONI A CORAL COTTAGE

Sunshine Cooler
Una delizia di ananas, lime e zenzero

Questa è la bevanda rinfrescante che Marina Moore preparava per i suoi ospiti e che anche io apprezzo durante una calda giornata in spiaggia. Per una versione più leggera, utilizzate ginger ale o acqua frizzante senza zucchero.

Se la preparo per me, mi limito a versare quantità uguali di succo d'ananas e ginger ale, quindi aggiungo il succo di lime e la scorza. Semplicemente così!

Per trasformarla in un leggero cocktail estivo, aggiungete prosecco o champagne al posto del ginger ale. Se preferite alcolici come tequila o rum, aggiungeteli dopo il mix di ananas. Aggiungetene 30 ml (1 oncia) e riempite il resto del bicchiere con ginger ale o soda.

Dosi per 4 persone:

1 cucchiaio di scorza di lime (15 grammi)
2 cucchiai di succo di lime (30 ml, 1 oncia)
700 ml di succo d'ananas (24 once)
700 ml di ginger ale (o soda al limone e lime o acqua frizzante) (24 once)
Guarnizione: lime a fette, menta fresca, ananas a fette.
Facoltativo: Champagne, prosecco (in sostituzione del ginger ale); tequila o rum (30 ml, 1 oncia)

Istruzioni:

1. Unire la scorza di lime e il succo di lime in una caraffa.
2. Aggiungere il succo d'ananas e mescolare. Raffreddare per 1 ora.
3. In 4 bicchieri riempiti per 1/3 di ghiaccio, versare il composto di ananas per 2/3.
4. Riempire il resto con ginger ale, soda o acqua frizzante (o champagne o prosecco).
5. Guarnire con menta e fette di lime.

Godetevi il tutto e bevete responsabilmente.

Opzionale:

Per dare un gusto più dolce, aggiungere alla caraffa uno sciroppo semplice insieme al succo di ananas e di lime. Oppure aggiungere qualche goccia di stevia o di dolcificante sostitutivo a base di frutto del monaco.

Sciroppo semplice:

Unire 1/2 tazza di zucchero (o miele) e 1/2 tazza d'acqua in una casseruola.
Riscaldare a fuoco medio, mescolando finché lo zucchero non si scioglie.
Raffreddare a temperatura ambiente.

Gazpacho di avocado - Zuppa fredda

Questa è la ricetta del Coral Café di Marina Moore per una zuppa estiva fredda. L'aggiunta di avocado dà una nota più cremosa al tradizionale gazpacho spagnolo. Nel sud della California, gli avocado sono abbondanti, con numerose varietà che maturano in diversi periodi, dalla primavera all'autunno. Con gli avocado locali, i pomodori, il basilico, il limone e le cipolle del mio orto, è un piatto facile e veloce che non riscalda la cucina. Cercate gli avocado più cremosi, come le varietà Hass o Reed.

Per aggiungere proteine, si possono includere degli scampi come ulteriore guarnizione. Se i sapori dell'aglio e della cipolla sono troppo pungenti, soffriggeteli leggermente in olio d'oliva prima di aggiungerli al frullatore o al robot da cucina.

Per un piatto ispirato al sud-ovest degli Stati Uniti, guarnire con coriandolo, chips o strisce di tortilla, semi di zucca tostati e salsa rustica. Altrimenti, i crostini al basilico e alle erbe sono un'ottima combinazione. Se conoscete i gusti dei vostri ospiti, potete servire il gazpacho già pronto con le guarnizioni. In caso contrario, presentatele in piccole ciotole e lasciate che i vostri ospiti aggiungano ciò che preferiscono.

Dosi per 4 persone:

3 avocado maturi di media grandezza (o 2 grandi), da 175 a 225 grammi (6 a 8 once)

Circa 680 grammi (1,5 libbre) grammi di pomodori maturi pelati e privati del torsolo, o pomodori in scatola (da 16 a 24 once), (da 450 a 650 grammi)

Da 2 a 5 spicchi d'aglio a piacere

2 cucchiai di cipolle gialle, tagliate a dadini (30 grammi)

2 cucchiai di peperoni gialli e verdi, tagliati a dadini (30 grammi)

2 cucchiai di olio extravergine di oliva (60 ml)

Succo di 1 limone o 1 cucchiaio (30 ml)

1 cucchiaio di aceto di sherry o di vino (30 ml)

Da 1/2 a 1 tazza (da 4 a 8 once) di acqua refrigerata (da 1/2 a 1 pinta, da 100 a 225 ml)

Da 1/2 a 1 cucchiaino di paprika dolce (da 2 a 5 ml)

1/2 cucchiaino di sale kosher o marino, a piacere (da 2 a 5 ml)

1/2 cucchiaino di pepe spezzato, a piacere (da 2 a 5 ml)

Guarnizioni facoltative:

Da 1/2 a 1 tazza di pomodoro tritato fine (da 100 a 225 ml)

Da 1/2 a 1 tazza di cetriolo tritato fine (da 100 a 225 ml)

Da 1/2 a 1 tazza di mango tritato fine (da 100 a 225 ml)

3 cucchiai di basilico fresco tritato (50 grammi)

3 cucchiai di coriandolo (50 grammi)

1/2 tazza di tortilla chips o crostini (100 ml)

1 tazza di scampi (piccoli, 225 ml)

Semi di zucca tostati, cospargere

Istruzioni:

1. In un robot da cucina o in un frullatore, unire avocado a pezzetti, pomodori, aglio, cipolla, pepe, olio d'oliva, succo di limone e aceto di vino o di sherry. Ridurre in purea fino a raggiungere una consistenza omogenea. Aggiungere i condimenti, a piacere. Aggiungere l'acqua fredda un po' alla volta fino a raggiungere la consistenza desiderata. Il tutto dovrebbe risultare vellutato, non troppo denso né troppo liquido. Tuttavia, se si preferisce un gazpacho un po' più sminuzzato, tenere da parte la metà degli avocado e dei pomodori da aggiungere alla fine, e frullare il composto velocemente.

2. Raffreddare per 2 o 3 ore. Servire in grandi ciotole da zuppa con ampio spazio per le guarnizioni.

3. Servire la zuppa fredda con le guarnizioni scelte posizionate sopra, o a lato in piccole ciotole.

4. Si conserva in frigorifero per 1-2 giorni. Nota: la polpa verde brillante dell'avocado si scurisce naturalmente se esposta all'ossigeno, anche se il succo di limone aiuta a mantenere la luminosità. Se il giorno dopo la zuppa assume una tonalità leggermente marroncina, è ancora buona da mangiare. Mescolare bene e servire.

SULL'AUTRICE

JAN MORAN è un'autrice di romanzi femminili romantici, tra i bestseller di *USA Today* e *Wall Street Journal*. Tra le sue cose preferite ci sono una buona tazza di caffè, il cioccolato fondente, i fiori freschi, le risate e la musica che le tocca l'anima. Ama viaggiare e i luoghi che preferisce per trarre ispirazione sono quelli ricchi di storia e di mistero, sullo sfondo di montagne innevate, spiagge di palme o luci scintillanti di città. Jan è originaria di Austin, in Texas, di cui mantiene un po' del particolare accento, anche se da anni vive nel sud della California, vicino alla spiaggia.

La maggior parte dei suoi libri sono disponibili come audiolibri e la sua narrativa storica è tradotta in tedesco, italiano, polacco, olandese, turco, russo, bulgaro, portoghese, lituano e altre lingue.

Se vi è piaciuto questo libro, vi invitiamo a lasciare una breve recensione online per i vostri amici lettori dove avete acquistato il libro o su Goodreads o Bookbub.

Per leggere gli altri romanzi storici e contemporanei di Jan, visitate JanMoran.com. Iscrivetevi alla mailing list del Club dei lettori VIP e al Gruppo dei lettori di Facebook per conoscere le nuove uscite, le vendite e i concorsi.